水北天南

安宁 著

江苏凤凰文艺出版社
JIANGSU PHOENIX LITERATURE AND ART PUBLISHING, LTD

图书在版编目（CIP）数据

水北天南 / 安宁著 . -- 南京 : 江苏凤凰文艺出版社 , 2017.5
ISBN 978-7-5399-9976-0

Ⅰ . ①水… Ⅱ . ①安… Ⅲ . ①长篇小说－中国－当代
Ⅳ . ① I247.5

中国版本图书馆 CIP 数据核字 (2017) 第 040141 号

书　　名　水北天南

著　　者　安　宁
责任编辑　丁小卉　姚　丽
特邀编辑　黄靖文　戴晨茹
责任监制　刘　巍　江伟明
策　　划　读客图书
版　　权　读客图书
封面设计　读客图书　021-33608311
出版发行　凤凰出版传媒股份有限公司
　　　　　江苏凤凰文艺出版社
出版社地址　南京市中央路 165 号，邮编：210009
出版社网址　http://www.jswenyi.com
印　　刷　三河市吉祥印务有限公司
开　　本　880mm x 1230mm 1/32
印　　张　8.75
字　　数　229 千
版　　次　2017 年 5 月第 1 版　2017 年 5 月第 1 次印刷
标准书号　ISBN 978-7-5399-9976-0
定　　价　32.00 元

如有印刷、装订质量问题，请致电 010-85866447（免费更换，邮寄到付）

「目 录」

Contents

「目 录」

Contents

楔子

在广州的珠江江面上有七座风姿各异的桥，最西面那座叫人民桥。

几座桥梁里以它至为寻常，既没有钢索斜拉的特色，也没有附带传奇式故事，夕阳余晖下，它永远显得沉静古朴。

但在朴素的人民桥方圆一里内，却有着全城最美丽的夜景。

河水弯又弯，无声轻说变幻。

每当夜幕降临，宽阔江面泛着一波一波浅浪，水色比天色还暗，缠绕在江畔行道树枝丫上的绿色霓虹灯全部亮起，像一条碧翠无比的玉带，分外华美妖娆。

人民桥北面桥底，沿江路的尽头，往西是一条凌空几米高掩映在树簇中的弧形高架车道，车道专为矗立在三江交汇处最美丽江畔的白天鹅宾馆而设计，沿道驶到底便是这家五星酒店的大堂门口。

与车道入口处几米之隔，是一座架在支流上的小小拱桥，从桥上走过去便进入沙面岛，经过枝叶繁茂的参天古柏，沿着曲径往里一路绿树环生，这处从前是英租界，如今是使馆区，内里建筑极具西洋特色，环境异常幽静雅致。

步行五分钟即可见左手边一座泰式餐馆，与香港的酒吧街同名，叫兰桂坊，在这僻静深巷中生意好得出奇，连日常中午也需等位叫号。夹在兰桂坊和江边情侣路之间，绿树环绕的大片空地，是一整排网球场，即使夜里也白灯如昼，不少人在场内奔跑着挥汗淋漓。

沿着兰桂坊往前行是间名为露丝的西式餐厅，带着可以露天就餐的花园，上世纪八十年代已在此营业。露丝是老板的名字，一位香港富家女，据说这家餐馆开张时她还只有十八岁。

露丝吧过去是玫瑰园，玫瑰园里并没有玫瑰，向左方穿过它设在路边的园门，里面其实是连着露丝吧室外餐园的大片公共绿地，要走过长长一段路到达水面江边，才是玫瑰园的营业之所，露天下一张张原木桌子依江而置。

过了玫瑰园是宽阔的地面停车场。

沿着停车场漫步到尽头便是白天鹅宾馆的侧门，这座酒店有着全城最奇特的大堂景观，峋石飞瀑，绿葵森植，曲桥荷鲤，推门进去时清幽之意扑面而来，仿佛回到最原始的自然环境里，宁静沉和。

酒店高楼朝向人民桥方向的外墙上，饰有整整一面墙的巨幅霓虹灯布景，在不同的节日会秀出不同花式造型，夜色下七彩流光，繁茂树丛绿暗红明，浸满霓虹倒影的水面似透明琉璃，加上江心不时有如彩蝶斑斓的美丽游船过来，数者交相辉映，瑰丽到了极致。

与白天鹅隔江相望的对面，亦即人民桥南边，滨江西路的尽头，是开放式的洲头咀公园，郁葱成荫，古榕奇塑，小道曲径畅通无阻。

从这处绿地往人民桥方向走回去，大约一里路的江畔，雕栏玉砌，行道阔直，花圃围香，闲椅疏间，一派宁静悠然，旷阔江面更是视野无阻无碍，看远处一水平川，帆影点点，让人心旷神怡。

挨着江边行道花圃的是四车道长长笔直的滨江西路，马路另一边便是极有名的新广州酒家，每天清晨六点已有人在门口等它开门营业，上楼去点一盅茶，几样精致点心，大厅里嘈嘈切切，这便是粤式早茶文化。

不对外开放的国际海员俱乐部与广州酒家比邻而立，从俱乐部过去是间西餐酒廊，有着长长的落地玻璃墙，日落时分在里面选一个靠玻幕的位置，可以看天空水阔下的黄昏。

再过去便是三十多层淡蓝色外观的海天大厦，外表像普通菱柱体，内里却十分独特，环着柱体圆周一层十六户，柱体内部则为中空，仅每隔几层会凌空架设一个支撑平台，站在过道里，一抬头就可以看见浅蓝色的天空。

大厦里依江一面的高层住户，推开窗便是无限风光，珠江对面的兰桂坊、网球场、白天鹅……整个沙面尽收眼底。

滨江西这一小段江边全是低矮的老式建筑，只除了这幢海天大厦，以及大厦侧后方十几层高的远洋公司宿舍。走进远洋公司宿舍后面，巷子里的老广州人家，古老的横栏木门盈溢着怀旧的西关风情。

过了海天大厦是家本地餐馆，叫老华酒家，酒家再过去是几家时时换老板和名字的酒吧，再往前的桥底边上则是多少年前红极一时的夜总会，曾招待过无数商贾名流、高官贵胄，如今却只剩下一栋五层高带宽阔停车场的破败废墟。

从桥底斜长的浅石阶一步一步往上行走，便到达人民桥上。

人渺影清，站在桥中央看向江心，每年除夕的夜晚，都有百万烟花在斯处盛放。

开时漫天璀璨，一朵朵繁华烟色，像从星河乍然幻降。

谢时，在绝响余音中刹那消无，如同最美丽的传说，最后还是归零落幕。

第一章

初来乍到

八月骄阳似火。

飞程银通公司会客室里的冷气却冻得叶安之想添衣。

椭圆大桌四周整齐摆放着一圈旋转椅，寂静宽阔的空间内除她外再无一人。

领她过来的人事部经理已经离开，那位胸前职员卡写着“许冠清”三字的年轻秘书送了杯水进来后也已出去，然后虚掩的门外有细微声响，似乎有人拨通了电话，问对方什么时候回来，几秒后答声“知道了”便挂掉。

安之慢慢地小口地饮着塑料杯里冰凉的水。

没多久，外面响起繁杂的脚步声，夹着说笑声，似有不少人回来。

隐约听到许冠清说：“关总，曾总今天约了人来面试，但是他现在才正从深圳回来，可能还要过一个小时才能到达公司，那个应聘的女孩子来了挺久了，你是不是先见一见？这是她的简历。”

门外静了静。

然后一把温和的声音道：“请她来我的办公室。”

安之手中的杯子一顿，凝神侧耳，可是外面已经没有说话声。

随即门被推开，许冠清站在门口向她示意。

安之起立，跟随在她身后出去，看看表才过去二十分钟，心想，这次运气不错么。

半个月前在另一家公司，她如约十一点上门，对方说老总外出午饭了，让她等一下，这一等就是四个小时，直到下午三点，才来人说老总已经回来，拿份表格让她填写。这种招聘表多数是例行公事，但她还是逐项填得工整认真。

最后看到一条问题：“你对未来五年有什么规划？”

她毫不犹豫写上：嫁个好丈夫，解甲归田，回家相夫教子。

负责接待的小助理拿了没细看就带她去见老总。她坐在那位先生的对面，他一边拿过办公用的文件，一边满不在乎地隔一两分钟随口抛出一道问题，姿态流露出轻慢，过了好一会儿，才拿起桌上她的资料翻了翻。

这不经意的一看，脸便有些绿，终于抬眼看她。

安之心底爆笑。

是，她知道有些公司故意让来人等好几个小时，以测试应聘者的耐心，但安之始终认为，任何测试皆应以互相尊重为前提，平白无故浪费他人时光完全没道理。

不过十分钟，安之便被请出门去，这样小小回敬的玩笑当然不获欣赏，反会令人觉得她态度不端。但安之不在乎，她虽然渴望获得工作，却无意过于委曲求全，而且，那句话本来就是安之最真实的理想，是她最内心的答案。

奈何这个都会的招聘形态很荒诞，只看应聘技巧，而不管真假虚实。

收敛心神，她轻轻敲响那位关总办公室的门。

“进来。”和悦的嗓音从一门之隔内传出。

安之的眉心微微蹙了蹙，推门而入。

办公桌后的人抬起头来。

他的脸颊勾勒出明朗的线条，五官柔和俊俏，菱唇边沿仿佛隐约含笑，看上去才二十七八的样子，对他所坐的那把大班椅而言这个年纪太过年轻，然而与他身份最不符的还是，那双冷然的眼眸深处，似暗波浮动着一丝与生俱来带点桃花色泽的温柔。

安之几乎怔住。

关旗陆放下手中简历，对立在门边的她微微一笑："来，请坐。"

她把门关上，慢慢走过去，拉开椅子坐在他对面。

关旗陆的眸光在她脸上凝定了几乎半分钟。

当他再开口时，微笑着柔声说的是："好久不见，小师妹。"

乍见他的震惊情绪缓慢退去，安之的戒慎也随之放松下来。

"是好久不见了，师兄。"她说。

叶安之和关旗陆就读于北京同一所大学，她读对外贸易，那年刚考进大一。他读国际金融和经济法双学位，比四年本科要多读一年，当时已经是最后一年。

安之的大学生活曾十分多姿多彩，最轰动的莫过于入学伊始即名花有主，但那个人不是关旗陆，是与安之同班的一位很出色的男生，只可惜那段感情维持不到三个月。

安之与关旗陆认识是在同乡会上，然后有一次她和室友宋清妍吃饭时偶遇他，宋清妍对他一见钟情，安之穿桥搭线欲成两人好事。关旗陆毕业回广州后，为了女友还向公司申请调到北京工作一年。

后来宋清妍在读大三时出国，他便也回了广州，偶尔到北京出差，还是会回学校来请院长和系主任等领导吃饭，顺道也给安之带些新鲜荔枝、中秋月饼之类的礼品。

再后来安之听说他去了美国，从那以后便失去联系。

没想到世界原来这么小，而地球果然是圆的。

"一眨眼你这个小丫头已经毕业了。"关旗陆双眸闪光。

安之按捺不住心里的疑惑："你是这家公司的总经理？"

"我姑妈是飞程集团的董事长夫人。"关旗陆直认不讳。

安之"啊"了一声，脱口道："原来你是外戚。"

关旗陆轻声失笑，视线从眼前的清盈双瞳掠向她削得丝丝碎薄的短发，依旧个性飞扬，然而这时尚发式却也将她灵气的脸衬得异常天真。他开始有点醒悟，为什么以她的内敛和优异在毕业一个月后还寻不着合适的工作。

因为容貌气质太过纯净，只需手边多个书包，她便像极了高中还没毕业的少女。

"还跟以前一样喜欢运动吗？"他闲闲地问。

安之弯唇一笑，那笑容像一道阳光落在她的脸，灿烂而明朗，令关旗陆不自觉眯了眯眸，想起以前她在校园里，每遇见熟人时总是这样迎面一笑，习惯性说声"嗨"，意态潇洒自然，让人……为之心折。

"毕业回来就没什么机会了，找不到人一起玩。"

"你住在哪里？"

"滨江西路的尽头。"安之答。

关旗陆暗暗一怔，随即不动声色地笑道："无敌江景的好地段。"她交了富贵男友？

"还好了，我爸爸是海员，单位老早分的房子。"

关旗陆眼睫眨下遮去瞳仁闪起的一丝亮光，果真还是那么心无城府。

他笑道："滨江西的对面有网球场，什么时候我找你打球？"

安之喜形于色："你说沙面？那可是我的地盘，你过来我请你吃兰桂坊的烤乳鸽。"以前是十年如一日的超值特价，才九块八一只，如今物价飞涨，已经变成二十九块八了。

关旗陆但笑不语。

他始终没有问她套式问题，闲聊一直进行到许冠清来敲门。

"关总，曾总回来了。"

关旗陆"唔"了一声，神色不动的面容上眼睑一低，目光中似掠过什么，一会儿后，才拿起桌上安之的简历递给许冠清："你带叶小姐去见一见曾总。"

安之起身，笑着和他道别。

关上他办公室的门时她合了合眼，脸上浅浅的笑容迅速褪得一干二净。

她跟随许冠清走进另一间办公室。

一进去安之的直觉立刻示警，坐在大班桌后那位约摸三十出头的副总经理脸有些沉。

一刹那安之觉得自己就像市场上待宰的猪肉，需待买客一翻再翻后才决定入不入手，有些屈辱，却不得不向现实低头。

她小心礼貌地问好："曾总。"

曾宏瞥她一眼，抽过许冠清手中的简历，随便翻了翻后还回给她，说道："既然关总已经面试过了，那就按关总的意思去做，这件事不用问我了。"

安之一怔，还没明白这话的意思，许冠清已经示意她一起出去，让她等在自己的座位旁，许冠清再度进入关旗陆的办公室，门被掩上。

"关总，曾总说这件事不用问他，让你拿主意。"许冠清的说话中透出困惑不解，明明是曾总自己要招的人，怎么一回来连谈也不谈就说不管了。

关旗陆笑了笑："把她的申请表给我。"

这次要招的是曾宏的私人秘书，许冠清年轻不懂，以为两位老总谁面试都一样。

但关旗陆明白，好比每头狮子都有自己的势力范围，曾宏要招的人他不应该插手，所以在许冠清向他请示时他本打算回绝，就让应聘的人等到曾宏回来好了，然而当眼光掠过许冠清手中简历上的名字和照片时，他即刻改变了主意。

现在的结果，也早在他预料中。

曾宏的言下之意已很清楚，关旗陆面试过的人他不要。

高层领导之间的微妙就在于，这个意思曾宏绝不会明说出来。

不管机关或企业，只要身为领导都会有类似的默契，谁沾过手的事就留给谁收尾，同阶大多不会“捞过界”，不会在别人率先过问了某事后自己还去提诸多意见或作出定夺，因为那很容易得罪人，搞不好以后连自己是怎么死的都不知道。

这种权位均衡和势力划分早约定俗成。

所以，不管关旗陆有心或无意，事实就是，这次他侵越了曾宏的界线。

在安之的申请表上写下“同意”二字及职位薪金，关旗陆签下自己的名字。

“安排她做市场助理，告诉人事部给曾总另外招一名秘书。”

许冠清出来后问安之：“下周一来上班有无问题？”

心头直觉说不，可是理智告诉安之，她本是为了这份工作而来，如今难得顺利被招进去，应该好好把握机会才是，她清声应道：“没问题。”

飞程企业是个分公司遍布全国的大集团。

外界一直传闻集团内分两派势力，一派拥护董事长的独生子司寇，另一派则归顺董事长的第三任夫人——司寇的继母，同时也是关旗陆的姑母——关访茗，至于那位最高老大董事长司淙本人，据说对集团里这种隐隐约约的明争暗斗一向睁只眼闭只眼。

关旗陆所领导的飞程银通是集团旗下核心子公司之一，主要业务对象是金融类大客户，办公室安在天河北的天欣广场，占去一整层楼。银通有两位高管，除了统筹运营的关旗陆以外，还有就是负责业务的副总经理曾宏。

入职第一日，许冠清告诉安之，她的工作直接向关旗陆汇报。

虽然没有任何工作经验，安之还是隐隐觉得这种安排不合情理。她既不是部门经理，又不像许冠清身为关旗陆的秘书，一个小小的助理为什么会是老板的直接下属？

中午休息时，她敲开总经理室的门。

关旗陆抬首看向她。

那一刹那她脑里产生混乱，不知该如何称呼他，最后很生硬地叫了声“关总”。

出口那一瞬，似乎两个人都觉得些微的别扭。

极快地关旗陆神色已如常，坦然接受她对他的称谓，只是问：“有事？”

他指指办公桌对面的椅子，示意她坐下。

“我想知道为什么我会直接由你管辖。”她开门见山。

关旗陆放下手中的文件，温言道：“一方面集团里本身就有市场部，另一方面因为银通主营一对一的大单子，所以我们公司一直没有单独设立市场部，这部分工作主要由产品和业务部门分担。但是随着客户越来越多，市场方面的工作显得越来越紧迫，我早有想法要招一名市场助理，只是因为最近工作忙才耽搁了下来。”

原来是新设立的职位，但也没必要——由他亲自督导吧？

看出了她脸上的疑惑，他微微一笑，继续道：“以前公司里的习惯是接到一桩生意就找供应商谈一次进价，虽然通常都能拿到很好的折扣，但是过程繁琐。随着业务扩张我们和厂商的接触越来越深入，接下去我计划和一系列厂商谈定行业代理权，把几年内的价格一次性敲定，其中涉及代理协议等各种材料，这些都需要你为我准备，以后和各大厂商之间的联络也会由你跟进，你直接向我汇报可以省掉不必要的沟通环节。”

关旗陆倾身向前，双眸对上她抬起的清眸：“我做事只讲效率和结果，任何时候都不要来和我说中间过程有多苦，如果你达不到我的要求，我一样会在试用期里把你开掉。”

解释听上去十分合理，安之端凝的脸色放缓下来。

关旗陆凝视她的两道视线逐渐变得专注，柔声慢语：“这下都明白了？”说话里有一丝隐含不住的笑意，而眸光中却浮动着一抹与笑意不合的深幽，那极柔软的声调似不自觉地带入了轻微诱引。

安之只觉得心口怦然轻跳，微微红了耳根，倏地从座位里站了起来，她低着头道：“我不打搅你了。”匆匆开门出去。

关旗陆脸上露出无声的笑，定睛看着被合上的门扇，然后笑容慢慢褪去。

他靠向椅背，扯松颈上领带，手掌遮上眼睫，轻微烦躁地吁出口气，不该招惹她的。

大可去逗弄任何一个他感兴趣的女人，但，不应该是她。

唇角不无自嘲地向上扯起，还以为自己早已变得不择手段，原来仍有那么一点少得可怜的良知。

起身，拿过外套和车钥匙，他提前离开了办公室。

一张白纸的安之就这样开始了她人生的第一份工作。

没几天曾宏的秘书也招了进来，名字叫聂珠，长得极其漂亮。

安之和许冠清、聂珠的座位在同一区域，都挨着关旗陆和曾宏的办公室。

不知道为什么，安之觉得曾宏每次见到她都神色冷冷的，每每她礼貌地和他打招呼，他只是“唔”的一声，正眼也不看她一眼，不但不和她说话，甚至他从不叫她做事，即使是属于她的工作他也只会交代聂珠，再由聂珠转达。

虽然不知道缘由，暗暗惊疑的安之却也懂得小心行事，总算中规中矩地没出什么差错，但心里始终有股无形的压力，只要曾宏一在办公室她就觉得紧张。

忙碌中聂珠桌上的电话响起，安之捡来线路。

“我是业务部的古励，聂珠不在吗？”

“她去吃午饭了还没回来。”

“我刚刚传了一份客户订单回公司给曾总过目，你看看传真到了没有？”

安之站起来看向传真机，接板上果然吐有几张纸。“传真收到了，不过曾总还没回来。”

“我和他通过电话了，他和关总现在在陪客户吃饭，过一会儿就回去，你记得把订单给他看，如果没问题就请关总签字，然后让聂珠回传给客户，这件事很急下午一定要处理好，有什么事打我手机。”

安之去把传真拿来，是某银行分行要购买一套美国塞曼提公司的企业级病毒防护系统。因为一些法律条文的限制，国外许多软硬件厂商在国内并不直接销售产品，而是走分销渠道或大客户点对点支持，银通和这些厂商的合作方式正属于后者。

才细看着订单条款，电话又响，她接起：“你好，飞程银通。”

“你好，我是塞曼提广州公司的Lisa，刚才古励和我们经理通电话说客户的订单已经签了，他向我们申请特别折扣价，不知道你这边能不能把客户订单传真给我们，因为申请特价需要以客户订单来备档。”

安之想起古励说这件事很急，便忙不迭地记下对方号码，把订单传了过去。

没多久关旗陆和曾宏一同回来，安之上前把事情汇报一遍。

谁知她还没说完关旗陆已经轻轻皱了皱眉，曾宏的脸更变得像是乌云密布的阴天，敏感的安之立时意识到自己可能什么地方做错了，微惧地站在原地。

曾宏抽过她手中的订单，冷厉目光扫向她，然而在他开口前一秒，关旗陆已轻描淡写地出声：“你跟我来一下。”

安之惶恐垂首，不敢去看曾宏的脸色，忐忑地跟在关旗陆身后进入总经理室。

一合上门她便问："我是不是哪里做错了？"

她瞳内浮现的惊慌令他莞尔："别紧张，没什么大事。"

顿了顿，他柔声解释："我们通常不会把客户订单直接传给厂商，如果厂商确实要求，业务经理多数会把我们给客户的真实价格改低之后再传给他们，因为一旦厂商知道我们给客户的销售价，我们就没办法打压他们的出货价，只有当我们把利润往低里虚报，厂商才会比较慷慨地给我们最好的折扣。"

安之脸色煞白。

企商圈里一切均从利益出发，她这个职场菜鸟未能领悟此间精粹。

原想求表现，结果却捅了这么大的娄子。

看她一脸懊恼自责，关旗陆笑着安抚："不用担心，我们和塞曼提的关系还不错，曾总会有办法拿到特价，以后再遇到类似的事情你别急着马上处理，打电话去告知负责案子的业务经理，他怎么吩咐你就怎么做。"这样不管如何，责任不会再落到她头上。

安之领悟地点点头。

此时办公室外传来曾宏的厉声斥责："聂珠你怎么做事的？这么重要的事情为什么是叶安之处理？你不知道她没有经验吗？！"

"我去吃午饭了，刚刚才回来，不知道这件事。"聂珠小声抗辩。

"吃什么饭？你以后每天中午给我留在公司吃饭！"

紧接着"砰"的一声，传来办公室门扇被摔上的巨响，外头一片死寂，人人噤声。

安之脸上一阵红一阵白，生平头一遭想寻个地洞钻进去，她低着头道："我出去了。"

关旗陆点点头，不再多说什么，只是看着她走到门口，在她的手握上门把的那一刹，他忽然忍不住轻唤："安之。"

她回过头来，"什么？"

一双清瞳闪着纯净自然的亮光，对他完全没有防备，喉咙一哽，关旗陆想说的话全部湮没在嘴里，笑了笑，改口道："别担心，没事的。"他柔和的声调和处变不惊的淡定目光，都似有种让人安定的力量。

安之不由得宽了宽心，下一瞬他凝视不语的微妙表情让她迅速笑笑说："我去干活了。"

一秒不留开门出去。

此后几日安之在办公室里一直有点如履薄冰，生怕曾宏什么时候就会炸雷。幸而，那位副总虽然对她脸色比以前更差，却也没有自降身份去故意找一个小小助理的麻烦。

就这样提心吊胆中，终于到了可以让人喘口气的周末。

每每下班，在傍晚时分走出那幢得令人压抑的大楼，一个人站在广场上，看着出现在面前的车水马龙，安之总会有短暂的不适，有点像走出虚幻的企业游戏世界，而回到现实世界中来。

这两个世界谁更荒谬和更残酷？答案她不知道。

搭乘公车回到人民桥，已是一小时之后。

沿着江边走进沙面，到达露丝吧她推门进去，穿过铺着格子布的室内案桌，推开另一扇门，绿簇成篱的花园里露天摆有一张张点着彩色蜡烛的桌子，这里是安之和莫梨欢、曹自彬读书时期的据点。

安之和莫梨欢的父亲一同在远洋公司任职，两家住楼上楼下，从小认识，而曹自彬是莫梨欢青梅竹马的男友，早在高中时代就与安之熟悉。

见她终于出现，莫梨欢点点腕上手表："小姐，你要不要再晚一点？"

安之"唉"了一声，拉张椅子坐下："我也想早啊，大姐，问题是公车每走一站都塞得像和全世界过不去似的，我能怎么办呢？"似她这等升斗小民，上下班艰难是家常便饭，难道还拨打报料热线怨怪社会不成？

曹自彬笑："工作怎么样，还习惯吗？"

安之哀声长叹："人生啊——为什么我的人生这么悲惨……"

"怎么了？"曹自彬关心地问。

"有位副总从我去面试起就莫名其妙地对我有恶感，搞得我一见到他就紧张得不知道自己的手脚该往哪摆才合适，这日子简直不是人过的，每天早上进公司前我都需要做无数次心理建设，在电梯里暗暗和自己说，就当是进了猪圈，就当是进了猪圈……"

莫梨欢哈哈大笑："有你说的那么离谱吗？"

"这还不算离谱，最离谱的是——你们知道我的顶头上司是谁？"

莫梨欢大感兴趣："谁？！莫非是你的初恋情人？"

安之又叹："是初恋情人就好了，大不了旧情复燃，吃他回头草杀他个片甲不留。"

"那到底是谁？竟然让你这么紧张。"

安之静声，好一会儿，才再开口。

"我问你们，如果上天安排你们和生命中一个比较特别的人重逢，那意味着什么？"

"究竟怎么回事？快点自动招来，别等我用你最怕的啤酒伺候！"

"我的老板是大学里的师兄。"过程很复杂，说白了其实也很简单，一句话就可以概括，"这位帅得号称万人迷的师兄曾经对我很好。"好到她曾不得不误会。

看上去像花花公子的男人，一旦对女孩子温柔起来会天下无敌。

花名在外的关旗陆，最拿手的就是浪漫和情调。

但在他与她那些有限的相处时光里，却完全没有掺杂这些东西，反而特别真挚。

他只是在不经意之中对她很好，好到曾经令她觉得，他是那么自然而然地以一种不是男友的特殊身份宠她。无奈美好的东西通常都不长久，在某年某月的某一天，当她终于肯暗自承认其实对他早已有一点点动心时，他却无声无息地从她的校园生活里消失了。

故事还没来得及开始，轻悄美梦已经像公主的泡沫蔷薇一样碎掉。

这个世间确有美丽童话，只可惜最后与她擦身而过。

“那他现在有没有女朋友？”莫梨欢直逼重点。

安之嗤笑：“你应该问我他现在有几个女朋友。”

像他们那一类都会中的金领新贵，虽然爱车才是老婆，但搞不好女人比钞票还多。

“女朋友多说明他还没定下来，你机会大大的，先收了再说！”

“这种机会不要也罢。”

安之的笑容有些淡，带有三分认真。

那份伤害虽然不深，却细细的，十分绵长，一丝丝地拉割，令人只觉得疼痛，却在很长一段时间内找不到地方下药疗伤。

她老鼠不怕，蟑螂不怕，但，现在很怕暧昧的草绳。

尤其还是咬过她的那一根。

曹自彬插进话来：“我看你的样子却好像有点心烦意乱。”

安之嘿嘿一笑：“女人嘛，通常都是嘴里说一套心里想一套的啦，而且帅哥当前我碰不能碰，吃不能吃，如果还连一点心烦意乱也没有，那你可以怀疑我喜欢的是梨欢同学了。”她倾身将手臂搭向莫梨欢的肩膀，嗲声道：“亲爱的……”

莫梨欢不但不怕，反而手一勾抬起她的下巴：“亲爱的，你又想舌吻了吗？”

安之即时尖叫着从座位里跳开：“太过分了！你再这样调戏我，小心我把你直接扑倒，撕衣服，上下其手，得逞兽欲，然后起身抹嘴走人！”

莫梨欢挑衅地鄙视地看她：“来啊，本事那么大来咬我啊。”

曹自彬笑："你们两个变态。"

两女同时斜睨他，安之一脸严肃："曹同学，请保留一点公德心，不要随便歧视变态，尤其我们还处在变态的深度进化过程中。"

三人笑作一堆。

闹够笑足后，从江边幽静的情侣路散步回去，橘黄的路灯异样温馨，莫梨欢把曹自彬撇在一边，挽着安之的手臂慢悠悠地走。有微风吹来，在这样宁静的夏夜，安之心内浮起一丝以为已经遗忘的纪念，思绪逐渐变得缥缈。

"如果你真的觉得压力大，做得不开心，换一份工作算了。"莫梨欢认真道。

安之侧过头来："什么？"

明显没有听进去。

她心不在焉的眸光从莫梨欢脸上收回的刹那，被旁边铁丝网内站定不动的身影摄住。

一网之隔的网球场内，应是走过来捡球的关旗陆在迎上她惊异的视线时如常露出一抹微笑，神色没有任何意外，仿佛他已静站在那里好些时候，只等着看她会不会回眸。

安之记得他与她之间曾有过的默契。

读大学的那四年，每年她都会去一趟故宫。

在一个下雪的冬日，他陪她逛那九千九百九十九间半房子。

信步闲庭，走到御花园时，两人不期然侧首对视，双双说了句话。

关旗陆说："累了吧？"

同一瞬间安之说："好累哦。"

话声落时两人齐齐怔住。

如此心意相通，似在特定一刹相互感知了对方灵魂的神秘所思，迭口齐声说了出来。

安之收回思绪，飞快定了定神。

不待她作出反应，面带笑意的关旗陆已向她招招手，指指场地内，示意她进去。

“你看什么？”见她停下不动，莫梨欢疑惑地调过头来。

“没什么。”安之应声，再回首看去时关旗陆的身影已消失于网边，连给她回绝的机会都不留，只得对莫梨欢道：“刚才见到熟人，我进去打声招呼，你们先回去。”

转身往回走，拐过右边短道，沿着兰桂坊楼前的长廊走向球场入口。

没几步已看见白衣白裤的关旗陆拎着黑色的网球袋子和同伴一起出来。

她站定在原地等候他们。

当两道身影渐行渐近，安之看清了关旗陆身边的男子时微微一怔。

不待关旗陆开口，迎上他的两道柔和目光，她未语先笑：“打球居然不叫我。”先前那一丝丝微妙不明的情绪，在她看似坦荡无邪的面容下烟消云散。

暧昧从来容易，打破也从来简单，只需装作什么都不知道，都不曾发生。

关旗陆凝视她几秒，才笑着道：“我来介绍，这是我新招的市场助理，也是我大学里的师妹叶安之，这位是司寇，我们飞程集团的大少爷。”

司寇客气道：“叶小姐。”

安之好奇，这两人一个是正牌太子，一个是后宫属戚，怎么会搞到一起？

她笑应：“寇少。”

出乎意料的称呼，让原本神色淡冷的司寇抬眼看她。

安之轻笑：“叫你司总很老气啊，你不觉得吗？”她侧了侧头，“还是寇少好听。”

司寇脸上露出一丝笑意，向她伸出右手。

不知是不是因为刚打完球，他的掌心异样炽热，安之的手被那股暖意烫得在他掌中轻微地定了定，而相反地，这轻轻一握却使安之的柔软小手给司寇燥热的掌心带来一股清凉，像夏日里握上一件冰凉玉器，十分舒服。

他看她的眼神骤然多了一抹新奇。

“走吧，一起吃夜宵。”关旗陆神色有些淡，率先走向兰桂坊。

安之站着不动：“师兄，我得回家了，再晚要被老妈子骂。”

司寇半信半疑：“不会吧，你已经工作了你妈还骂你？”

安之点头如捣蒜：“我老妈的口头禅是：子不教，父之过；女不骂，母之错。”

司寇哈哈大笑。

关旗陆回过头来，唇边一丝似笑非笑：“既然这样，我也不留你了，再见。”语气中罕有地隐隐飘出疏离隔陌的冷意。

司寇惊讶地看他一眼，再看安之的笑脸已变得有些僵然，心头即时明白过来，隐去目中一丝含义不明的暗光，他笑眯眯地对关旗陆道：“下次再吃夜宵吧，我约了朋友去Pub，大晚上一个女孩子回去不安全，你做师兄的送送她，我先走了。”不由分说向两人挥了挥手，径自大步去远。

关旗陆按下心头那抹轻微的烦闷，看向安之。

她的面容异常静淡，连带着说话也是淡淡的：“我家就在人民桥对面，走回去才十分钟，你开车反而麻烦，要绕单行道的圈子，所以不用送了，师兄再见。”说完不等他回话她已转身离去。

关旗陆没有出声挽留，也没有追上前去，只是静立原地，看着她的背影越走越远，最后在拐角处消失于他的视线。

空旷的球场骤然高灯尽灭，黑暗中他的瞳色深不见底。

第二章

破茧而出

年轻要强的安之有着不服输的个性，自传真事件后她做事愈加细致。

该汇报的汇报，该知会的知会，再不擅拿主意，若有其他部门交来和市场相关但她不太了解的工作，办公室里一时又没人可以请教时，她会聪明地拨通关旗陆的手机，笑嘻嘻地扬言请示，通常关旗陆都会指导她该怎么做，并和她耐心解释各种利害关系。

领悟力强加上有着公司里最高明精明的老板做老师，安之的进步可谓一日千里。

更兼她从不推卸责任，即使有些问题不是因她而起，遇到同事责难或发牢骚时，也绝口不去反驳，而是冷静谦谨地说自己以后一定多加注意。

于是她很快就和各部门的同事打成了一片。

唯独曾宏仍旧对她不大理睬，幸而安之也已慢慢熟悉这位副总的脾气。

这日她敲响关旗陆办公室的门。

“进来。”

抬首看见门开处是她，关旗陆的目光定了定。

“关总，曾总让我向塞曼提申请一笔市场经费，用来和客户搞活动。”

“这件事曾总和我提过，有什么问题？”见她站在门边，似准备着只要汇报完毕随时转身出去，关旗陆也就没有招呼她落座。

“塞曼提是可以给我们市场费用，可是曾总要求的金额远远超过他们同意支付的范围。”安之犯难地看向上司。

业务手腕超人一等的曾宏偏偏生性专横，是公司里最难相处之人，他吩咐下来的工作，即使明知不可能办到，也不适合在当时直接向他说明，因为他不接受任何理由，而会把那当作对他权威的挑战，不管态度再委婉都会被他看成推搪，极可能被他当场一顿训损。

公司上下，非比他位高者，无人可逆他意。

对于这种性格的领导，最好的应对方式就是当时什么都别说，只需态度恭谨地听他交代完毕，把事情拖几天后再去向他回复，解释清楚办不到的原因，通常此时他已经不大放在心上，自然而然也就不了了之。

但是，像市场活动这类一定会进行下去的工作，尤其当中还涉及敏感的费用问题时，就不能再应付了事，而需小心处理了。

“塞曼提那边是什么意思？”关旗陆问。

“他们不肯答应曾总的要求，也不同意事先拨一笔款过来，坚持要等活动结束之后再结算，按实际发生的费用双方各负担百分之五十。”

关旗陆轻笑，终于还是指指椅子说：“坐。”

安之迟疑一下，坐了下来。

“像这种向厂商申请的市场费用业务通常会往高里报，因为厂商也必然会往低里压，曾总让你去申请这个金额只是走一下过场，他清楚厂商不会同意的。”

安之蹙眉，不明白为什么明知厂商不同意，还要这样狮子大开口。

关旗陆忍住唇边的笑意，这尊纯真白瓷还需被扔进社会染缸里好好洗练。

他似叹息地道："今天我教你做一件坏事。"

说到"坏事"两字时，不自觉放软的尾音又带上了那种奇特的轻柔诱魅。

安之略略垂眼，避开他隐约闪着星点亮光的双眸。

"你去做一份市场计划，把所有支出项目和金额全部详细列出来，再在这份计划的基础上把每项金额空加十到十五个点，如果还不够就再加一些莫须有的项目上去，务必使总金额超过之前的两倍，然后把这一虚一实的两份计划拿去给曾总过目就可以了。"

安之先是困惑地蹙了蹙眉，然后脸上露出恍然的神色来。

关旗陆的意思是，让她做一份市场活动的实际成本，再做一份给厂商看的虚本，只要银通把活动费用拉高，本来应该双方各负担一半的费用，最后还是会全部转移到厂商头上。

虽然厂商未必不怀疑计划的真实性，但只要做得巧妙别存在明显漏洞，让他们的市场负责人能对公司交代，通常这些国外商家不会具体过问他们的实际操作内容。

而对于银通，不但利用厂商资源打好客户关系，自身还分文不出。

已明白过来，安之从椅子里站起："谢谢关总，我知道该怎么做了。"

关旗陆不再出声，只是看着她转过身，眸光变得有些幽然。

从周五那夜之后，两人好像都忘了曾经夜遇，在公司里依然一个身为总经理，一个做着小助理，各司其职，各行其是。在他不着痕迹地维持现状、安之也有意无意地回避的情形下，除了她有事不得不进来向他汇报，两人没有任何独处的时光。

这种公私分明的关系，直到此前，仍让关旗陆觉得十分满意。

然而就在刚才，一声"谢谢关总"，安之出口得那么自然而然。

也许她自己并不自知，但精锐如关旗陆却捕捉到了一丝异样，她似不自觉地已将两人的关系界定在陌路边缘，再没有一分一点动念。

此时只要他随口回应一句，两人之间便从此界线分明，尘埃落定。

可是，那一瞬间他的感觉却不对劲。

明明她这样做非常正确，对她或他都好，但，他的感觉就是不对，心口似涌起些微慌意，又似是一丝无形的什么东西已逼近危险。

放下手中文件，关旗陆蓦然出声：“小师妹。”

安之回过头来：“什么？”不期然地见到他的眸光似漾起微妙的色泽。

“梆梆梆！”敲门声响，打断了两人的对视。

安之即刻转身把门拉开。

古励探进头来：“关总，中午我请客，一起去吗？”

“不了。”关旗陆笑道，“我还有事。”

趁两人说话之间，安之已回到自己的座位。

古励走过来：“安之，走了，我们吃饭去。”

走廊里已聚集了七八个相熟的同事，你一言我一语地说笑着。

她摇头：“我不去了，得写份计划，你回来时给我打包一份，谢谢啦。”

“什么计划那么重要？不用急在这一时，先去吃完回来再做。”

“不行啦，我得先把计划做好，曾总下午就要回来了。”安之应声，注意力已转向电脑屏幕，移动鼠标打开档案。

古励看她脸容认真，无意识地抬手想搔搔她的短发，安之倏然连人带椅滑开尺外，眸内警色一闪即逝，指尖直直指着他，半认真半玩笑道：“本小姐不喜欢肢体接触，小心我拿削纸刀砍你哦。”

古励笑出声来：“请你吃饭还要被你砍，这是什么世道？”

“好吧，为了祝贺你的手暂时还毫发无伤，你拿发票回来，我找关总给你报销。”她开玩笑。

在两人嘻嘻哈哈的背后，将门无声拉开的关旗陆把这一幕从头到尾尽收眼底。

门扇合上发出声响，众人回首，见是总经理出来，纷纷向他问候。

关旗陆笑道：“能签下塞曼提的单子是值得庆祝，这样吧，古励你们吃完回来告诉冠清，午饭算我的。”

古励登时欢呼：“安之，我会记得下次再把发票拿回来给你。”

一群人呼拥离去。

安之看向关旗陆，神色不期然有些戒慎。

即使她已竭力隐藏，然而眸色深处还是泄露了一丝情绪，如同曾经受过惊吓的小鹿，十分敏感。关旗陆静静地看她一眼，她始终没有开口问，他也就不再提刚才在办公室里叫住她所为何事，只是笑了笑，然后提步离开。

天欣广场分六座高楼，A、B、C、D座均为商务楼，E、F座是酒店式管理的高级公寓。

其中A座华丽堂皇的一到四层是购物和餐饮广场，设有各种名贵牌子的专卖门店，四楼是普通人很偶尔才会去消费一两次的各式餐馆，顶楼则有旋转餐厅。

关旗陆搭乘透明电梯到达四楼，走进一间幽静雅致的中式餐馆，廊道尽头的包厢里已坐着一位打扮雍容得体的中年女士。

“姑妈。”他笑唤，拉开椅子在她身边坐下，“找我有事？”

关访茗笑吟吟地合上餐牌，挥手让侍者退出去：“昨天你爸给我电话。”

“爸又烦你了？”关旗陆端起青瓷茶壶，为她把茶添满。

“他退休后陪你妈回上海定居，只留下你一个人在广州，而且你的年纪也到了，终身大事八字还没一撇，也不能怪他们放心不下。”关访茗拿起茶杯，轻抿一口，“你现在的女朋友叫什么？好像——是不是姓万？”

“万沙华。”

“你和她感情怎么样，深还是不深？”

关旗陆笑：“在一起没几个月，说不上什么深不深。”

“如果感情还不错就带她来姑妈家吃顿便饭，也算是见过家长，现在已经不讲究门当户对，你爸的意思是只要你开心。”关访茗顿了顿，看他一眼，“如果纯粹只是玩玩，那不如找个时间说清楚，姑妈另外给你介绍一位。”

关旗陆懒懒地靠向椅背，脸上笑容不改：“姑妈安排好了，我听你的。”

关访茗满意地点点头，漫不经心地道：“你最近和司寇走得很近？”

“偶尔下了班碰到，一起去打打球而已。”

“我听司淙说打算把几家子公司整合在一起，你的飞程银通和司寇的飞程光讯都会包括在内，整合后的公司好比一山只能容一虎，你自己考虑考虑。”

言下之意，关旗陆和司寇之间将有一场硬仗要打，想做朋友还是慢慢再说。

“我明白。”他应声。

关访茗点到即止，也不再多说什么，不一会儿侍者端来菜式，两人开始用餐。

银通公司里，阔寂空间内除了专心致志的安之外再无一人。

把计划做好后她伸了伸懒腰，才想休息片刻，甫站起便见一个身材高挑的美人儿正疑惑地在廊道里四周看顾，见到她时松了口气，说：“请问旗陆的办公室是在这儿吗？”

“是的，不过关总去午饭了，要不要我帮你打他手机？”安之礼貌应答。

“不用了。”视线扫过总经理室门上的名牌，她直接走过去，“我等他回来好了。”

安之还来不及拦阻，她已经推门进去。

无语地望了望天花板，安之只好去给客人奉上茶水，心里祈祷她最好只是关总经理的女友，而千万别是其他公司的什么人，不然关旗陆的办公室里放着那么多公司资料，万一被看去些什么不该看的，她的责任就大了。

没多久，关旗陆回来。

经过安之座位时，她侧首看他："关总，你有客人。"

"唔。"迎上她的视线，他漫声闲应。

在跨过两步后才反应过来，足下一顿，他转身，首先映入眼底的是她垂首间露出的细致后颈，两侧耳珠后的肌肤在细嫩如雪中透出天然粉色。

"你刚才说什么？"他问，凝定的视线不曾稍移。

"你有客人。"她头也不回。

他收回仍有丝眷恋的眸光，狐疑地走向办公室，他知道她说的是他有客人，但——门开处一道香影依偎过来，似含娇嗔怨："旗陆。"

关旗陆侧首一笑，终于明白安之眼里那抹揶揄是什么意思。

"你怎么来了？"他问，顺手把门合上。

万沙华将两条皓臂挂上他脖颈："刚好在附近经过，所以来看看你。"

关旗陆看着怀内那双涌起思念的美眸，精心细描的长睫又翘又密，两腮透着完美无瑕的胭色，唇瓣如花漾着诱人至极的色泽，这才想起自己好像有两周没过去了，难怪她会不安到寻上门来。

万沙华收拢双臂，身体向他贴近。

关旗陆轻笑，安抚地亲了亲她的额头："来，我们到楼下的咖啡座去聊。"

万沙华轻哼一声，半开玩笑半认真地道："这里是你的禁地，我是那个免进的闲人？"说完掂起足尖便往他唇上亲去。

那一瞬关旗陆脑中闪过安之避开古励手掌的一幕，他下意识侧了侧头，她的唇印落在他脸颊上，他轻柔但明确地掰开万沙华的双臂，执着她的手腕牵下来，神色有些淡冷。

万沙华不甘心地咬了咬唇，却再不敢放肆，眨眼之后脸上已绽开笑容：“对不起嘛，我知道你的原则是不希望有人来你工作的地方打扰你，我来只是因为好久没见了，很想你，真的没有别的意思。”

关旗陆微微一笑，没有别的意思，是没有突然袭击探测他感情的意思，还是没有故意触及他的原则，试探他能否为她打破的意思？

“我们下去再聊。”他温和道。

以前他对这类精英女子的小心思小手段不过一笑置之，毫不在意，在这刹那却没来由地忽然觉得有些厌倦。

不管是为了测试男人还是为了展示自己的聪明，高人一等的职位和工作中的丰富经验已经教会她们要弄权术，即使在纯粹的男人与女人的关系之间，也总会不自觉地有意无意来几下心术攻防战。

但其实，并不见得会为每一个男人所喜。

此时外面响起连串脚步声，似有许多人回来，然后是古励的叫声：“安之，你的鸡腿饭。”

关旗陆轻轻把门拉开。

“太没人性了，居然这么晚才回来！”安之向古励递去早已准备好的散钞。

古励没有接。

“不用给了，我让冠清一起算到大家的午餐费里，要不算我请你也成。”十几块而已。

“一样归一样，这是你掏现金帮我买的，我先把钱还你，餐费那个再说了。”

“你怎么这么认真？”看她一脸坚持，古励无奈，只好收下。

安之笑：“你不知道有句话叫吃亏是福吗？我是在为自己积福呢。”

占人便宜又不能让她长得更漂亮一点，何必和异性之间不清不楚。

安之拿过盒饭，回身才想坐下，脑袋却自有主张地往右一侧，她看见了关旗陆。他注视她的目光并没有因为被她逮到而移开，反而因了这微妙的心电感应而有些说不出的柔和。

万沙华从他身后走出来，自然而然挽上他的手臂，引来众人惊视。

本想问候上司的安之识时务地闭嘴，飞快把脑袋再转回去，身子一矮已隐入椅子里。

万沙华仿佛未察觉到整个办公室里的人都在看自己，眼内只有关旗陆的侧面，她轻声笑语："旗陆，我们走吧？"

关旗陆侧过首来，朝她笑了笑，神色温和依旧，但掠过她的眸色已带上了一丝隔岸观花的冷然和忍耐。

万沙华一惊，即刻意识到自己做错了，然而众目睽睽之下她已不可能再放开他。

关旗陆任她挽着自己，直到进了电梯。

他温声道："沙华，我中午在钻饰店里见到一根项链很适合你，买给你好不好？"

万沙华愕然看他，微恐地摇头："我不要。"

关旗陆再度笑了笑，不再说话。

万沙华急了，从他的臂弯里抽出手来："旗陆，我知道我们之间是什么关系，是我逾矩了，你放心，我保证一定不会再有下次。"

关旗陆面带惊讶之色，浅笑着解释道："你想到哪里去了？其实是我的问题，我可能很快就不再是自由身。"

万沙华即时变了脸："什么意思，你要结婚了？！怎么从来没听你提过？"

关旗陆的面容温和依然："现在谈结婚还早，只不过老人家确实希望我安定下来了。"

万沙华呆了呆，安定的意思是他将会结束单身贵族的生活，包括结束如同和她这样的露水情缘，而打算去谈一个正式的固定的以后会谈婚论嫁的女朋友。

失望和失落袭上她的眼眸，咬了咬牙，她问："我不可以吗？"

论相貌她自信可以打九十分，论学历她是名校毕业，论能力她是外资银行的经理，以她的条件虽不能与他匹配，但多多少少也见过大场面，不至于差到他带不出门。

"你很好，一直都很好，确实是我的问题。"

关旗陆没再说下去，然而冷静的目光里已浮现清晰的歉意。

"那是什么问题？"明知这样的追问很不理智，只会加速两人关系走入危险断裂，但震惊、恐慌和不甘等情绪交织，让脑袋发热的万沙华就是忍不住想追根究底："旗陆，是我配不上你吗？还是……"

她顿然住嘴，在该刹那醒悟过来，苦苦一笑："你不爱我，是吗？旗陆。"

"如果实话是你想要的答案。"他的眸光深处掠出冷酷寒色，"是。"

万沙华再说不出话来，眼中泪光骤涌。

"我很抱歉，不过爱情之于我如同天方夜谭。"那种虚无缥缈的东西从来就不曾在他的人生中存在过。

万沙华惨淡地扯了扯嘴角："你不用拿这些话来安慰我。"

关旗陆淡淡一笑："我只是陈述一项事实。"

"我不信，难道说这么多年你从来就没爱过一个人吗？"

关旗陆静了静，好一会儿才淡声说道："我曾经喜欢过一个女孩子。"

也不过是喜欢而已。

"然后呢？"

"没有然后。"她甚至不知道他喜欢过她。

"为什么？你没告诉她吗？"

关旗陆侧首看她，笑容渐现，却带着一丝毫不掩饰的冰冷和无情。

“当时我有比她更好的选择，就是哈佛专为企业管理者开设的一年课程。”在她和男人的前程、事业、野心之间，他毫不犹豫地选择了后者，“感情对我而言根本微不足道，你明白了？”

这世上没有任何东西，值得谁为谁牺牲自己的人生和方向。

随着市场活动的日期临近，安之愈渐忙碌。

对企业内人事之间的理解也愈渐深入，关旗陆一向温和好相与自不必说，至于不曾对她和颜悦色过的曾宏，安之也渐渐领悟，与这样的上司相处很讲究技巧。

每当有重要事情需知会他时，不好敲门进去莽撞直言，因为在他心里全无准备之下，不是会被他劈头驳回，就是可能收到他一番强硬指示，而这只会造成自己骑虎难下的困窘——是按原计划执行，还是听从副总横加进来的新指令？

不管她怎么做，结果都会有失周全。

最适当的做法是请职位与他同等的人——最合适就是自己的上司，先去和他打声招呼，待他心里有了底，然后自己再以请示的形式去知会他，如此一来，便不会因冒失而误事，同时也把受他刁难的几率降到了最低。

俗语云：百样米养百样人。一百家公司就有一百种性格不同的领导，每当见到曾宏当众把下属斥得面上无光，安之都暗暗庆幸自己不属于他那一拨，以她的玲珑虽不至会多吃苦头，却准熬不了三两个月即已自动请走。

师太说得好，人到最后不过一宿三餐而已，何至因此尊严尽失。

为确认活动安排是否已准备到位，她就各事项逐一与人联络。

首先拨到印刷公司：“王老板，我们公司的资料中午前可以送来了吧？”

那边“嗯啊”了一声：“应该没问题的，我打电话回厂里问问。”

应该没问题？安之心里拉响警铃，她端正声调。

“王老板，这批资料本来前天就应该印好的，你一直给我拖，因为你许诺我今天一定会送来，我相信你才没说什么。今天已经是最后一天，我们明天一早就要用了，你现在还只是和我说‘应该没问题’？”

“叶小姐你放心，肯定没问题，我现在就打电话回去问问好了没。”

“这批资料对我们很重要，拜托你务必要在今天弄好，不然我没法交待。”

对方应诺连连。

放下电话后，安之不由得有些担心，这次活动塞曼提联合银通向新老客户推介新产品，所以临时需要印制一批宣传资料，那个姓王的印刷厂商是集团市场部推荐给她的，她还是第一次接触。

虽然有些顾虑，却也只能暂时放下。

她继续拨给酒店，“Apple，你们传来的自助餐单我收到了，就按那个下单没问题，一会我签字回传给你们，我明天早上会提前到酒店，不知道你能不能也过来……好，那我们明早见。”

早些过去的好处是，如果在布置或仪器设备上存在问题，还有解决的时间。

再来是塞曼提，“杜工，我是安之，演示用的PPT修改好了吗？能不能传给我？”事先拷贝在备用的手提，万一到时厂商那边出问题，她这里还可以应急。

然后公司总务部，“周司机，我和你确认一下，车辆使用申请单我已经交到后勤部，请明天早上六点到公司，我们需要用车一整天。”

还有设备安排，“小宋，投影仪什么时候能给我？要到下班？那太晚了……技术支持他们下午还要用啊？是带出去还是在公司里？在公司就好，他们用完你通知我，我自己去拿好了。”

忙碌中手机响起，定做的小礼品送到，安之边讲电话边去按电梯。

一楼外面，小货车已经停在路边，除了司机，随车而来的只有一个伙计，而车后厢里却有十几箱东西，那伙计说：“小姐，你叫些人下来帮忙吧？”

“他们都出去了。”办公室里只剩下许冠清和聂珠此等女流。把手机塞进裤子口袋，安之挽起衬衣袖子，“来吧，我们先把箱子卸下来，这里不能停车的。”

说完她翻身一跃，跳上了车后厢。

那伙计看得一愣，见她已手脚齐动把箱子移向门边，才慌忙过去。

货物卸好，司机去旁边停车，安之弯身抱起一个箱子，试了试重量。

伙计看她要自己动手，赶紧拦下，诚恳道：“小姐，这种粗重活儿不用你来，你在这里看着就行，等一下司机回来让我们来搬，很快的，保证不会耽误你的时间。”

安之笑：“你不知道货梯在哪的，我先搬些去电梯口，你在这里等着。”

不远处大厦另一侧的旋转门入口外，关旗陆站在花圃旁边，定睛看着路边的一幕，安之抱着纸箱踏上台阶，那伙计看着她的背影移不开视线。

在这幢大厦里任职的，即使只是小小助理文员，也意味着一种阶别和层次。

出入来往的女子无不打扮得体、精致而有气质。委身做苦力？那是不可思议之事，花十五二十元请人来做，大可入公司账目。

可是叶安之自己动手，抱着大大的箱子，从西装革履或香衣丽裙的三五撮人身边走过，丝毫不觉有任何不妥，微风拂过她的短发，在阳光下那么洒脱自然。

那一刻，关旗陆内心某丝被压制到已几乎遗忘的异样感觉破茧而出，有些酸还有些涩，从心口直冲喉咙，令他觉得呼吸困难。

当安之的身影消失在楼门内，他仰头望向青蓝色天空。此时此刻，有些东西，他不想面对。

静立片刻后，方待离开，一侧首看见司寇正站在身后。从安之消失之处收回目光，司寇看向关旗陆，眼神带点幽诡和玩味。

关旗陆笑了笑，温言道："来见姑丈？"

司寇扬眉："看来你也是，只不知他找你和我什么事。"

"见到他自然知道了。"关旗陆不再多话，抬手推门。

司寇走上前，与他并肩而行。

飞程集团的董事长司淙现年五十八岁，但整个人看上去很年轻，像五十不到的样子，炯炯有神的双目内永远闪耀着果敢和魄力，已然斑白的两鬓不但不减他五官的英挺，反而更衬出一种成熟男人的魅力。

与他的财富和名声一起被坊间盛传的，还有他倜傥无边的风流史。

据闻他的第一任妻子在生下他至今唯一的儿子司寇后，便抛下了父子俩不知所终，同年他娶了第二任妻子，在婚后的第四年，他和现任妻子关访茗的婚外情被发现，前妻坚决下堂求去，他继而又娶回了关访茗，这第三桩婚姻一直维持至今。

在关旗陆和司寇落座后，司淙神情严肃。

"我想你们大概也知道，今天我把你们两个叫来是为了什么。"

关旗陆笑了笑，司寇则双手抱胸，两人都不说话。

飞程集团的主营业务一直围绕着分销、系统集成和自研产品销售这三大板块进行，虽然目前还是行业里的龙头，但实际上内部问题重重。

"首先在分销方面，全国有四大软硬件总代理商，排名第三第四的所占市场份额不大，暂时可以忽略不计。但排名第二的中诚却是飞程强劲的竞争对手，一直以来紧紧咬着飞程不放，尤其这几年他们的发展迅猛，对飞程的威胁越来越大——司寇，你有经手分销的事务，说说你的看法。"

司寇皱了皱眉。

"情形不太乐观，过去几年间集团为了保住第一总代的地位和市场占有率，不得不在全国范围内广铺渠道以及在更多的城市设点，这在人力物力方面的投入非常巨大。

“另一方面为了获得上游各大厂商更多的支持和更低的进货价，飞程还不得不扩大压货量，这样使得仓储问题日渐突出，同时为了保持下游代理商对飞程的忠诚度，还不得不延长代理商的赊账，以及在进价方面给予他们比中诚更低的折扣。”

关旗陆说道：“强大的市场竞争已经使得这一行的价格越来越透明，利润也越来越薄，各家都只能靠拼出货量来达到薄利多销了。”

“没错。”司寇继续陈述，“本来我们集团在前年就已经利用光纤实现了全国联网的进销存、物流、资金链以及各环节交易的实时更新，针对市场的瞬息万变，这套全新的电子化业务系统能够快速反应和及时解决各区域间的调货问题，不但保证了飞程销售渠道的畅通，同时通过对各种重要数据进行分析，也使我们能够最大限度地合理安排资金和规避财务风险。”

说到这里他停了下来，朝司淙耸耸肩，意思是后面的你老人家都知道了。

司淙脸上涌起一抹无奈和忧色：“原本我们的走势确实相当被看好，但是由于集团去年所作的一项错误决策，使得截止到本季度，飞程仅是对MS产品的库存积压就已经高达八亿元人民币。”

做企业最怕就是把好不容易赚到的钱全做进了仓库里。

司淙揉了揉眉心：“原来主管分销的副总裁已经向我递了辞职信，我需要重新物色一个合适的人选来接任，务必得在半年内把那八亿库存通通消化掉。”否则光是天文数字的仓储费用就能把飞程拖得半垮。

他转头望向关旗陆：“系统集成那块的情形你来说一说。”

关旗陆点点头，曼声道：“集团旗下四家主要的系统集成公司，其中只有我的银通和司寇领导的光讯在盈利，至于电力、通信和政企以及其他几家较小的子公司，已经连续两年出现账面亏损。亏损原因一是业务不力，不但没有开拓到新客户，连原有的老客户也被对手抢走。

“二是公司里编制杂乱，人员繁冗，多余的职位设置并没有发挥到应有的效率。三是主管对财务监管不严甚至可能身涉其中，单子没打下，业务费用的支出却一笔比一笔还高，这些钱是不是都花费在客户身上了，很值得怀疑。”

“针对这种现状，我打算把几家公司合并起来，你们俩怎么看？”司淙问。

司寇点头：“最好的解决途径确实是进行资源整合，实行统一的人事管理，可以在原有的业务和技术基础上按行业划分为金融、电力、通信、政府和企业等几大事业部。”

关旗陆想了想：“按我的设想，还可以把整合后的公司从集团里分拆出来，与国外资本重组成立飞程控股的有限公司，策划在海外上市。”

司寇眼前一亮：“这主意不错。”

“通过这种方式一则可以实现规模化融资，使飞程有充足资金来规划更进一步的发展，二来对于和董事长一起出道的那几位副董，可以把他们手里所持的公司内部分红股权置换成上市股份。”

如此一来，既可以保障老臣子们的利益不受集团本部决策成功与否的影响，同时也解除了他们对集团本部的说话权，使权力收拢集中，更稳固地控制在最高领导者手里。而只要司淙肯把权力再转手下放给新生代的高管阶层，剔除了各种发展障碍的飞程，在未来几年内必然会有相当大的飞跃。

司淙听完，沉思了会儿：“这样吧，你们两个都和外面接触一下，看看哪些外资有和我们合作的意向。”

创业容易守业难，当一个企业发展得越来越大，危机也随之四伏。

犹如在浪尖上滑板，不越，则覆。

第三章

魂牵梦萦

午后，安之紧盯着印刷公司："王老板，你什么时候把资料送过来？"

"不好意思，上午我们的机器出了点问题，中午才刚弄好，晚一点行不行？"电话里嘈杂的响声显示他的人仍然在外。

"王老板你真的得保证在下班前送到！不然我来不及了。"

"叶小姐你放心，我已经安排好了。"

话是这样说，可是安之对这人已经不信任，她翻出印刷公司的名片，将电话拨到印刷厂里，对接线小姐道："我是银通公司的，刚才你们老板说我们的资料在印刷上出了点问题，你能不能帮我把电话转到印刷师傅那里？我想了解一下状况。"

"你等一等。"

不多会传来一把洪亮男声："喂？"

安之道："你好，我想问问银通公司的资料印好了没有？"

"你等等。"那边放下话筒，某种地方方言响起，"银通公司的下印了吗？"

有人远远应道："没呢，上午有张单子插进来，停机换版损耗太大咧，而且银通的才两千份，开机不用十分钟就能印完，老板说放一放等别的赶完了再给他们下机。”

安之隐约听见，真是既惊又怒，她收线后想了想，抄起手机奔下楼去，此时再找那个王老板显然没用，他分明是嫌银通的印刷量少而总是优先安排其他公司。

进入集团本部，穿过宽阔的接待处，安之迎面便见司寇从通往卫生间的廊道内走出来。

“司总。”她礼貌问候。

司寇有些讶异地看向她，目光流转。

安之匆忙闪身而过，彼一时也，此一时也，这场合可不适宜再叫他寇少。

她找到市场部的同事，把情况如此这般说了一遍。

同事皱眉：“他们怎么这样？”当着她的面拿起电话拨过去，“王老板，我们银通公司的同事说，你前天就应该送来的资料现在还没有开始印，你不是这样做事吧？我们集团每年给你们的生意可不少……嗯，她现在就在这里，你直接和她说。”

安之接过电话。

“叶小姐你有什么事找我就行。”王老板变得客气恭谨不少。

“王老板，我们的展示会就在明天，如果这批资料开天窗我怎么担得起责任？如果下午下班前你还不把资料送来就不用送了，估计我也被炒鱿鱼了，到时候王老板你可得给我安排一份工作。”安之的口气似开玩笑，却又暗含斩钉截铁的冷冽。

“没这么严重吧？”那边赔着笑，“下班前一定送到，叶小姐你放心，这次一定送到。”

安之直接挂断电话，告别同事走出市场部，却意外地看见司寇站在盆植旁边。

等她吗？不可能的吧，她迟疑着，直到司寇的目光向她投来。

安之不得不走近："司总。"

司寇似笑非笑："你想换工作？"

安之面容一赧，知道刚才在里面的说话被他听去了："没的事，只是遇到了一个无良供应商，所以有点郁闷。"

司寇掏出名片夹子，抽出一张递给她："什么时候想换工作了，给我打电话。"

安之惊讶地扬起眼眸，抬手接过，缓声道："谢谢司总。"

关旗陆待她格外和气她能理解，毕竟相逢曾相识，但这个司寇，两人可算三不识七，这般礼遇她却是因何？

司寇看着她："我记得——那天你说旗陆打球不叫你，你也喜欢打网球？"

安之真正睁大了眼，什么意思，他想约会她？

这世上或许真有王子对灰姑娘一见钟情，但安之不相信童话，她知道自己有多少斤两。

清澈眸光望入司寇目中，亦有些似笑非笑，她答非所问："原来司总这么平易近人。"

司寇轻轻失笑，神色继而有些微迷惑，似自言自语："安之，安之……我总觉得好像在哪里听过你的名字。"他还想再说什么，目光掠处定了定。

趁这间隙，安之连忙道："我还有事情要处理，司总再见。"说完飞一般跑远。

司寇转过头去："老爸和你谈完了？"

关旗陆从拐角处走出来，淡淡笑了笑："谈完了。"

瞥他一眼，司寇双手抱胸，忽然道："我想追她，你有没有意见？"

"有。"关旗陆答，撇下他径自离去。

走到电梯前，按下上行键，当电梯升上来时，他却没有走进去。

梯门并不等人，自动合上，按原来的方向继续上行，关旗陆改而按下行键，搭乘到地下驾车离开。

楼上古励问许冠清："关总什么时候回来？"

"不知道，你有事打他手机，奇怪，以前关总去哪总会交代一声的，今天却连个电话也没有打回来。"

从茶水间端着咖啡回来的安之听到两人对话，目光不自觉掠过门扇紧闭的总经理办公室。一整天关旗陆都没回来过，这情形十分少见，除非出差，不然他每天总会在公司出现。

这还是第一次，毫无因由地，她一整天见不着他的人影。

回到自己的座位，目光掠过桌面司寇的名片，安之拿起，细细地看了一遍，然后将之收入抽屉，双手捧起滚烫的白瓷杯子，慢慢喝着咖啡，视线无意识地空悬而停，人有些出神。

不知过了多久，她被电话铃声惊起，反射性地抓起话筒时才回过神来。响的并不是她的座机而是许冠清的，安之侧身瞧去，许冠清的座位空无人影，不知去哪了。

她把线接过来："你好。"

一丝隐约的吸气声，然后是关旗陆惯常的温和语调："冠清不在吗？"

那一瞬间安之觉得有丝热气直冲眼底，仿佛心底隐隐约约的思念蜿蜒走过多年，她低语："她走开了。"

"你告诉她等我回来再走，我稍晚要回办公室拿份文件。"

"好。"她答。

两方都静了静。

"那就这样了。"他说，声音有点难明的奇异柔软。

"哦。"她无绪漫应。

过了两秒，安之才意识到关旗陆并没有挂掉电话。

没来由地，她忽然便觉得眼眶有些潮，不知是不是被咖啡的热汽熏到了，几乎不假思索慌忙放下了话筒，动作之迅犹如它比手中杯子还要烫人。

一股酸涩如涨潮般，漫满她整个心口。

还没待她好好消化这种莫名而令人恐慌的感觉，手机已经响起。

“叶小姐你好，我是王昌盛，因为我们的调色出了问题，印出来的文字图片和打版的版样出现明显的偏差，所以现在要重新调色再印，可能要到七点才能把资料给你送去。”

“你们现在不是已经在印了吗，为什么还要那么长时间？”

“调好色之后印刷是很快，不过刚印出来的东西不能搬动，不然上面的色墨会糊掉，需要静放几个小时等它们晾干，为了保证质量我们还要抽检，去掉一些有偏差的页面。”

虽然在时间上还要拖延，但知道资料已经下印多少让安之松了口气。

当许冠清回来，安之把关旗陆的说话复述一遍。

她“啊”了一声，有些着急：“关总有没有说他什么时候回来？”

“没说。”

“那完了，我今天晚上有事，本来还打算请半个小时假早点走人。”

安之迟疑了一下，本不想说话，但看许冠清一脸沮丧，终于还是忍不住：“我可能要在公司待晚一点。”

许冠清马上喜形于色：“那我把他办公室档案柜的钥匙给你。”

安之只得笑笑说“好”。

直到下班关旗陆仍没回来，许冠清给他挂了电话，把钥匙交给安之后匆匆离去。不到半小时公司里已人去楼空，窗外暮色渐暗，尔后华灯初上，每每这种时候，总令安之联想到一个词语：归家。

她打开电脑里的播放器，让音乐流淌出来，无聊地伸个懒腰，从椅子里站起。

办公室内灯亮如昼，映得玻璃幕上影影绰绰，像极聊斋里的世界。

安之踱向窗边，歌声在背后响起。

把万家的阑珊敲落
把心间的希望点着
爱情是一盏灯火
结一根温柔的芯
蓝曳低萦至死方灭的承诺

把透明的薄翼张开
把深沉的向往背着
我是一只笨飞蛾
穿越时间轨迹
漫长黑暗里寻求光明的依泊

燃不尽爱澜火海翻波
燃不尽情世烟涛流没
爱情是万盏灯火
摄神的亮凝射妖魅的炫惑
漫卷红尘为烈炽
化腾空热焰惊天补不破

依稀是蒲田火点生天
依稀是明境宛成丝线
我是一只笨飞蛾
临界的智盛不下震撼的迸裂
失了心迷了眼扑跃

狂喜跌荡在极乐那绝世一抹
笑在唇边微拂

爱情是一盏灯火
我是一只笨飞蛾

“这是什么歌？”忽然有人问。

安之讶然回首。

关旗陆无声无息地站在离她五步远的身后。灯光从他头顶前方照来，在他的睫底和下颌打出淡淡阴影，而垂在额际的发丝似有些凌乱，那瞬间安之有种奇特感，此时此刻的他仿佛有些难言的失魂落魄。

关心之情使她脱口而出：“发生什么事了？”

关旗陆定定看着她，很慢很慢地道：“我也想知道。”

他遮在密睫阴影下的眸光暗幽无底，眼神十分奇特，似隐隐伺机欲动扑出来将猎物撕成碎片，又似始终恪守无关过客的身份，仅是保持距离地就那样冷冷驻足一望。

安之心口怦怦地跳，有些失措，慌忙别开视线，适巧桌上手机响起，她马上往座位走去，脸上奇快地展开不相关的浅淡笑容：“关总你档案柜的钥匙在我这里。”

原先空气中弥漫的那丝无形的微妙情愫，即时烟消云散。

目不斜视地行过他身边，她关掉歌曲，拿起手机：“喂？王老板你们到了？好，你等一下，我马上下来。”

“什么事？”关旗陆问，语气有些冷。

“有一批明天要用的资料送来了，我下去带他们上来。”

关旗陆走到她身边，然后安之愕见手机被他从手中抽走。

将电话拨回去，在对方接通后他淡声道：“这里是B座四十八层，你们要么自己把东西送上来，要么拉回去。”说完直接收线，把手机交还安之，他的语调有些无情，“我不反对你去帮他们搬东西，但，如果这些供应商不知道该怎么做好他们的分内事，你大可把他们全部换掉。”

安之一愕，抿了抿唇，默不出声。

有经验人士说过，无论任何情况下，永远不要与上司发生争执。

关旗陆自她桌面取过钥匙，径自进了自己的办公室。

安之拉开椅子，静静坐在位置里。

一门之隔，一内一外，谁也没有发出声音。

偌大空间里无声无息，似乎每一秒都过得异样漫长。

好不容易终于听到公司门口外传来响声，她匆忙起身出去。

“叶小姐，不好意思，让你等了这么久。”王昌盛满脸堆笑地迎上来。

安之客气道：“王老板辛苦了。”

让人把东西从电梯里搬出来放到指定位置，她撕开其中一摞的包装，从上中下各抽几张出来，检查过纸材和印刷质量俱无误，再大致清点过数量后，收下发票并付给对方早向财务部申请下来的支票。

王昌盛道谢连连：“叶小姐，以后再有东西要印时记得关照我们。”

安之半真半假地笑起来：“我倒是把生意关照你了，可是王老板你不关照我啊。”以后还和他打交道？除非哪天她变白痴了。

王昌盛尴尬不已：“叶小姐真会说笑，对了，叶小姐还没吃晚饭吧，一起去吃点？”

“谢谢了，我还有事。”安之微笑着把人送到电梯口，“王老板慢走。”

梯门合上，声音全部消失，空间再度恢复寂静。

她轻吁口气，回座收拾好东西，离开前迟疑地看了眼总经理办公室，要不要打声招呼？正踌躇间，“吱呀”一声响，关旗陆已拉开门出来。

安之即刻笑笑：“我忙完了，先走了。”

关旗陆的神色已回复如常："晚了，我送你回去。"温和依旧的说话声中少有地含一抹不容拒绝的意味。

安之眯眼一笑，也不推迟："哇，我今天运气真好，不但省了车钱，还有专职司机。"

这样落落大方的姿态，让关旗陆的眸色变得有些深。

他走过去，经过她身边时忽然侧首，瞥她一眼："这么防着我不累吗，小师妹？"

安之僵立在原地，瞪着他径直行去的背影作声不得，心里想，原来司寇是半仙出身，竟然预知了她真的会想换工作，无可奈何地跟过去，开始后悔自己为什么答应让他送。

电梯里，两皆无话，安之站在一角，无所事事地从上往下看着按键。

不经意地将她微显局促的神情收入眼底，关旗陆的唇边渐露一丝笑意，终究还是不忍心过于为难她，他漫不经心地挑起话题："你前面听的那首是什么歌？"

安之下意识地咬了咬下唇，似不太想回答。

关旗陆好奇了："是什么？"

"《爱情是一盏灯火》。"她迫不得已，低应了句，有些不情不愿。

关旗陆一怔，收回凝视她侧面的视线，不再出声。

此时此刻，两人独处狭小梯间——爱情，这两字无疑太过敏感，这话题根本碰触不得。

两人异样静默，但这样刻意的回避，却反而使得一些情愫在内心清晰呈现。

空气里充满某种令人站立不安，又令心跳微微加速的无形张力。

关旗陆倚着梯壁，手中有一下没一下地把玩着车钥匙，安之则以指尖轻叩梯门，慢慢地越击越快，紧张地看着数字键一格闪过一格，终于停在她无比翘盼的"1"上。她站直身子，他将钥匙收入掌心，两人几乎是异口同声：“到了。”

这突如其来的默契让两人都像受到了轻微电击，一直相互回避的两双眼睛下意识投向对方，眸光在半空中胶结成情丝一线。

关旗陆反应奇快，瞬间已调开视线，说道：“你到路边等我，我去把车开过来。”

安之也随即回过神来，口中应了声“是”，然后慌忙走出梯外，脚下直直往前方走去，脑袋里还停留着一些无法思考的空白，他下意识飞快别开眸光的那种态度，仿佛在和她划清界限，心口有丝说不出的怅然若失。

直到走出旋转门外，被夜风一吹，安之才完全清醒过来，那一刹她几乎想直接冲到路边打车离去，随即意识到此举不妥，只好以手捂唇，懊恼不已。

倏地，直觉力极强的她骤感颈后生寒，猛然回首。

只见旋转门内暗影一闪，这诡谲不明的景象让安之心生怯意，她飞快走到车来车往的路边。

关旗陆从车库出口转过来，搁在一旁的手机亮起闪光，他拿起一看，是关访茗，接通：“姑妈？”

“你明天晚上有没有空过来吃饭？姑妈给你介绍一位朋友。”

单手握紧方向盘，缓缓将车泊至安之面前，关旗陆这才对着电话笑了笑，慢声道：“明晚？真不巧，我刚好约了客户。”

安之伸手拉向车把，下意识回头望了眼旋转门，不见任何人出入。

她开门上车，自觉扣好安全带，好一会儿，不见关旗陆开动。

“怎么不走？”她奇问。

“安之。”他轻唤，靠向椅背，似有些疲倦。

她看着他，等待下文。

“如果——我是说如果——如果你明知道一份感情是不应该开始的，你会怎么做？”

他侧过头来看她。

安之收回目光，投向车前窗外。

过了半晌，才轻声道：“爱情是一盏灯火，光明和幸福，其实都是短暂的。”

又是一阵沉默。

她低低说道：“如果一份感情在我是不应该开始的，那么，我就不会开始它，这世界上或者有很多甘心扑火的飞蛾，但我却永远也不打算做其中之一。我从不在乎过程是否繁华美丽，我要的东西很单纯，就只是一个相守相依的结果。”

如果预知一份感情不能到达这个结果，那么，她永远不会让它开始。

关旗陆默不作声，好一会儿，手中方向盘转过，将车子慢慢滑入车流。

穿行中路灯在车窗内划过道道光弧，让人感觉似驶向未知的时空。

离人民桥底不远幽静的滨江西路边上，远洋公司的宿舍是幢老旧的九层建筑。

院门设有门卫看守，但整幢楼并没有安装电梯，每每下班回来，安之拖着在公车上站立一个多小时后已变得像灌了铅的双腿回到楼下，看着呈现在眼前的层层阶梯，总恨不得背后长有一双翅膀，可直接飞至七楼家门口外。

这样为生计奔忙劳碌，日子似没有尽头，不是不疲累。

她也渴望有朝一日可以搬进旁边带有六部电梯江景无敌的海天大厦里；也幻想中五百万彩票，从此抛开世上一切俗务，背个行囊，周游四方。

自然也免不了做梦，希望在阳光明媚的某天与英俊多金、专一痴情、浪漫体贴的青年才俊邂逅，经历对方百般追求，爱情曲折但婚姻幸福，下半生车来车往，买衫买鞋，看见任何一样她喜欢的东西都不需考虑价格几何，贵与不贵。

人生没有幻想，会失去希望，可是，这样不切实际的幻想，却又始终仅仅只能是幻想。

憧憬确实美好，现实却是残酷。

出生在普通家庭，此生早注定与富贵无缘。

开门进去，看见明亮灯光下已摆好饭菜，母亲彭皆莉为等她回来而仍未用膳，那一刻安之觉得，但求父母双全，三餐能继，四肢康健，已经十分知足。

“妈，我不是打过电话叫你不要等我嘛。”她柔声抱怨。

叶母拿起碗为她盛汤：“我就算先吃了，还不是要等你回来吃完才好收拾。”说话声带嘶哑，还伴随着数声干咳。

安之一惊：“声音怎么这么哑，妈你是不是生病了？”

“可能着凉了，一会儿吃点感冒通就没事了。”

安之伸手触她额头，感觉没有热度才算稍微放心：“如果不舒服一定要去看医生，别乱吃那些抗生素，对身体不好的。”

叶母拍开她的手：“就只会理论一套套，什么时候到你懂得照顾妈妈，我死也瞑目咯。”

安之嘿嘿笑：“我懂不懂照顾妈妈没关系，有妈妈照顾我就行了。”

“别嫌我啰唆，你呀，还是好好学学怎么做家务，不然以后嫁人了，说不定哪天哭着回来找妈妈。”

“咦，我为什么会哭着回来？”安之大奇。

叶母笑：“被婆婆打的呗。”

安之瞪大眼：“婆婆干吗打我？”

“因为你连煮顿饭都不知道米里该放多少水啊。”

“噗”的一声，安之嘴里的汤全喷出来，幸亏她急急调开了脸，才没有污染一桌饭菜，慌忙抽出大沓面巾纸，抹净唇沿，然后扔到湿得一塌糊涂的地面上。安之郑重其事：“妈，真的，你以后千万别等我吃饭。”

叶母笑着夹起一只鸡腿放到她碗里，“快吃吧，菜都凉了。”

自从安之出生而丈夫需长期出海之后，她便辞了要倒班的工作，回家做起专职主妇，没想到这一做就是二十多年岁月。

安之放下筷子，直接用手大快朵颐。

普通的家境决定了她的生活方式，每日里须挤公车，且住不起海天大厦那样的房子，但一个人的生活是否充满欢乐却与穿戴什么完全无关，即使日子平凡如是，安之也时时觉得自己幸运和幸福。

然而只是……不管日子多么快乐，敏感心底却似始终深深潜藏着一缕微伤。

入夜后她躺在床上，翻来覆去，这日里经历过的景象，一幕幕在脑中掠过。

回味之中心口始终萦绕不去一种难言的滋味，还带些怅然。

窗外残月逐渐西斜，人迷迷糊糊中睡去。

依稀魂梦转过千世百回，不知怎么就飘到一条古老的平整的青石路上，旁边有间院子。

她推开虚掩的门，院内梨花如雪，踏上雕檐画角的长廊，见到花格窗棂的夹纱糊纸上投映出房内的一道青衣身影，那人听到她的脚步声，隔着窗纱轻声说道：“你来了？”

那奇异的柔诱声调，似对她魂牵梦萦，还似……在深心处一直令她魂牵梦萦。

这领悟让安之心头大受震撼，即时从梦中惊醒。

睁开眼时听到枕边手机闹钟在叫，“醒来啦，醒来啦，醒来啦……”

安之呆怔片刻，然后用双手轻轻捂脸，梦境在黑暗掌心依然清晰，令她几乎落泪。

缓了缓情绪，清晨微光从掌缝透入无意识微张的眼睫，随即想起今夕何夕。

大堆待做的事务涌进脑海，安之大力掀开毛巾被，翻身下床。

再无暇悲风伤月，飞快洗漱，挑了套深色但式样雅致的裙子，薄施粉黛，用啫喱将短发定出时尚款型，匆忙出门而去。

展示会在花园酒店三楼白玉兰厅举行。

因为邀请有不少客户的高层领导，曾宏率古励等高级经理早早到场。

其时安之正在检查各项摆设，酒店的公关经理陪伴在她左右。

“Apple，请找两个人来把标语挂到墙上，刚才我看到外面的签到桌上没有鲜花，请拿一樽合适的插花来做点缀，另外再加一个‘请惠赐名片’的铭牌，我们要收集到会的客户名片，还有，第一排是重要客人，请在长桌上给每个座位都用高脚玻璃杯准备一杯冰水。”

Apple用微型对讲机把她的要求逐一吩咐下去。

曾宏看在眼内，回身对聂珠道：“你去帮一下忙。”

聂珠便叫：“安之，有什么我可以做的吗？”

安之低着头调整投影仪：“聂珠你来了，帮帮忙把宣传喷涂画摆到门口，签到本在纸箱里，去拿出来，还有把资料和小礼物装进纸挽袋，到时每人送一份，叫古励和其他业务经理把名片摆出来任客户拿取，然后你再看看抽奖箱准备好了没有。”

说话间厂商的工程师也已到来，和古励等人相互问候。

安之抬首见他们身影，扬声叫唤：“杜工，陈列桌上的五部手提都已经打开，你去检查一下演示系统有没有问题，还有投影仪我已经调好了，你接上手提试一试，激光笔在讲演桌上，你顺便也试一下麦克风的声音。”

有条不紊地忙碌了半个小时，格调高雅的会议厅内已装点得极富渲染力，随处可见银通公司的LOGO和塞曼提公司的产品宣传。

客人陆续到来，关旗陆也在会议开始前出现，笑吟吟地与各高层领导逐个寒暄。

九时整会议正式开始，古励拿起麦克风主持，当全场掌声响起，关旗陆上台做总经理致词时，站在最后一排的安之转身，悄无声息地拉开门出去，然后把门在背后轻轻掩上。

展示会之后曾宏对安之的脸色稍微缓了下来，虽还不到和聂珠、许冠清说笑的程度，但至少不像以前，与她擦身而过时对她的问候视如透明，如今已会朝她点一点头。

安之按发票金额统计好展示会所有实际支出，发觉比原定计划还节省了不少，她先写了邮件催促厂商拨款，然后把各项明细做进表格，才刚刚发出去给关旗陆和曾宏，便看见两人偕同古励走进办公室。

关旗陆吩咐：“聂珠，安之，你们放下手上的工作，先协助古励完成一份标书。”

待两位老总各自进入办公室后，聂珠问古励：“怎么这么急？”

“明天上午八点半就得把投标书送给客户。”

正在翻阅标书的安之心里暗叫一声晕死，现在已是下午四时，“那我们快准备吧。”

“我来做报价，安之你准备公司介绍、营业执照和税照，聂珠你去集团里把各种资质、代理授权和获奖证书全部复印一份上来。”

“那系统方案呢？”安之问。

“系统方案包括两部分：一部分是我们公司的产品，我已经提前打电话回来叫技术人员准备；另外一部分涉及到和塞曼提产品的整合，这个我也交代杜工去做了，但是他现在在深圳出差，你晚点再打电话催他一下，让他尽快E-mail过来。”

古励交代完毕，三人分头忙碌。

安之把标准的公司介绍文档拷出来，针对标书要求作了改动，加进一些重点内容，交关旗陆过目后，再按他要求一次次反复修改。

到下班时分，安之、聂珠和古励手中的工作都已做妥，然而由于时间太过仓促，长达五十页的技术方案才刚刚初步完成。因为技术方面的内容向来由关旗陆最后把关，曾宏与古励因晚上仍有应酬在下班后已一同离去。

关旗陆说：“没什么事了，聂珠你也走吧，安之你留下来。”

又过一刻钟，塞曼提公司的资料终于发了过来。

关旗陆收下邮件，将手提装进包里，开门出去，对等候在座位里的安之道：“你收拾一下装订要用的工具。”

安之讶异，虽不明所以，但还是听令行事，拿过一个礼品袋，把装订机、打孔机、胶圈、蓝色硬皮封面和隔层纸放进去。

“走吧。”他说。

安之心里疑惑更重：“去哪儿？”

“我家。”

安之滞了一滞，关旗陆回头看她一眼：“我住在F座，我们回去吃完饭再工作。”

她虽不情愿，却又不知如何拒绝，只得跟着他走进电梯。

下到一楼，两人走出旋转门外，步下石阶时安之不知为何忽然回首，门后倏地暗影一闪，她惊得毛骨悚然，下意识一把抓住关旗陆的袖管，失声叫道：“师兄。”

关旗陆讶异地侧过首来看她，柔和神情在收入她略微苍白的脸色时敛起，他皱了皱眉，顺着她的视线望向门后，那里什么也没有。

“怎么了？”他问。

安之定下心神，松开他的衣袖，摇了摇头：“可能是我眼花了。”

关旗陆自然而然牵起她的手：“以后下班早点回家，别在公司里待太晚。”

安之有点不能反应，看着被握在他微暖掌心里的左手，不自觉跟随他的步伐。

穿过花圃，走到人行道的转角时，关旗陆漫不经心地瞥了一眼旋转门。

进了F座搭乘电梯上去，到达家门口时关旗陆才松开安之，安之迅速用另一只手包裹着被他牵过的手，只觉轻悄羞涩的心口怦怦地跳。

跟在他背后进屋，当水晶壁灯乍亮，安之饶有兴致地打量，从装饰得美轮美奂的客厅转到开放式厨房外的餐厅，明明室内无人，但桌子上却摆着热腾腾的精致菜式和两双碗筷，那一刻她有种回到自己家里的错觉。

眸光转向欣赏墙上的水粉画，她笑问："画里面住着一位仙女吗？"

关于爱情故事，中国古代神话有另一种传奇的演绎方式。

"我请了人做家政服务。"

"有钱是什么感觉？"安之好奇。

关旗陆笑："在你认为多少钱算之为有钱？"

安之想了想，"生活富足，银行存款多到不工作也可以一辈子逍遥快活。"

"其实钱多到可以一辈子逍遥快活的人，反而往往没有多少存款。"

"为什么？"

"财富的增长依赖于投资有道，而不是静止积累，金钱对这些人的意义已经和生活条件无关，而成为了一种令事业更加成功、资产循环增值的手段。"

安之点头："就像我们飞程集团。"按说其资产多少年前已足够董事长一家逍遥几代，可还是一个城市一个点地扩张，最终分公司遍布全国，成为首屈一指的龙头，每年业绩占去行业内百分之四十的份额。

关旗陆看着她笑："做企业是另外一种概念。"

"师兄，你的能力那么强，有没有想过成立自己的公司？"

关旗陆静了一静，她眸光内的率真令他微微垂睫，唇边却依然泛笑："安之，大凡一个有点能力的男人，多少都会有一点事业心，我也不例外。"

他并没有正面回答她的问题，安之也就聪明地没再往下深谈。

膳毕两人进入书房，关旗陆打开电脑，开始仔细审查技术方案，见安之无事可做，便叫她坐到自己身旁，不时摘些技术浅显但和产品密切相关的内容向她细心解说。安之聚精会神，遇到不明白的地方问题层出不穷，会一直追问到真正理解才停下来。

当关旗陆发现方案里存在问题时动手修改，书桌旁落地灯的橙光勾勒出他的侧面轮廓，神色平静而专注。安之将身体轻轻靠向椅背，悄无声息地凝视着他的柔和颊线，心田内如住着一只彩蝶，正在花间扑扑翻飞。

不一会儿，关旗陆的视线依然停在电脑屏幕，但唇边似隐隐溢出一丝几不可察的笑痕，搁在键盘上的手指慢慢停了下来。

安之终于醒觉，一时大窘，抢在他侧首看来之前起身："我去外面转一下。"

关旗陆抬首看向她仓皇逃逸的背影，眸光千变万化，正在迟疑要不要叫住她的刹那，桌上手机响起。

看了看号码，几秒之后他才接通，笑笑道："最近怎么样……我在家，还没休息……去Pub？"他抬手看看表，"晚了，不出来了。"不知对方说了什么，他微微眯眸，"现在来我家？不好意思，不太方便……是，我有客人……没关系，改天一起吃饭。"

笑容和耐心一直保持到对方挂了电话，放下手机时似已想通了什么事，神色变得有些寒冷。他低下头，沉思片刻，然后抬首，眸光飘向外面客厅，安之正安静地窝在沙发里看电视，姿态自然而闲懒，手中遥控器一个台一个台地随意乱翻，仿佛对身在此间毫无陌生感。

关旗陆的心底再次涌起奇异情愫，只觉如果此刻她穿着睡衣，便十足是他的小女人。

克制住起身出去的冲动，将某种类似一亲芳泽的遐想赶出脑海，他埋首继续工作。

到关旗陆把安之再度叫进书房已是大半个小时后，她把打印出来的技术方案和之前已准备好的资料整合在一起，逐一装订成本。

“师兄，我们中标的几率大不大？”她随口问。

“可能性基本为零。”

安之一愣：“为什么？”

关旗陆似自知失言，只是掩饰地笑笑，抬手搔搔她的短发：“我送你回去，东西留在这里就可以，我明天上午再拿回公司。”

“师兄！”怎么说话说一半，安之有丝懊恼。

那带点埋怨还似带点撒娇的口气让关旗陆的笑意更深，拿了车钥匙牵起她。

安之抗拒地想从他的手掌中挣出手腕。

关旗陆回首，手臂陡然使力一扯，将她拉至身前寸许，眸光停在她半嘟的粉色樱唇，他轻声说道：“安之，别这样。”

他的动作令她愕然，说话让她不解，眼神却让她心如鹿撞：“什么别这样？”

“别让我……”在最后一刹将后半句“有吻你的冲动”硬生生咽了回去，关旗陆松开她转过身，合上眼无声长吁口气，旋开门出去，“我们走吧。”

他知道自己内心深处早悄然滋生、如繁花开处占去半壁江山的念头是什么，然而另一半的他已冷静地投身进去的事实，却更让他清醒和清楚，在此刻对她做出任何逾越的动作，都绝不是明智之举。

当两人走进电梯，廊道的感应灯暗下来，漆黑中消防通道的门轻轻动了动。

第四章

少争一着

过几天投标结果下来，银通公司果然落选。

安之有些失望：“可怜我们辛苦了一个下午。”

古励笑：“这个标本来就没我们的份。”

“什么？”安之一怔，没有他们的份为什么还要死赶活赶地去做无用功？

“这次招标的是我们的老客户，不过他们其实早已经内定了中标的公司，只是拜托关总帮忙做一次托儿，不然怎么可能昨天下午才拿到标书？要是真去投标，一周前就该把招标书拿回来了。”

安之整个呆住了。

如果这次投标根本不重要，那——关旗陆设法和她独处却是为了什么？

正心慌意乱间，看见曾宏从外面回来。

按下凌乱心绪，在曾宏进了办公室五分钟之后，她才敲门进去。

“曾总，财务部说塞曼提的市场费用已经拨过来了，冲掉我们这次活动的全部支出后还略有剩余。”

“还剩下多少？”

安之说了一个数字。

“这样吧，叫古励订房大家周五去番禺吃海鲜，然后你和许冠清各自去买一样五百块以内的东西，随便你们是买衣服鞋子还是化妆品，把发票开成礼品拿回来报销。”

安之明显迟疑了一下才应声“是”。

曾宏瞥她一眼：“有什么问题吗？”

见他下问，安之大着胆子道：“这次活动聂珠也忙了一天。”大家都是助理，为何奖励独独没有她的份呢？

就见曾宏皮笑肉不笑地，仿似和她好言商量：“剩下的钱就那么一点，不如你说，怎么安排比较好？”

“我们可以三个人每人只买一样三百块的……”安之不自觉有些心怯。

话音未落便见曾宏眼光已冷，她这才警觉自己做错了。

他冷冷道：“既然你认为聂珠辛苦，不如把你的那份让给她，你别要了，怎么样？”

安之只觉脑里“轰”的一下出现短暂空白，脸颊火辣辣地发烫，犹如被人当场扇了两大耳光，羞悔得她只想立刻寻个地洞钻下去，嘴里却不得不勉声应答：“是，曾总怎么说我怎么做。”

“那就这样定了，你别要了，让许冠清和聂珠去买，出去吧。”

语气专断，如逐似斥。

备受折辱的安之匆忙退出，与此同时关旗陆从总经理室里出来。

她紧紧咬着下唇，眼睫一眨也不敢眨，惹来他微讶注视，目光从她已半盈雾汽的双眼转向曾宏的办公室。

径直走过他身前，一直走进卫生间关上了门，安之才以手捂唇，放任眼泪无声流下来。

是她自己的错，是她在某人的羽翼下多少恃功而骄，忘记了谨言慎行，逾越了本分，由此曾宏给了她一个此生绝不会忘的教训——就是身为下属者永远、永远不要在领导面前对任何事情拿主意。

抹干眼泪，强自镇定下情绪，安之开门出去。

关旗陆正站在走道里和古励闲聊，眼角余光接收到她的身影，他不动声色地向古励欠了欠首，微笑着告辞，向她行去。

走过她面前时，他轻轻抛下一句：“跟我来。”

低着头的安之在原地定了几秒，咬了咬唇后转身，随他走向电梯。

当梯门合上，关旗陆低头凝视她仍微红的双眼。

安之别过首，并不愿见自己的狼狈和软弱呈现在他面前。

他因她的骄傲而低低笑开，带着一抹叹息和莞尔：“现在你明白了？这就是为什么绝大部分的人尤其是男人，都想尽办法往上爬。”

是，她终于深切明白，为了挤上狭窄的青云梯而搏杀至头破血流，甚至不惜踩着他人的石头过河的种种现象，早成为都会生态，因为这个社会确实存在着等级，人与人之间确实残酷地存在着阶层的区别。

因为曾宏是高层领导，所以随时可以对她这样的普通职员嗤之以鼻，而根本不必考虑是否折辱她的人格和尊严。

不想承受这种屈辱？那只有两种解决方法，一是自动卷铺盖走路，二是爬到与他平起平坐的位置，或者蹿得比他更高。

社会就是这样，要么你看别人的脸色做人，要么让别人看你的脸色做人。

不只是她要看上司脸色，上司也还得看其上司的脸色，就算是银通集团董事长那样的身份，也免不了要看政府高官的脸色；即使政府高官亦还得看中央脸色；就算身为一国之君，离开办公室回家后说不得也还要看老婆的脸色。

这世上不需看别人脸色做事的人大致没有，虽说人无贵贱之分，然而现实却早赤裸裸地摆在民生面前，阶层越低所受的屈辱越多，阶层越高者，相对地自尊保持得越完整。

所谓成者王，败者寇，一个人的事业成功与否，决定了许多东西。

此刻安之才真正领悟，声线微颤中艰难开口：“师兄……谢谢你。”

关旗陆笑笑，不以为意：“谢我什么？”

她深吸口气：“如果没有你，我想公司里随便谁都可以支使我做事。”

做好了理所当然是她这个新人的本分，别人可能连声谢谢也没有，如果做得不好——却是谁都可以喷她一脸唾沫星子。

只看他一个人的脸色，与看所有人的脸色相比，这两者有天渊之别。

她脸上感激之情那样真挚明显，以至关旗陆不得不垂下含笑的眼，梯门开处，终究还是忍不住轻叹出声：“小师妹，你真是……单纯极了。”轻软的尾音近似喃喃自语。

低头想着什么的安之并没留意到他眸中暗色幻变，只是叫道：“师兄。”

“嗯？”

“一个人——要到怎么样才算成功？”

“答案因人而异。”

“怎么说？”

“对于乐天知命者，有稳定工作和安乐家庭已意味着成功，他们人生的目标仅此而已，达到之后已经觉得无欲无求。”出了电梯，他领着她向A座行去。

“可是现在这个社会，能真正做到这样的人已经不多。”

“所以普遍而言，对于绝大部分男人，成功还是意味着拥有一定的名位和财富。”

“但我发现那些已经拥有一定财富的人，却反而在事业上更孜孜不倦。”安之困惑。

关旗陆微微一笑。

“我举个例子，你可以把事业当成是一座摆在你面前的山峰，有的人终此一生只在山底徘徊，因为他们对现状甘之如饴；而有的人会努力攀到山腰，因为那里风光略好；还有的人，不登峰造极誓不罢休，因为他们的理想是将一方天地征服于足下。”过程中不管名位也好财富也罢，只不过是成功的附着物，已不值一提。

安之听得有些神往，不禁问道：“师兄，你——是不是最后那一种？”

关旗陆看向她，眸光深不可测，他柔声道，“你觉得呢？”

安之耳根微微一热，暗暗后悔那连自己也不知道是有意无意地试探。

轻咬唇沿，她说：“我想我会是第一种人。”

“为什么？”关旗陆定睛看着她。

“我觉得我没有能力爬到山腰，更别说登上峰顶。而且就算我有能力，坦白说也没有兴趣。”顿了顿，似斟酌用语，她慢声道，“如果一样东西，我需要很努力、经历很多、付出很惨痛的代价才能够获得，如果过程需要如此辛苦，对我而言它已经失去了存在的意义。”

关旗陆颔首：“得之我幸，不得我命，何必费尽心机苦苦追求——是这样？”

安之张了张嘴，微惊于他对她思想理解的透彻。

透明的观光梯上到四楼，两人方踏入中式餐馆的门口，便见关访茗偕一年轻女子坐在不远处倚窗的位置，关旗陆止住脚步，忽然侧首看着她说：“对于感情，你也一样？”

毫无来由的问话让安之一愣，才刚反应过来，那背对着他们的女子似因关访茗的脸色微异已回过头来，曾有过一面之缘的面容映入眼帘，安之即时缄默。

从她神色中显现出来的距离感，让关旗陆内心蔓延起一种说不清道不明的情绪，放任指背轻轻触滑过她透出纯真气息的脸。自知这动作犹如将她力图清醒的灵魂抓回自己身边，然而将她拉入他的漩涡，又怎么忍心……他喃喃道：“等我好不好？”

这突如其来的温柔令安之慌忙敛睫，不敢与他对视，两颊悄悄飞红："你说什么？"

"我过去一下。"他的语调极轻侬曼软，似安抚，还似诱哄，"如果你不想去……那就在这里等我，我很快回来。"

安之怔然抬首，看着他转身后的背影，无法理解他说话中那丝似有似无的隐晦暗示。

走近关访茗桌前，关旗陆含笑温言："姑妈——嗨，沙华。"

谁也没有看到，司寇正站在廊道里某间门微开的厢房内。

迎着关旗陆凝定的目光，明明他脸上笑容异样温和，万沙华却不期然地觉得心口一颤，勉强笑了笑："旗陆，好久不见。"说罢垂首端起桌上的茶杯。

那细微的慌乱不安，令关旗陆眼底的寒光一闪即逝，转头对关访茗笑道："姑妈，抱歉那天晚上失约，等我忙过了这阵子再上门向你负荆请罪。"

"没关系，工作重要，等你忙完再说。"关访茗和煦应对，眼风却瞥向已退出门外等待的纤巧身影。

万沙华仰首看向关旗陆，尝试和他搭话："你失什么约了？"

关旗陆略显惊讶，仿佛讶异于她竟不知晓，微笑着解释："没什么，姑妈想介绍我给她的一个朋友认识，碰巧那天晚上我有事去不了。"

关访茗脸上闲意一滞，轻咳了声，神色间掩不住一丝狼狈。

万沙华不解的目光在表情各异的两人脸上打了个转，脸色倏然微变。

"我不妨碍你们了。"手掌安抚地扶上关访茗的肩，关旗陆笑容未改，声调极为柔软关怀，"姑妈，多吃点。"说完转身离去。

关访茗的脸上再挂不住，整个僵了下来。

门外安之倚着玻璃栏杆往中空的一楼眺望，不知想着什么，唇角微翘，眉目怡然。

关旗陆在她身后静站良久，视线从她的侧面转到她搁于阑干上的指尖，他抬腿走过去，将双手插进裤袋，未语先笑：“走吧，想吃什么？”

餐厅里关访茗很快缓过神来，直接从手包里取出一张银行卡，放到万沙华面前：“我也不浪费你的时间了，这里面有五万块，密码是一二三四五六。”

万沙华的脸色变了又变：“我们之前不是这样说的。”

关访茗有些为难地摊摊手：“没错，我们原本谈的是，只要你告诉我旗陆最近和谁在一起我就帮你，可是刚才你也见到了，旗陆对我和你在一起是什么态度？”她不无惋惜地叹口气，“既然事情已经这样，过去的还是让它过去吧。”

万沙华冷冷一笑，场面话说得真是好听：“这五万块你早就准备好了，从一开始你就只是想利用我，根本没想过帮我，你还背着我给旗陆安排相亲，是不是？”

面对万沙华的愤然质问，关访茗不无尴尬，明明相亲安排在前，因关旗陆无端失约她才与万沙华联系上，可是刚才被关旗陆那样轻描淡写地一两句挑拨离间，弄得她对万沙华已是有口难辩。

既然这女子已不能为她所用，关访茗也就开门见山，语气无比平静。

“我确实打算给旗陆介绍一个女孩子，她是国家开发银行钟行长的独生女，你做这一行不会不知道，国家开发银行用来支持企业发展的巨额贷款，对旗陆的个人事业乃至整个飞程集团意味着什么。我是可以帮你，但你却没法帮到旗陆，那么我要你何用？我可以坦白告诉你，不只是你不可以，那位叶安之同样不可以，旗陆有他自己的前程，我会安排最适合他的人在他身边。”

最后一句说得斩钉截铁。

水往低处流，人往高处走，生存法则原是这样。

万沙华微微冷笑：“你想通过旗陆控制飞程？这想法倒是美，可惜我却看不出来旗陆愿意做你的傀儡。”

关旗陆若打算听从关访茗安排，早去相亲，又怎会今日特地带叶安之来示威。

不是人人都像她那么好利用。

关访茗笑着端起茶杯：“沙华，知道我为什么认为你不适合旗陆吗？”

万沙华默不作声。

“你太喜欢揣摩他的心思，然而旗陆这孩子，连我都不敢说了解他。”以万沙华自作聪明的拙劣手段，在关旗陆面前岂非自寻死路，“看在你帮了我的份上，给你一个忠告，别再纠缠在旗陆身边。”

今日因关访茗也身涉其中，所以关旗陆算是给她们留了三分情面。

如果再有下一次，他未必还会这么客气。

万沙华抿紧了唇，明显心有不甘：“你不是说叶安之也不行吗？”

看向对座的目光带起一丝怜悯，关访茗施然起身：“聪明人做事首先得分清，什么人可以惹，什么人不可以惹，什么时候可以惹，什么时候不可以惹，明白了吗？”

叶安之当然不行，但现在还不是对付她的时候。

银通办公室里，已午饭回来的安之无端打起喷嚏，连连不止。

许冠清戏语：“嘿，有人想你了吧？”

安之抽过她桌面纸巾：“但愿是某位开着宝马的王子。”打死她也不想去吻一只青蛙。

今时今日的蓝玻高楼和阔石路，绝不宜再配一匹绿野仙踪时的白马，可见不仅只是这个都会，就连童话也在进化。

喷嚏停止后安之才注意到许冠清在做什么。

“咦，这些不是我们的报销单吗？”她奇怪地问。

“是啊，本来该是关总签的，有时候他忙或出差就会让我代他签。”

安之忍不住惊讶："他都不看报销的名目吗？"

"他一般不太看，公司里的同事还是比较自觉，就算有的人多报一些他通常也放了，真有那种做得过分的他才会把单子弹回来。"

涉及银子的东西一向敏感，安之虽然好奇心盛，却也没有随手去拿单子来看，然而眼尖的她还是看到了夹在大沓单据中有一张写着曾宏的名字，那个"宏"字下方好像不小心滴到了茶水，晕成淡淡一团。

"怎么曾总的单子也要关总签名？"她再度惊奇。

"只是个形式而已，因为公司规定只总经理才有财务签署权，所以即使曾总是副总经理，他的报销单也得过一过关总的名字，这是财务流程。"

安之了然，回到自己的座位。

不经意看见桌面摆着和某厂商合作的协议复印件，上面有关旗陆遒逸的笔迹。

一时兴起，她抽来A4纸，临摹起他的签名。

玲珑剔透的安之因勤快出色，渐渐成为关旗陆的助手，不日她入职满两个月，关旗陆吩咐许冠清拿来转正表，提笔写下"工作表现佳"，提前将安之的级别从助理调整为市场专员，薪水上浮百分之三十。

许冠清从总经理室出来后，叫嚷："聂珠快来，我们让安之请客！"

安之一怔，笑了起来："冠清你这么厉害，竟然知道我买彩票中了？"

聂珠兴奋走近："安之你真的中了？！几等奖？多少钱？！"

"当然是一等，五百万呢！"安之顿住，俏颜一垮，"可惜——是做梦中的。"

许冠清哈哈大笑，聂珠懊恼地捶了安之一拳："你要我啊！"

安之呼痛，抱着手臂避离某只母虎爪："哪有啦，我是做梦都想中彩票嘛！"

“你还说！看我不K爆你！”

正闹成一团，安之的分机响起，她向两女挥了挥手，跑过去接起。

“叶小姐，我是印刷公司的王昌盛。”

安之怔了怔，笑道：“王老板有何贵干？”

“上次叶小姐关照我们的那批资料，一直还没有好好谢谢你，想请你吃顿饭，不知道叶小姐有没有空？”

安之弯唇，MS公司即将推出新一代操作系统，在华南地区邀请近十家分销商和集成商一同举办巡展，其中飞程除了集团市场部外，银通公司也在受邀之列，所以关旗陆吩咐下来让她针对这次巡展做一批宣传单张，届时在展会上派发。

“王老板太客气了，我做自己的本职工作而已，无论如何还是要谢谢你的好意，只是这几天工作都很忙，以后有机会再说，好吗？”

推辞之意已十分明显。

王昌盛仍试图说服她，然而安之语气虽委婉，却拒绝得不留余地。

吃别人的嘴短，拿别人的手短，一旦沾了这种所谓的好处，以后只怕便不能消停。

王昌盛无奈，只得道：“既然这样，那我改天上门拜访一下，不知道叶小姐介不介意？”

“怎么会，随时欢迎王老板上来我们公司做客。”

挂上电话后安之凝神，这件事她只和集团市场部提过，王昌盛那么快就得到了消息，可见他与市场部关系匪浅，如果他真的找到公司来，她还得好好应付，以免无意之间便得罪了什么人。

正思忖间，电话再响起。

“是叶安之吗？”

听筒里传来的陌生女声让安之不明所以，“我是，请问哪位？”

“我是集团人事部的Lily，是这样的，飞程光讯临时要招待几位从香港转道而来的法国客人，因为事出突然他们没有安排翻译，我们在集团的人才库里搜索合适人选时搜到了你，发现你的第二外语法语的程度是熟练，你能不能到四十六楼的光讯公司支援一下？客人十五分钟后到。”

安之在十秒钟内接受了这个意外：“没问题，我现在就下去吗？”

“是的，我已经把你的简历发给了司总，你直接去他的办公室见他。”

“好，麻烦你给关总也写封E-mail说明一下。”

“当然。”

放下电话后，安之想了想，还是走过去敲开关旗陆的门，把事情扼要复述一遍。

关旗陆轻轻皱了皱眉，却没说什么，只是笑笑道：“去吧。”

在她离开后，他拿起电话拨给司寇：“你搞什么名堂？”

像这种客人不可能不事先预约，就算他们的行程确是临时起意，双方应也能用通行的英语沟通，何必找人在旁翻译那么隔膜？

就听司寇轻笑出声：“你这么紧张干吗？我又不是要吃了她。”

“司寇。”关旗陆嗓音一冷。

司寇笑意愈浓：“亲爱的旗陆哥哥，我不是访姨，你别指望给我排头吃。对了，那天我也在餐馆，刚出包厢就看见你与新欢旧爱齐聚一堂，哥哥，我说实在的，你当众吃小美眉豆腐时的浓情蜜意，远远比不上小美眉的我见犹怜更动人心。”

这出戏一个真情一个假意，却是配合妙极，演得恰到好处。

司寇嘴间极尽揶揄，目光却始终落在手提屏幕上，一秒未移。

那是叶安之的简历：父，叶荣中，远洋运输公司大副；母，彭皆莉，家庭主妇。

记忆深处的某段影像劈入他的脑海，背景是他小时就读的幼儿园，那年他四岁，那个女人来看望他，他好奇地摸了摸她拱起的肚子，“是和我一样的宝宝吗？”

“是。”她笑着捏捏他的小脸。

“那他叫什么名字？”

“既来之，则安之……就叫安之吧。”

叶安之，原来，她真的给女儿起了这个名字。

电话另一头，关旗陆忽然微微笑了：“寇弟，我也说实在的，这个小师妹很对我胃口，我不打算把她牵扯进来，诚心建议你也别那么做，不然，我遇佛杀佛。”

那隐藏在笑言下的一丝森寒，令司寇脸上的玩世不恭迅速褪去。

他正起容色：“旗陆，叶安之不行，你别搞她。”

语气中的急切令关旗陆心生忌意：“你什么意思？”

“你别问，总之她不行。”司寇的态度亦十分强硬，“你想做什么你我都心知肚明，我对你的计划怎么走完全没兴趣，但是有一点，别碰叶安之。”

关旗陆像是十分惊讶：“请问司总，你和我的小师妹何时熟到了可以充任她护花使者的程度？还有，碰不碰她那好像是我的私事，不劳寇少挂心，你只要记住——少给我多管闲事。”说完直接挂了电话。

被噎到的司寇只得悻悻然放下话筒。

“梆梆梆！”敲门声响。

“进来。”

安之推门进去。

司寇抬首见着她，定睛看了好一会儿，目光极其复杂，带点审视，带点困惑，还有点说不清道不明的意思。

安之被瞧得一头雾水，然她内心坦荡荡，所以也只是忍不住微笑。

“司总，你这里有没有镜子？”

“镜子？没有。”他又不是女人，办公室里怎么会有镜子，“你要那东西干吗？”

“想看看自己今天是不是长得貌美如花。”

司寇笑出声来，真个伶牙俐齿，“你怎么会学法语？”不料他突出此问，安之一时不知如何应答，而这细微踌躇即时让司寇明白，定然不会只是出于爱好那么简单，他倏然想起：“你们关总也会法语？”

安之镇静下来，面容依然礼貌带笑，微挑的眸光似在说“是吗？”，嘴里却不答话。

那一年，关旗陆偕她游故宫，从后门出去时遇见几位外国游客，她在旁看着他以流利的法语为国际友人指路，神态悠闲自若，咬字柔悦动听，在那一瞬间，她迷上了这种语言。

“上次说打球一直没机会，你什么时候有空？”司寇问。

安之不答反道：“我还以为司总找我下来是为了翻译。”

梆梆声响，门页被推开，“司寇。”

安之转头看去，进来的是一位看上去气度不凡的中年人，黑发中掺杂着几许银丝，穿着十分正式，铁灰色水纹衬衣外敞着面料薄软而坚挺的西装外套，体魄高大，目光炯炯。

见到儿子办公室里站着一道陌生的亭亭身影，司淙不禁多看了安之一眼。

还没有谁来得及说话，虚掩的门扇又被推开，关旗陆温和带笑的面容出现在三人面前，眸光在现场一掠而过，他微翘唇角：“姑丈也在？司寇，你的客人还没到吗？我来看看有什么需要帮忙的地方。”含笑眼波转而停在安之微显局促的脸上，柔声为她解围，“冠清说塞曼提给你传真了一份协议。”

“是，我这就上去。”安之忙道，朝司淙微微垂首鞠躬，“董事长，小司总，我先出去了。”说完匆匆退出房外。

掩上门时不觉自嘲地笑笑，如此场合，实在让她这等小角色太不自在，原来——自己根本出不得场面——所以说此生一早注定是升斗小民，又何必渴望不切实际的改变，幻想成为什么王子公主。

她长长叹息，还是等下班回去，乖乖地爬那七层楼梯。

司寇一直目送安之走出房外才收回视线，笑嘿嘿地瞥向关旗陆：“老大你还真闲。”

关旗陆连消带打：“谁让是老弟你有事，我不闲也得闲。”

一旁司淙不动声色地将整个过程收入眼内，这算什么？兄弟阋墙吗？他若无其事地出声：“旗陆，这女孩子就是叶安之？”

关旗陆轻笑：“是，比我低几届的师妹。”浅温笑容形同承认某些不言自明的东西，心内却不无兴味地想，不知关访茗与这位集团最高领导人都说了些什么？

安之返回四十八楼，没看见桌上有传真，才要寻许冠清，办公室里却不见她的人影。

她问聂珠：“冠清呢？”

聂珠不出声，却是以手指了指门扇紧闭的副总经理室。

安之微微一怔，曾宏趁关旗陆不在把他的秘书叫进去密谈，这是为何？

正疑惑着，许冠清已拧开门球出来，迎面撞上安之凝定的视线，即时一笑：“你回来了？”

安之也笑：“是不是有我的传真？”

“对，在我桌上。”许冠清向自己座位走去，“刚才拿回来顺手放下就给忘了。”将拿在手上的一沓报销单子随手反扣在电脑旁边。

安之的视线从那沓单子上轻轻滑过，细心的她发现其中一张纸沿背面隐约可见淡淡墨迹。接过许冠清递来的传真，她笑着道谢，转身时看见古励走了过来，冲她们打过招呼后进入曾宏的办公室，门扉再被合上。

安之回到座位，坐在椅子里，沉思了好一会儿。

摊开塞曼提的传真，原来是厂商邀请一些主要的合作公司去鹤山两日游，一来为了推广新产品，二来算是酬谢各代理商的鼎力支持。这次活动给了银通公司两位名额，全程所有费用由厂商负担。

看上去这趟周末游相当不错，不但包吃包住包玩包车，还可以认识不少同行，而且这种活动通常少不了派发一些价格不菲的精致礼品。

安之却有点发愁，只得两个名额，除了自己给谁去好？技术部门和这块不沾边，古励所在的业务部门不会在乎这点小甜头，基本上也就是她们三个女孩子的事。

按理应该叫上聂珠，一方面两人的工作交集比较深，常常不是我帮你就是你帮我，另一方面这种市场活动也确实和业务息息相关，可是，传真却是许冠清收的，她肯定早看过上面的内容，而且平日里在社保、报销等方面许冠清也帮过安之不少，如果开了口让聂珠去，只怕许冠清面上不说，心里却不定会有些什么想法。

关旗陆回来时便是看到安之坐在座位里，一副犹豫不决的样子。

目光掠过她手中传真，他敲敲她的桌面，示意她跟他进办公室。

旋过皮椅坐下，看着安之把门合上，关旗陆笑道：“怎么样，想好让谁去了吗？”

安之点头：“想好了，就让她们俩一起去吧。”

关旗陆先是微讶，然后神色恢复如常，很自然地接受了她的答案，原知她会这样，凝视她的目光不自觉带上一丝赞赏：“为什么，你不想去吗？”

安之耸耸肩：“坦白说，我觉得无所谓。”

让聂珠和许冠清一起去应是最好的解决办法，不是她品格多伟大或喜欢舍己为人，只不过是不想在办公室里无事生非，仅此而已。

还是那句话，吃亏未必不是福，少争一着，大家和睦。

“那就按你说的，让她们两个去吧。”关旗陆低头打开文件，漫不经心地道，“周五晚上我私人请你去白天鹅的扒房吃一顿，当是补偿你好了。”

安之抑不住颊边笑意：“师兄你说的啊，到时候看我刀刀叉叉切穷你！”

关旗陆莞尔，抬首看她，再也不加任何掩饰，眸心似跳跃着一点火星。

心口轻轻一颤，安之调开视线，推椅起身：“我出去工作了。”

低头开门出去，再把门页在背后轻轻拉上。

那时和关旗陆失去联系已经很久很久，久到她几乎已将他淡忘。

可是那两年里她却一直间间断断地做着同一个梦。

梦里她穿着雨衣，打着雨伞，却独自站在故宫的琉璃瓦屋檐下避雨，她在等雨停，梦中唯一的意识是，只有雨停了她才可以回去。

后来有个心理学家来她们学校开讲座，散场时她在教室外的走廊等那位博士。

听完她对梦境的复述后，心理学家让她不用过分担心，说这个梦反映出她的内心有很强的自我保护意识，当遇到事情时，她的第一反应首先会是不让自己受到伤害。

她终于释然，庆幸自己不是心理有问题，之后梦境渐渐淡去。

然而那个博士说的话，却至今仍深深刻在她的脑海。

唇边轻轻跃出一朵笑容，由无人看见的自嘲，在眨眼后变成欢畅，“冠清，聂珠，快来快来。”她扬起手中传真，“关总说让你们两个去参加塞曼提的周末游。”

“哇！真的吗？”聂珠兴高采烈地奔过来。

许冠清说道：“为什么会有我？我又不是做市场或业务的，应该安之你去才对。”嘴里说着客气话，脸上却露出笑容。

安之对答如流：“关总说你最近辛苦了，刚好有这个机会，所以犒劳犒劳你，姐妹们，你们一定要好好表现，就算搞不上NP也得试试一夜情，千万别丢银通公司的脸。”

聂珠哈哈大笑，忍不住捏拳捶她，惹得她呜呜直躲。

把许冠清和聂珠的资料填好回传给塞曼提，再把其他事情处理一下，不知不觉已近下班时间，这时莫梨欢打来电话。

“靓女，好久没聚了，我的项目今天结束，晚上出来怎么样？”

安之欣然应允：“好啊，你几点能到？”确实有些想念露丝吧的悠然清幽了。

“我大概还要过一个小时才能离开公司。”

“那我在办公室待晚一点，你走时再给我电话。”

难得晚上轻松一下，安之不想在高峰时段去挤公车，晚些去乘地铁一号线，从黄沙站下来后散步十五分钟即可到沙面。

朝聚暮散，办公室里的同事陆陆续续离开，不到一刻钟已空荡下来。

关旗陆开门出来便听见旷阔空间里萦绕着低低的歌声。

把万家的阑珊敲落
把心间的希望点着
爱情是一盏灯火
结一根温柔的芯
蓝曳低萦至死方灭的承诺

把透明的薄翼张开
把深沉的向往背着
我是一只笨飞蛾
穿越时间轨迹
漫长黑暗里寻求光明的依泊

懒散地趴在桌面的安之，正握着笔在纸上闲涂，无意识地，似是习惯性动作，写着写着就写起了关旗陆的签名。

关旗陆无声无息地站在她身后，饶有兴味地看了一会儿，忍不住微笑："旗字不是这样写。"

安之吓了一跳，骤然回首，关旗陆已俯下身来，抽过她手中的细芯笔一挥而就，温热的呼吸轻轻掠过她脸颊边缘，"你看，'旗'字最后的'其'是一笔到底，中间没有停顿。"

身子被笼罩在他半弯而就的胸怀下，一丝若有若无的纯男人气息没入鼻端，颈后某一点似有热源近在咫尺，引得血气急速倒流，令大脑在高热下几近晕乎宕机，平时聪颖异常的安之此际完全失去反应，只结结巴巴道："师……师兄……"

关旗陆慢慢直起身子，眸光与她耳后染出粉霞的凝脂嫩肤一丝丝地拉开距离，唇边浅笑略显恍惚，似在克制下仍抑止不了一抹向往，渴望知道将唇印下去会是什么样美妙的滋味："怎么还不走？"他柔声问。

"我晚上有约。"话声未落手机响起，大脑仍有些迷糊的安之反射性接通，"喂？"

"安之？我是曹自彬，欢欢刚给我电话说晚上去露丝，我现在正好经过你公司附近，要不要我来接你？"

"不用了。"安之直觉一口拒绝，"这边下班时间很堵，你开车过来不方便，一会我自己去坐地铁好了。"

"那行，晚上见。"

安之挂掉电话，回首见关旗陆仍未离去，反而温和的面容上似笑非笑，显然听见了她手机中隐约传出的男声。迎上她慌乱羞窘的眸光，他略略挑了挑英眉，却不开口说话，气定神闲地似在等着她解释。

她几乎要脱口告诉他那是死党的男友，然而话到嘴边的一瞬，潜藏在内心暗处细线一样的伤痕令大脑灌入一丝清明——为什么要解释？他只是她的师兄而非刀俎，她更非他之鱼肉。

她倏地展颜一笑：“我佳人有约，先走了，师兄再见！”

大踏步走出座位，抓在手中的包往背后一甩，安之头也不回地向关旗陆挥了挥手。

没想到她有如此反应，关旗陆愕立原地，盯着她渐远的洒脱背影，最后微一侧首，无声地笑了起来。

走出一楼似层层叠叠、没有起点也没有终点的旋转门，安之唇边始终挂着一抹心情大好的笑，脚步轻快地奔下台阶，张开指尖抚划过一棵棵行道树的树干。

蓦地，那种奇怪而危险的警兆再次袭入意识，背后突觉寒意。

她戛然止步，后面的脚步声似乎也跟着停了下来。

安之慢慢回过身去，在她身后不远，万沙华面无表情地直视着她，一点也没有被逮到的尴尬，轻撇的唇角仿佛在说这条路又不是你家开的。这短暂对峙中安之心口的惊恐已被恼怒取代，很显然，万沙华完全没有给别人造成了困扰的自觉。

她双手一抱，轻轻笑起来：“万小姐，现在天色还早，而且看上去——你漂亮的眼睛好像也没瞎——你确定，你不是搞错目标了？”关旗陆仍在楼上，这姓万的不是应该留在旋转门内继续守株待兔才对？为什么却跟上了她？

万沙华完全没料到，这个前一刻还自得其乐地数着行道树的年轻女子会在眨眼间翻脸，面容带笑却目光煞冷，连客气话也省掉，一点情面也不留。那股无形的气势令她惊了一惊，反应过来即时冷笑：“叶安之，太嚣张对你没什么好处。”

“哦？是不是得让万小姐一直跟下去把我吓个半死，那样对我才有好处？”

“你……”万沙华被激得一口气堵在胸口。

安之无惧地冷睨着她。

深深吸口气，万沙华控制住自己的情绪，对方脸上略带讥诮的神色，看进她眼内只觉异常带刺，“叶安之，你以为我是你的敌人？还是你以为——我把你当作了敌人？”说到最后她几乎笑起来，看着安之轻轻地摇了摇头，目光犹如悲天悯人。

安之不耐地撇撇嘴角，这欲言又止、欲擒故纵的姿态做得真好，可惜她没兴趣。

“我还有事，希望你不要——以后也不要再跟着我，拜拜。”

“喂！你站住！”冲着她说走就走的背影，万沙华再忍不住，有些气急败坏，“你以为旗陆和我分手是为了你吗？叶安之，我告诉你，别做春秋大梦！”

安之脚下一步不停，只清脆笑声向后抛回：“这位大妈，很遗憾听到你们分手的消息，不过有句话我真的很想对你说，关总绝对是英明神武，一统江湖。”

大妈？！

万沙华气得几乎吐血，控制不住伸手就去扯她，却在手指触及她衣袖时硬生生收了回来，“你站住！听我说完最后几句！”

安之无奈地轻叹口气，终于还是停了下来。

与其被纠缠不过，还是如她所愿，将就听一听吧。

她回过身，目光清冷：“我不知道你想说什么，不过，最好别对我的反应抱什么期望。”不然只怕这位小姐会非常失望。

万沙华嘴角抽了抽，终于还是忍住无关紧要的气话。

“我跟着旗陆只是想知道他现在到底和谁在一起，开始我还以为是你，他甚至把你带回他的公寓，可后来想想却觉得不对，关旗陆是什么人？如果不是出于非常重要的原因，他会为了一段普通的恋情改变自己的生活方式？”对这点万沙华绝对怀疑，“而且，我也从来没见他和你有什么亲热的动作。”

她刻意停顿，面带嘲色地看向安之。

安之心想，自己应该表现出愁肠百结还是痛哭流涕才合她心意？

她低头，看表，温和而忍耐：“万小姐，请说重点，我真的赶时间。”

虚晃的冷箭落了空，万沙华这才真正意识到，原来自己一直太过低估对手。

叶安之根本心如铁石，软硬一概不吃。

她只好直奔主题：“后来旗陆的姑妈找上我。”

安之脑里马上掠过餐室里那位和万沙华同桌的女士，关旗陆的姑妈？

“我这才知道，原来她要把旗陆介绍给国家开发银行行长的女儿钟如想，所以他才会和我提出分手。”万沙华眼内流露出薄烟似的微痛，看着安之，一时间只觉物伤其类，口气不觉轻了下来，“他这么做不是为了你，叶安之，根本和你无关，而是他在认真考虑和钟如想的可行性，你懂了吗？”

安之的眼波纹丝未动，仅仅只是皱了皱眉，“你说那么多，就是为了告诉我这个？”

她脸上再明显不过“关我何事”的神色彻底打败了万沙华，她不堪接受地以手掩额，不明白这叶安之到底是什么人，那日在餐厅里明明见着她和关旗陆一副郎情妾意的样子，此时此刻却像完全无动于衷，简直——能把圣人逼疯。

面前女子的一脸挫败令安之轻笑，对她的态度随着这个笑容缓和了下来。

黑瞳闪过一丝温柔还带点凄凉的晶光，安之轻声道：“万小姐，如果我告诉你，在几年前，当一份事业和一个女孩子同时出现在他面前——你的旗陆——他选的是事业而不是那个女孩子……这有没有让你好过一点？”

万沙华怔住。

不，不是叶安之百毒不侵，只不过是万沙华今时今日的经历，她更早就已有亲身体会，所以，才没什么好惊讶，也没什么好伤心。

她对那个男人的了解，根本无须从别人口中听来。

安之异常平和地挥挥手："走了，拜拜。"

几步后她伸出手，轻轻再触着一棵一棵行道树，无人看见的眼底，终于还是浮上了淡淡的忧伤。

良久，万沙华回过头去。

关旗陆从旋转门前的花圃后面走出来，双手插在裤子口袋里，一步一步踏下台阶，走到她面前。

万沙华定定看着他："她就是那个你曾经喜欢过的女孩？"

关旗陆神色平静："晚饭想去哪里吃？"

万沙华站在原地不动。

"她在你屋里的那天晚上，我是故意给你打电话，因为我想，如果她只是你的不重要的下属，那么你肯定不会介意我的出现，可是……你直接就拒绝了我，你说不方便……你和她在一起，不想被人打扰，是吗？"

关旗陆笑笑："你等一下，我去取车。"

万沙华幽幽叹了口气："旗陆，你到底在做什么？"

他不答，只是笑容淡去，微微仰首，望向天空深处。

有些瞬间，他也很想知道，如果时光可以倒流，让他和她回到最初的相见，他还会不会选择离她而去。

第五章

社会复杂

露丝吧的花园里几乎满座，大部分是外国人。

广交会期间，坐落在沙面的白天鹅即使价格翻倍也已早早被国外客商订满，宾馆高楼外墙上打着红绿相衬的巨幅兰花霓虹，花朵旁还有着“Welcome”字样在半空中灿闪。

入夜后许多客商都会老马识途地步行过来露丝吧坐一坐，喝杯东西。这一带并非居民区，露丝多年来皆做熟客生意，譬如安之这样的，就只喜欢这里的素淡情调。

露丝吧的优点就是不但环境清幽、客人高雅，价钱亦属平民消费，最重要的还是服务质量一流，即使整晚只叫一杯冻柠茶，不管一个人占着一张桌子坐到多晚，也不会有被侍应时不时看一眼的不舒服感。在这里每一个操流利英语对白的年轻服务生任何时候都面带微笑。

来的次数多了，连经理也认得安之，偶尔会吩咐下去送她一些点心小食。

“我在香港的表姐叫我圣诞过去玩，你有没有兴趣？”莫梨欢问安之。

“离圣诞还有两个月，这么早怎么定？”

莫梨欢撇撇嘴角："你还是不喜欢圣诞？已经多少年了，你至于吗？"

安之对曹自彬倾身过去，一脸正经："我拜托你早点把这女人娶回家，用拳头好好教育一下，不然她迟早祸从口出，等哪天我把她的舌头剪下来用盐腌上就晚了。"

曹自彬忍不住笑，一边慌忙掣住莫梨欢的手臂，不让她从椅子里起来。

打人无望的莫梨欢斜视安之："切，我说错了吗？难道你不是大一和你那第一任男友在圣诞节分手后，就再也不过圣诞了吗？"

安之瞪着她："这位小姐，如果你叫我出来是为了讨论这个问题，那么你可以结账了。"

莫梨欢气结，曹自彬轻轻握握她的手，对安之笑道："你和那位师兄怎么样了？"

"什么怎么样？"安之端起冰凉渗手的杯子，慢慢饮着冻柠茶。

"就是他有没有追你，又或者是你有没有追他？"莫梨欢"哼"了一声，"这位大姐，你以为你还是十八吗？现在的好男人已经绝种，遇到一个稍微不错的你赶快出手，不然等到人老珠黄还独守空房，哪天一不小心不幸归西，墓志铭还得写上'此乃处女'。"

安之嘴里的茶全喷出来，一边狼狈地抽过纸巾一边尖叫："莫梨欢你想死是不是？！"

扳回一城的莫梨欢得意扬扬地将脑袋靠在置身于战火外的曹自彬肩头，身旁有人撑腰她愈发肆无忌惮，状似无辜地眨着大眼，既兴奋又惊惶："亲爱的，我说错什么了吗？难道——莫非——你已经——不是处女？"

"啊啊啊啊——"安之欲哭无泪，抚额长叹，"莫大小姐，莫大千金，莫大公主，莫大美人，莫大三八，我求你了，我陪你去香港还不行吗？"

"这还差不多。"莫梨欢瞥她一眼，"说真的，你那师兄现在对你怎么样？”

被她一问，安之倒是想起些事情来。

“这段时间我师兄比较忙，没多少时间在办公室，公司里的副总老是趁他不在时找业务部的人关起门来密谈，虽然我不知道他们在谈些什么，但是直觉告诉我不太对劲，你们觉得我应不应该把这个情况告诉师兄？”

“副总有没有找你谈过？”曹自彬问。

安之摇头。

“如果他和你的师兄明争暗斗起来，你选哪一边？”

莫梨欢抢着答：“肯定是她师兄那边，这还用问？”

“那么这就意味着，其实安之和她师兄是一条船上的人。”

安之领悟地点点头：“我明白了。”

看来她最好还是找个机会提醒一下关旗陆。

在职场里，当上司之间出现尖锐对立的时候下属很难保持中立，在争斗过程中立场不明或两边都想讨好的人往往最后两不到岸，不管哪一方上位他都会变成爹不亲娘不爱的弃婴。所谓明哲保身，只在非战状态才适用。

三人说说笑笑，时间不知不觉地过去。

安之回到家已是夜里十一点。

开门进去，看见彭皆莉坐在客厅里看电视，她怔了怔：“妈，你怎么还没休息？”

母亲的入寝的时间通常是十点半。

彭皆莉未语先咳。

安之皱眉，给她倒了杯水端过去，责道：“让你去看医生就是不肯，你看，没好几天又复发了，星期六我陪你去医院照照X光好不好？”说着在她身边坐下，眸光掠过沙发上放在母亲手边的一张照片，她忽然噤声。

“今天你舅父打电话过来。”彭皆莉轻声道，“问我今年回不回去。”

安之不语。

“我打算过几天回中山，过了星期二梅姐的忌辰，星期三再回来。”

彭皆莉拿起手边照片，久久凝视，神情略有些哀伤。那是张年代已久的黑白照，照片里一男二女约摸十七八岁，穿着七十年代的服式，三人长相有几分相似，明显是兄弟姐妹，相片的背面以钢笔写着：彭皆良、彭皆梅、彭皆莉。

安之轻轻抱住母亲：“你回去也好，找个老中医看看，咳成这样我真的担心。”

彭皆莉想说什么，却欲言又止，终于只是无限慈爱地拍拍她的脊背。

周五一早安之打电话回去给许冠清，请一个小时假。

她拎着行李包，搂着母亲下楼：“我公司附近就有个客运站，刚好顺路，我陪你一起过去。”说着走到路边拦出租车。

“又没什么东西，我们去坐公车好了。”彭皆莉说道。

安之知道，母亲不是不舍得花这几个钱，而是觉得没必要，节俭的观念在这辈人的脑里已根深蒂固，她便是在这种教育下成长。拉开车门，不由分说将母亲扶进去，自己钻进车前座，对司机说道：“麻烦去体育西路。”

有一次安之陪母亲去天河城，本来按她意思两人打车去黄沙换地铁，最是轻松快捷，可是彭皆莉坚持说周末人不多，去坐空调公交车也很方便，没必要花钱打车。

安之只好陪她去坐八二九路，谁知还没走到海印桥，车厢里已人满为患，上上下下挤挤攘攘，她虽然护着母亲不被来往乘客蹭搡，心里却十分难受，母亲已一把年纪，为人女儿却没有能力让她脱离这种苦楚，只觉是种罪过。

每每乘坐公共交通，安之最看不得就是无人给妇孺让座。

那之后，再陪同彭皆莉外出安之都坚持打车，不论母亲喜欢吃什么买什么，全程她负责笑眯眯地掏钱包，将母亲要自己付钱的手打回去，做足十二分孝女。

出租车下了内环，三拐两拐便到体育西路。

安之付好钱下车，挽着母亲的手过马路时，她指指不远处天河北路那幢似耸入云天的最高建筑："妈，我的公司就在天欣广场。"

彭皆莉取笑她："我以前问你在哪里上班你扮低调一字不提，现在倒来向妈妈炫耀了。"

走进客运站，安之将母亲安顿在休息椅内，笑了笑："妈，我在飞程集团工作。"彭皆莉脸一白，安之眉睫低垂，转身走向售票窗口。

彭皆莉定睛看着她在初阳下的背影，脸上各种情绪如潮般涨起，又如潮般退去。

几分钟后当安之捏着车票回来，她已十分平静。

安之拎起行李送母亲上车："路上小心，去到舅舅家给我电话，还有这几天记得给手机充电，别我打电话老找不到你人。"

"行啦，你妈我又不是七八十岁的老太婆。"彭皆莉咳了几下，若无其事地切切叮咛，"倒是你，妈妈不在家要好好照顾自己知道吗？冰箱里有面条饺子和蔬菜，你下班回来随便煮点就能吃。"

几分钟后发车时间到，直到大巴退后、调头，驶出了视线，安之才合上眼轻吁口气，看看表已是九点半，她匆匆往自己的公司走去。

穿过茂密的林荫，地面洒着点点阳光，恍惚似倒流的时光。

以前每年暑假返家，彭皆莉总会带她回一趟中山老家，自从京珠高速建成，沿途一望平川，蓝天白云，旷阔怡神。

可惜，人在长大世事在改变，从踏入社会之后，她再也没有暑假。

成熟原来确实需要以纯真和心灵的自由为代价。

"嘿，请等一等。"

身后传来的叫唤让安之下意识摁住电梯的开门键，一抬首，却与大踏步走进来的司寇打了个照面，她不禁露出笑意："司总。"顺手帮他按下四十六层。

司寇目光熠熠："以后叫我的名字吧。"

安之又笑了笑，不再说话。

司寇看着她安静的侧面，这个女孩子，总是逢人先笑三分，平常接触，她好像比谁都容易亲近，可是当别人尝试更接近她一点时，便会触及她不着痕迹的戒心，任何试探都被无形地反弹而回。

她还这么年轻，心思原不应那样深沉。

他不自觉放柔了声调："上次和你说打球一直没下文，这个周末有没有空？"

安之想了想，母亲不在家，周末也确实没什么安排，锻炼一下身体貌似不错。

"如果你不介意我带上两个朋友。"她说。

"没问题，我让秘书订星期六下午三点的场子。"

安之嘿嘿笑："到时我和friends给你来一番车轮大战，非把你打趴不可。"

四十六楼的红键一闪，电梯"叮"一声停了下来，司寇出其不意地抬手捏捏她的脸颊，笑声中半带宠溺："真是小孩子。"

"喂！"来不及躲闪的安之恼叫，挥出还击的手定格在半空，愕瞪着电梯门外。

关旗陆看着眼前两人，慢慢地笑了笑："这么巧？"

司寇好心情地笑眯了眼："你在这找我？"

"回头给你电话。"随便应了声，关旗陆走进电梯，伸手到安之面前，摁下关门键。

安之有些无措，轻微紧张地低声道："师——关总。"

关旗陆不出声，眸色幽沉。

电梯很快便到达四十八层，安之身形方动，一只手臂却比她更快，拦在了她面前，关旗陆直接摁关门，然后毫不犹豫摁亮B1键。

安之再忍不住，脱口而出：“你不高兴什么？”

关旗陆侧过头来，看着她，神色略显讶异：“你说什么？”

安之面容一窘。

他像是这才明白过来，柔和面容露出笑意，仿似安之闹了个无伤大雅的小误会，轻描淡写地解释：“塞曼提的中国区总裁到了广州，约我十点半去花园酒店谈双方建立战略合作伙伴关系的计划，我介绍他们给你认识，以后这些工作你直接和他们的市场部经理联系。”

安之脸上窘色完全冻结。

“是，我知道了，关总。”她冷应，搁在身前的十指紧紧交握起来。

关旗陆看也不看她，唇沿轻抿，空气僵凝，两人谁也不再说话。

下到停车场，关旗陆用遥控打开车锁，在他拉开驾驶座门的同时，安之一声不哼地钻进了后座，他的手在车门上顿了一顿，原本略微的烦闷却因她明显的情绪反应奇异地消失无踪，心口涌起一丝无奈而又想笑，这小妞的脾气看上去比他还大。

他坐进车里，关上门，扣好安全带，从车后镜里看了她一眼。她整个人一动不动，定定望着车窗外，神情异常清冷，给人十足的距离感。

关旗陆收回视线，唇边微莞，安静地把车子驶了出去。

从广州大道转入环市路，沿途有几个长停红灯，等候的间隙，他的目光不由自主又瞟向了车后镜。安之几不可察地微微偏了偏首，显然虽摆着拒他千里之外的脸色，实际却并非对他的反应完全无动于衷。

在关旗陆多看了她几次之后，她的面孔渐渐由冷然变得尴尬，继而轻悄含羞，微微发烫，躲无可躲之下她索性往镜子里瞪他一眼，这才看见他唇边抑止不了的浅笑，自己也忍不住“扑哧”一声笑出来，那笑容让关旗陆的眼神从玩笑变得专注，深幽中带点火热。

安之被烫得心口轻轻一跳，慌忙别开视线，车厢里的气氛慢慢又变得有些微妙。

一直到目的地，两人都有意无意地回避着，再没有对视。

花园酒店的大堂里，随处可见大大小小的花樽花瓶，以极优美的手法插着一束束耀眼的天堂鸟，将整个大堂一层装点得华贵而典雅。

塞曼提公司的人已等候在钢琴吧，双方交换过名片，安之静坐在关旗陆身侧。

对方开门见山：“关总，我听说银通的客户、总部安在深圳的清河证券公司，打算在全省范围内铺设一套防病毒及备份和储存系统？”

“清河证券最近和我们联系过，确实有这个意向，他们的需求有两个大的方面：一是从总部的服务器端可以实时监控和管理各城市设点的客户端运行状况；二是这套系统在安全性、可用性和遵从性等方面都可以起到防范风险的作用，从而确保他们业务系统的架构、信息和交互等。”

听到这里安之约略摸到了头绪，在全省范围内铺设一套这样的系统，这对国内外任何一家相关软件供应商而言都是张相当大的单子，可想而知竞争将如何激烈，难怪塞曼提的华南区负责人会第一时间找来总裁约关旗陆面谈。

“虽然塞曼提刚进入中国市场不久，但相信关总也知道，我们的产品在全球具有很高的知名度，我们的技术也远远领先于同行业的其他公司。这次约关总出来，就是希望可以加深双方的合作，一同联手把塞曼提的产品推进清河证券，不知关总意下如何？”

关旗陆脸上泛起温和的笑意，调整了一下坐姿，闲适而不懒散，谈吐更是专业。

“近期内银通和塞曼提的几次合作，都取得了相当不错的成绩，我当然非常乐意和塞曼提进一步加强合作。只是，国内金融行业客户在选择许多应用时有一点非常讲究，就是为了规避风险他们往往要求该应用在本行业内必须先有成功案例，不然我们很难把产品推进去。另一方面，塞曼提虽然在技术上确有独到之处，但是因为刚进中国不久，国内的技术支持服务体系目前还不完善，相信各位也清楚，技术支持和服务的响应是否迅速，会是客户考虑的关键因素。”

亦是从客户的需求和顾虑出发，银通有别的合作商比塞曼提更为合适。

对方考虑了一下，最后直言不讳。

“关总，我们希望打下这张单子，就是为了想在证券行业里建立一个成功案例。”这一点对软件供应商来说非常重要，只要在行业内建立一套活样本，即意味着可以在全国范围内往该行业推广产品，前景将不可预料，反之，难度不啻大于登天。“所以这次不管是价格还是售后服务，在各个方面我们都将给予最大限度的支持。”

话说到这份上就连安之也已心领神会，塞曼提的意思就算不赚钱也想把这个案子拿下，如此一来，便是把他们最低的底线明明白白摊在了银通面前，等同于只要银通肯选择他们合作，则很多事情都可以商量。

不仅仅只是在该项目上的让步，银通甚至可以通过签署新的合作协议，向塞曼提进一步索要区域与行业的最惠价及优先权等等。

关旗陆微笑不改。

“既然塞曼提这么有诚意，银通不尽全力支持也说不过去了，是不是？”

他此话一出，无异于算是口头应承，在场人士尽露笑意。

职场里谈判大多在中层管理之间进行，大家各为其主，都想尽可能以最少的付出、最低的风险实现最大的利益获得，由是常常你来我往，展开拉锯，每次谈判完毕还得回去向老板汇报请示，再进行新一轮对决。

然一旦出动到公司大头，决策者直接面谈，则问题会简单得多，行与不行，三言两语已在大方向作出定夺，至于细则问题，留待双方下属在实际操作中解决则可。

婉拒了塞曼提的午餐邀请，关旗陆领着安之离开。

安之依然坐进后座，似乎沉思些什么，直到车子驶出路面，她才抬头看他一眼。

一直注意着她的关旗陆从后视镜中接收到她的眼波，笑了笑："想说什么？"

安之迟疑了一下："前两天我听古励提到清河证券的事。"

"嗯，他说什么了？"

"他说塞曼提因为没有成功案例，产品很难推，不过曾总让他只推塞曼提。"

"对。"

"那是——曾总的意思——还是你的？"

"是他的，也是我的，在这点上他和我的想法一致。"

安之垂下眼睫，慢慢斟酌着说道："和塞曼提的合作一直只是你在谈。"

"嗯，有什么问题吗？"

"如果——最后和清河合作不成功，又或者是系统上线后出问题，又或者塞曼提的服务到时真的跟不上，客户追究起来——到时会不会责任也只在你一个人身上？"

关旗陆从后视镜中看她，眸光如夏日之水，温然而柔软。

"你是担心万一以后有什么事，曾总会把责任全部推卸给我？"

"因为从业务的角度而言，我想不明白，为什么他会同意你的做法，为了业绩，他大可选择比塞曼提成熟和稳妥的其他公司，不是吗？"在这个案子上和塞曼提合作风险太大，搞不好银通会被踢出局。

关旗陆含笑道："我选塞曼提是因为他们的技术确实过硬，产品更是好产品，虽然我们的前期投入在人力物力方面相对比较大，单子也会打得比较辛苦，然而正因为其他人都盯着眼前的利益，愿意扶持塞曼提一起成长的公司不多，所以我们正好趁这个机会和他们绑定，以后一旦他们的局面打开，我们的利益也会随之滚滚而来。”

说到这里他又笑了笑，“至于曾总，像塞曼提这种刚进入中国市场的公司，他们在财务预算上往往预留出非常可观的市场费用，用于进行产品宣传、建立客户关系、扩大公司的知名度等等，只看哪些公司有本事把软件厂商的这些资源占为己用。”

安之渐渐领悟：“曾总赞成选择塞曼提——是因为塞曼提有这笔费用可以利用？”

“由厂商出钱，巩固的却是银通的客户关系，何乐而不为？”

说话间手机铃响，安之拿出一看，即时接通：“妈，你到了？嗯……好……”专心听着，几番欲言都被那边打断，她笑起来，“老妈大人，你真当我是三岁小孩咩……好啦，我都知道了，你代我向舅父舅妈问好，还有，记得好好看中医啊。”

收了线，她唇边笑容慢慢退去，目光飘向移影换形的窗外，显得有些迷离。

关旗陆敏感地感觉到了，似乎接完电话后她的心情起了微妙变化，关心之情油然而生，遇红灯停车时，他柔声问道：“怎么了？”

“啊……”安之回过神来，“没什么，我妈回中山了。”

“家里只有你一个人？”

“嗯。”

他笑：“那岂不是放猪吃草？”

“什么放猪吃草，那是放牛……”终于反应过来被人取笑，安之攀过身去打他肩膀，懊恼叫道，“你今晚要跟我吃一样的草，那你也是猪了？”

关旗陆大笑，左躲右闪也避不开她的如来神掌，很自然的反应便是收回搁在方向盘上的左手，出其不意地将她的手捉在掌心，回过头来待要再取笑她几句，不经意间她微赧的面容，眸睫微微垂下，她粉嫩的唇色便入眼底，他的心口轻轻一荡。

安之似意识到了他的感觉，迅速将手自他手掌中抽回，缩坐在他的座椅背后，不管他眷恋的目光在后视镜中流连过多少次，耳根红透的她再也不肯抬头。

回到天欣广场，关旗陆往四十六楼寻司寇，安之独自上去四十八层。

她才坐下没多久，便接到许冠清的电话。

“安之吗？我和聂珠已经出来，正在去塞曼提集合点的路上，有件事要拜托你，今天周末，深圳那边的技术人员下午会回公司，到时他们会填好这周的报销单和下周的费用申请，你帮我核查一下，没问题就给关总签名，让他们去财务部拿钱，这样他们下周一就不用再回公司，可以直接去深圳了。”

“好，等他们回来我会处理的，你们玩得开心些。”

不一会儿，王昌盛来访。

安之虽有些意外，也还是热情招待。

在会议室里闲聊几句之后，王昌盛直奔主题：“听说叶小姐这边有批资料要做？”

“是的。”安之坦然承认，“不过因为只是针对一次活动，所以数量不多。”所以她多少有点不明白，为什么王昌盛会如此重视，按常理而言，他派个业务员过来也已足够，没想到竟然亲自登门拜访。

王昌盛说道：“叶小姐，我非常抱歉上次的事给你留下了不好的印象，相信叶小姐也想得到，像我们这种公司内部管理难免有些混乱，所以有做得不到位的地方，还请叶小姐多多包涵。”

安之见他出言中肯态度恳切，心里稍有改观，笑道：“王老板太客气了。”

“我这趟过来的目的并不在一两张单子，而是希望能和叶小姐建立起长期稳定的合作关系。”王昌盛看了看关得严实的门口，从手提包里取出一个厚信封，推到安之面前，“我们一直是你们集团的供应商，公司信誉和产品质量向来良好，这些叶小姐都请放心，单子给到我们，绝对不会让你难做人。”

言下之意，他和集团市场部那边也是如此操作，叶安之大可放心。

安之张了张眸，刹那间恍然明白，为什么关旗陆会让曾宏管辖下的产品部把市场事务全部交出来由她独自负责，原来这就是传说中的收取回扣。

她笑了，拿起信封直接塞回王昌盛的手提包内，起身说道：“王老板让人做好合同传过来给我就行，可一定要记得给我优惠价，至于其他的我们不谈，好吗？我还有些事情要处理，就不多留你了。”

就那么点印刷品，再找别家来报价谈合同她自己都嫌浪费时间，还不如索性就大方些，做一个顺水人情，不管王昌盛背后的靠山是集团市场部里的谁，她都算是周周到到地卖了对方面子。

王昌盛一脸愕色，只得也从椅子里站起：“叶小姐——”

安之伸出手，与完全被动的他握了握，脸上笑容不改：“非常感谢王老板亲自上来一趟，希望这次合作愉快，来，王老板这边请，我送你出去。”

王昌盛没法，只好尴尬地跟随她出去。

安之将人送到门外，为他按亮电梯键。

王昌盛侧首看向她，只觉面前的年轻女子眸光清澈，面容柔和坦荡。

他收回目光，感慨地轻叹：“你是不是刚进入社会？”

“是，以后还请王老板多多指教。”

电梯驶至，王昌盛走进去，回过首来，看着安之说道：“指教不敢，不过我很欣赏叶小姐的性格，所以今天多嘴说一句，其实社会很复杂，叶小姐……”电梯门缓缓合上，他没再说下去。

安之不以为意地笑了笑，朝门缝内挥挥手。

社会确然复杂，一样样一件件，每日总有她意料不到的事情在发生。

但只要她行得正、坐得正，又何所惧之？最坏的境地也不过是换一份工作而已。

楼下司寇的办公室，关旗陆坐在他对面。

“姑妈告诉我，你和姑父说想调回集团做事。”

司寇笑：“你的消息还真快。”

“咦，不是你传得快吗？我还以为你早等着我来找。”关旗陆也笑，忽然话锋一转，“无缘无故抽身——为什么？”

“飞程集团旗下的子公司，仅是银通、光讯、电信、政企加起来就有八位老总，合并之后人员精简，就算把其中一些老总调到其他区域，也必然还有一些得自动请辞。如果你我都参与这场四国混战，结果很明显，无非是你和我谁做一把手的问题，此外最多只能再留任两位，六个人争这两个位置，早晚会斗得鸡犬不宁。”

关旗陆挑眉：“虽然姑丈还没对外公布整合计划，事实上他们也早从各自的人脉收到风声，就算消息不确定，他们的暗中角力也已开始，你退出不但于事无补，多一个位置反而会使竞争更白热化，这种情况我想你不会一点都不明白？”

意思很明显，希望司寇最好还是给他一个说得过去的理由。

司寇笑眯了眼。

“我身为飞程集团唯一的继承人，何必在这种战国烽烟的时候以身涉险？要想做得出色就必须费心劳力，还得时时刻刻防着精敏的旗陆哥哥，不能让你踩到我头上来。而万一就算我拼了全力最后也还是比不过你，则徒然贻笑大方，届时我还有什么面子可言？”

当然不如临阵抽身，摆下置身事外的高姿态，好好做一个看戏的观众。

关旗陆连连点头：“这想法不错，留我力战群雄，却是在为你做嫁衣裳。”背靠向椅子，轻轻摇了摇，双手懒懒抱胸，含玩带笑的眸光像是在看十几岁的青春期叛逆少年，无限慈爱而宽容，“不过，寇弟，这理由比之前的更逊，乖，再给哥哥一个别的。”

司寇既好气又好笑，抄起一个文件夹飞掷过去。

关旗陆反应迅速，连人带椅身形一转，文件夹擦着他的衣角过去，跌落地面。

再回身时眸光忽然变得锐利：“你先扬言不准我动安之，紧接着又从合并计划中抽身，我在想——这两者之间，是不是有些什么关联？”

司寇嘿嘿一笑：“你要这么想也未尝不可。”

“我不太明白的是，你的目的是什么？”

“目的吗？一则免得你我鹬蚌相争，使公司的整合可以顺利过渡；二来我回集团主管分销，你运营合并后的新型公司使其上市，这对你和我是最好的分工。至于安之，我相信计划启动之后你会变得非常忙碌。”那时定不会再有时间对她萌生什么心思。

“而你这个闲人正好乘虚而入，安抚她寂寞的芳心？”关旗陆笑起来，倾身向前，手肘支在桌面，以手托腮，双眸因笑意而带上些桃花样的暗胭之色，“我今天带小师妹一起去和软件商谈了合作的问题。”

司寇背靠向后，与他拉开距离，半眯睫眸：“哦？”

“那本来应该由古励出席，因为后续其实是纯业务的事情，和小师妹的工作内容关系不大。”

明白过来的司寇瞪圆了双目。

关旗陆从座位里施施然站起：“过段时间，当我忙起来的时候，她也会非常忙。”

她绝对会忙得——没时间陪办公室外的闲杂人等了。

司寇深深看关旗陆一眼，忽然笑了，唇弧含讥带诮。

“知道我为什么会退出合并案？因为，是我没兴趣为你做嫁衣裳。”

这没头没脑的一句让刚想转身的关旗陆一怔，然还没来得及发问，手机已响，他接通，几秒后变了脸色，“姑妈进了医院。”

司寇一愣，马上拿起桌面车钥匙。

当两人赶到一院时，急诊室外一位年轻女子正在焦虑地走来走去，听到脚步声，回过头来的她柔顺黑发在半空中划过丝弧，看上去大约一米六五修长匀称的身材，衣饰高雅，形容大方，顾盼之间明眸善睐，流露出一种似与生俱来的贵气。

眸光在关旗陆和司寇身上转过，最后停在关旗陆凝定的视线上。

“你们是……”她试探地问。

“我是关旗陆，这位是司寇，请问我姑妈是不是在里面？”

“啊……”她轻轻“哎”了一声，不知为何有些微紧张，双手互相捏了捏，才说道：“你们好，我是钟如想。中午时访茗阿姨约我吃日本料理，用完餐我陪她逛商场，谁知道逛着逛着她忽然腹痛，痛得整个人站也站不起来，所以我和司机赶紧把她送来了医院。”

关旗陆点点头，回首问司寇：“姑丈还在美国？”

“嗯，要明天下午才能回来。”

急诊室的门被打开，医生从里面走出来，三人一同迎上去。

“病人患急性肠胃炎，需要留院观察，你们谁是她的家属？去给她办住院手续。”

司寇跟上去：“我来。”

留下关旗陆和钟如想，两人对视一眼，相互含蓄地笑了笑。

银通办公室里。

派驻在深圳客户处的技术人员陆陆续续回到公司，安之把许冠清说的话交代下去，同事们一个个把单子填好给她。

她逐张翻查，大多没发现问题，只有一位叫杨诞的工程师，报销项目写着请客户单位的某科长晚饭，后面贴着的却是百来元的麦当劳发票。

安之几乎失笑，请人家科长吃饭，怎么可能是去麦当劳？

她拨通内线把杨诞请过来，指尖轻轻点了点发票上的麦当劳图章，把声音放到最低："这个会被财务部打回来的，你换一下别的餐饮发票。"

杨诞不自在地接过单子，转身回自己的座位，几分钟后换好再交过来。

安之看看已没问题，便收了下来。

在银通工作的这段时间，她发现确如许冠清所言，关旗陆是个很大方的上司，对下属虚报的费用，只要不是很过分的几乎都不卡，而从他指缝间放行的这一些车钱餐费，为他赢得许多员工的死心塌地，几乎所有人都喜欢跟着他做事。

无他，关总会为下属着想，就这一点口碑已足够收买人心。

不知不觉，电脑右下角的时钟已走到五点，关旗陆仍未回来。

再过一个小时就要下班，安之拿起手机调出他的号码。

医院里，关旗陆看到来电显示，走到一边去接通。

"安之？"

"你什么时候回公司？技术那边的报销单还等着你签字，财务部已经打电话过来催了，让早点把单子交过去，他们还要做报表。"

"我现在人在医院……"

"啊？你怎么了？"安之情急插话。

他轻轻笑了笑："我没事，是姑妈得了急性肠胃炎，我现在走不开，那些报销单你代我签字行了。"顿了顿，他柔声歉语，"对不起，晚上不能陪你吃饭了，改天再补请回来，好不好？"

"没事，先忙你的，那——这些报销单我代你签了？"

"嗯，先这样。"

不远处钟如想似被关旗陆脸上的温柔神情所吸引，定睛望着他，不料他挂了电话，一回首将她的视线逮个正着。

她局促地笑笑，随口道：“打给女朋友吗？如果你有事可以先走，我会在这里陪访茗阿姨。”

关旗陆也笑了笑，避重就轻，温声说道：“这话好像应该我和你说才对。”

第六章

背着希望

周末，安之起床时觉得左边牙龈隐隐作痛，也不知是休息不好，还是秋高上火，打电话约了莫梨欢和曹自彬，看会儿电视，再把房间收拾收拾，中午时随便煮了点吃的，然后打开电脑上网。

从新闻看到娱乐，无意中逛到一个运程网，将十二星座和四种血型组合到一起作命运解析，闲来无事，她逐一细看。

安之始终认为，一个人的命运其实由性格决定，与星座、血型或生辰八字通通无关，这世上许多悲剧的造成，都不是天意，而是人所为之，失败或成功，谋事者的个性绝对是主因。

看看时间已差不多，她找出白色恤衫和中裤换上，穿上运动鞋锁门离开。

去到兰桂坊，铁丝网内莫梨欢、曹自彬和司寇都已到场。

放下球袋时想起上一天关旗陆的电话，她问司寇：“昨天师兄说他姑妈进了医院，没什么大碍吧？”

“没什么，只是例行留院观察，今天上午访姨已经出院了。”

站在旁边的莫梨欢听见他们的说话，悄悄顶了顶安之的后背，笑嘿嘿道："怎么不叫你师兄一起来打球？"

安之斜斜地剜她一眼。

司寇一笑："他怎么会有空，昨天才刚刚认识一个漂亮的女孩子。"眼角的余光不着痕迹地掠过安之脸上。

骤闻他此言，万沙华的一番话涌入安之脑海，她微怔后反应迅速，已笑着别过话题："来，我们四个打循环赛，三局两胜，输的人晚上请客吃饭。"

莫梨欢马上把曹自彬推出来，对司寇道："两位请，这种变态赛程绝对男士优先。"

曹自彬无奈而宠爱地拍拍她的脑袋，安之和司寇一同失笑。

两男两女对决下来，自然是擅长运动的司寇和安之胜出。

尔后司寇与莫梨欢、安之与曹自彬两相对垒，这一场再打下来，两个女孩子已是气喘吁吁，莫梨欢猛叫暂停，扔了球拍席地而坐，连连喝水。

于是四人皆进入中场休息，安之捂着左边脸颊，一时以掌轻拍。

司寇关心地问："你怎么了？"

"牙疼。"

莫梨欢啧啧连声："牙疼不是病，疼起来要命，可怜的小安之，你惨了。"

安之轻哼一声："你还真不愧是射手座的，哪壶不开偏提哪壶。"意有所指地，似多少仍有些责怪她之前的说话不分场合。

"切，我那叫直率无心，气质奔放。"

曹自彬嘴里一口水全喷出来。

安之哈哈大笑，牵动面部神经，霎时疼得龇牙咧嘴，犹是如此，也还忍不住笑骂几句："天哪，气质奔放！再来是不是还得加上反应灵敏态度亲切？"

"哇！全中！你怎么这么厉害？我的星座就是这么说的！"

“我今天刚好看到这个，你是A型血射手座不是吗？”

“对对对，自彬是白羊座，我们两人星座的配合度超过百分之八十！”聊到自己最喜欢的话题，莫梨欢兴奋不已，“安之是双鱼座，司寇你呢？快告诉我，我看看你们合不合适。”说着对安之眯眯右眼。

惹得安之丢给她一个无声嘴型，“花痴！”

司寇笑：“我是狮子座。”

莫梨欢失望地看着他：“狮子座和双鱼座的配合度很低，好像只有百分之二十五。”

“狮子座的人很有个性。”安之回忆网上所说，“思想极富弹性，行事总是锋芒毕露，相当耀眼——忘了问，你是什么血型？”

“B型。”

“B型狮子座的男人度量很大，表里如一，性情坦率，而且很能照顾别人。”说到这里安之笑了起来，“你这性格和董事长一点也不像，他看上去更像B型的金牛座。”

“我爸爸吗？他不是B型血，和你这位朋友一样是A型，星座我不知道，他们那一代人过的是农历生日。”司寇放下水瓶子，捡起球拍，“都休息好了没有？”

莫梨欢哇哇大叫：“我不要！自彬你代我打，把他们通通杀个片甲不留。”

曹自彬笑着将她从地上拉起：“不许偷懒，自己上场。”

接下来又是两轮激战，到最后积分最低的，自然非梨欢小姐莫属。

收拾东西时安之长叹：“怎么有人就是那么好运，好不容易让她的钱包出一次血，我偏偏牙疼，真是不想活了。”说到最后语调异常哀婉，竟似有三分发自内心。

莫梨欢一掌拍在她肩头：“有得吃你就该偷笑了，还装！”搂过曹自彬往前走。

安之落后几步，捂着脸，低低说道：“真的很疼啊……”

司寇侧过首来，见她左脸已微肿，不由得担心：“你怎么样？要不要去看医生？”

她没什么情绪地摇摇头：“不用了，去兰桂坊熬点热粥喝喝，可能会好一点。”

司寇又看她一眼，忽然轻声道：“我开玩笑的。”

安之不解抬首：“什么？”

他笑了笑：“没什么，走吧。”

安之看着他的背影，几秒之后反应过来，霎时脸如火烧。

她的心事那么浅显易见吗？为什么连司寇这样的都看得出来？

最重要的……如果一个只和她见过数次的旁人都能窥知她心底一角，那么，和她朝夕相对的关旗陆呢？他是不是……

她不敢再想下去。

晚饭安之吃得很少，也几乎不怎么说话。

莫梨欢看她神情萎靡，只道她的情绪低落是因了牙疼，爱莫能助之下正经许多，不再去逗她，只在旁听曹自彬和司寇闲谈时事。

因为安之身体不适，膳毕大家早早散场。

回到家里，她放下球包，从口袋里掏出手机扔在沙发上，人也跟着倒躺下去。

也许是因为不舒服，所以整个人陷入低潮。也许是因为不用再强颜欢笑，终于可以独处，被压制的情绪迅速蔓延开来，一种莫名的委屈感涌上她的心口，鼻子骤然一酸，泪水无声滑下，在眨眼之后如出闸汹潮，再也控制不了。

她翻个身，将脸埋在沙发的软芯里。

急性肠胃炎来得快去得也快，休息一夜之后，当关访茗醒来病症已基本消失，到了下午已完全好转。获得医生同意后，陪护一夜的关旗陆为她办理了出院手续，把她送回二沙岛江畔的司家别墅，然后驱车回到自己的公寓补眠。

天色渐渐昏沉，最后他是被手机铃声吵醒，关访茗让他过去一起吃晚饭。

关旗陆洗漱过后出门，在十分钟内飘然而至。

停好车进屋，看见钟如想也在，他礼貌地笑笑，神色如昔温然无波，不见一丝意外或其他任何反应，仅仅只是含笑眸光不着痕迹地飘过关访茗脸上，“姑妈，钟小姐。”

乍见他走进来，钟如想眼内闪过微喜光芒，带点感激又不好意思地飞快看了关访茗一眼。仪态端庄的关访茗慈爱地招呼关旗陆坐到身边，说：“你来得正好，我刚和如想聊到你们的留学生涯。”

“是吗？”他微笑闲应。

钟如想好奇望向关旗陆：“阿姨说你中途曾经逃学，是不是真的？”

关访茗神色无奈：“怎么不是？我有时候真不知道这个宝贝侄子在想什么，就说他毕业的那年，司淙让他回飞程工作，可是任由我磨破了嘴皮他就是不答应，自己找了家外贸公司，为了陪那个什么——还请调去长驻北京。”

关旗陆但笑不语，端起咖啡，慢慢啜饮。

“一直到两年之后，他好不容易终于肯答应我出国深造，申请下来了，哈佛一年五十万的MBA费用也交了，却去了不到三个月就跑了回来，不管谁问原因他始终只是笑笑，什么也不说，差点没把我们这些老人家气死。”

钟如想忍不住笑，好看的唇弧向上弯起，飘向关旗陆的眸光带着探究和新奇，仿佛想象不出他这么温文雅致的人，也曾有过那样任性轻狂肆意妄为的岁月。

关访茗摇头叹口气："还好这孩子从小就冷静理智，后来还是回去完成了课程。对了，如想你念的是什么学校？"

"哥伦比亚大学。"

关旗陆端着白瓷杯子的手微微一定，抬眸看向钟如想。

她迎上他的视线："怎么了吗？"

他收回目光，温然笑笑，"没什么，我有个朋友也在哥大。"

关访茗适时起身："旗陆你招呼一下如想，我去厨房看看菜式准备得怎么样了，你姑丈正从机场回来，大概还有半小时就能到家。"离开前轻轻拍了拍关旗陆的肩膀，对他眼中一掠而过的揶揄选择了视而不见。

关旗陆倾身取过咖啡壶，为钟如想续满，然后自己也倒了一杯，端起来施然慢饮。

他神态闲适自然，却似无开口说话的意思，那种极有风度地照顾女士，绅士得让人感觉不到受了冷落，但同时又保持着适度距离，完全不打算借机和异性搭讪的贵族气质，温雅得恰到好处，令钟如想眼内闪过一丝迷恋。

她捏着手中杯子，微微紧张地挑起话题："你说你朋友也在哥大？"

关旗陆笑笑："像哥大这种学校一向是留学生的热门选择，我有好几个校友都去了。"

这种并不试图将话题深入的礼貌回应，让钟如想一时之间不知再说什么好，她迟疑了一下，终于还是忍不住："我在哥大认识一个中国女孩，她好像就是从你们学校来的。"看关旗陆挑了挑眉，她慌忙补充，"我刚才听关阿姨提到你的学校。"

"哦，是吗？"关旗陆随口问，"她叫什么？"

"宋清妍。"

关旗陆手中杯子一顿，咖啡在杯中荡了荡，漾起几圈涟漪。

他再度抬眼看向钟如想，眸色有点淡，面上却笑笑道：“这么巧？”

钟如想即刻意识到自己隐而试探的小心思已被识破，半垂的眼波飞快一闪，下一瞬唇边露出嫣然笑容，话锋一改，索性直认不讳：“其实，我早就知道你。我和清妍是朋友，她偶尔会在我面前提起你。”

她奇速的反应，倒令关旗陆刮目相看一眼，笑意和煦了些：“她还好吗？”

钟如想悄悄松了口气，微怯的心头涌现一丝终于引起他注意的暗暗欣喜，听到他的问话，她连忙答道：“她很好，毕业时拿到一家大公司的offer留在了曼哈顿，后来认识了一位美籍西班牙人，今年年初已经结婚，好像她有打算在圣诞时和老公一起回国。”

关旗陆点点头，不再说什么。

钟如想留意了一下他的神色，慢慢道：“清妍有一张光碟，里面刻录了一段VCR。”

关旗陆笑：“是不是在她大学二年级的生日聚会时拍的？”

“对，就是那个，镜头里除了她的室友和同学，还有你和你的朋友。”

原来如此，关旗陆微笑着再端起咖啡，用杯子半遮去自己的表情。

他本觉得奇怪，何以这位钟小姐对他有如此大的兴趣，竟似有些迫不及待地透过关访茗和他结识，却原来是因了一段录像。不过，那段录像他也看过，回想起来他当时并没有什么突出的表现，反而大多数时候只是闲坐一旁，看着宋清妍和其他人又闹又叫。

所以关旗陆不是很明白，他会是在什么地方吸引了钟如想。

“我回国之后，有天陪爸爸和司伯伯打高尔夫，打完应邀来阿姨家吃晚饭，临开饭前她接了个电话，然后和司伯伯说什么旗陆临时有事不能来了，我当时一愣，心里想怎么她提到的名字和清妍的前男友是一样的。于是随口问了她一句，结果阿姨把你的照片拿出来给我看，原来真的是同一个人！你说我们是不是很有缘分？”

钟如想抑止不了内心的兴奋，说到最后，隐隐有着一丝人间寻他无觅处，忽然发现柳暗花明的狂喜和心酸。

这掩饰不住的真情流露，让神色一直平静稳和的关旗陆微感意外。

而钟如想在那句“是不是很有缘分”的说话脱口而出之后才惊觉自己失言，霎时俏颜涌起狼狈红潮，飞快别过脸去，不敢再看坐在对面那位自己极度心仪的俊容男子。

关旗陆端起咖啡壶，不着痕迹地温声别开话题：“还要不要再来点儿？”倾身为她再次续杯，算是为她解了围。

屋外响起车声，关访茗从里面匆匆出来：“是不是司淙回来了？”

关旗陆刚从座里站起，司淙的身影已出现在门口，脱下外套递给迎上来的关访茗，对也连忙起身问好的钟如想笑道：“怎么，齐聚一堂迎接我这个老人家吗？”

钟如想娇笑出声：“司伯伯你看上去不过四十岁出头，这就认老了？”

司淙对着关访茗笑道：“钟老兄的这位千金真是了不得，动一动嘴皮子就可以使人返老还童。”目光扫过屋内，“司寇呢？”

“他说今天约了朋友打网球，不回来吃饭。”

关旗陆脸上浅笑一滞，神情起了几不可察的细微变化。

四人向餐厅走去，钟如想跟上关旗陆身边，笑道，“阿姨说你也很喜欢打网球？”

“说不上喜欢。”关旗陆有点心不在焉，“不过是闲暇时找点消遣。”

钟如想飞快看看他，敏感地捕捉到了一丝敷衍，虽然很困惑不明白为什么他的态度突然晴转阴，也还是极识时务地不再多言。

整顿饭下来关旗陆的神情始终显得有点飘离，仿佛有一丝心神不宁的样子，非但不主动挑起话题，甚至连钟如想有意无意地努力营造欢快气氛，他也只是有一搭没一搭地笑笑应和，以至关访茗趁钟如想不注意时朝他皱了皱眉，对他的礼仪不周面现责色。

他歉然笑笑，终于打起精神，配合着众人一起说说笑笑。

膳罢移往偏厅喝茶，佣人端来精致果品。

最后，关访茗才想让关旗陆送钟如想回去，他口袋里的手机忽然响起。

关旗陆拿出看了看号码，眸光乍闪，脸上竟不由自主露出柔和笑意，对在座各人歉道，“对不起。”起身走向落地窗边，压低声音曼语，“小师妹。”

那边没有回声，一会儿，手机中传来细碎的呜咽。

关旗陆即时原地站定，脸上笑痕迅速退去：“安之？怎么了？”

连叫几遍，对方依然没有回音，他明白过来，很可能是安之碰到了手机的重拨键，断断续续传来的似有似无的压抑微泣，透出惊惶、痛苦和无助，仿佛一个极小的小孩遭遇到了心灵难以承受的巨变，却不敢向大人求助而只懂得独自缩在无人的角落饮泣。

听入关旗陆耳中，那细细碎碎的呜咽如同一道无形细丝，捆着他的心脏来来回回扯动，既痛还轻，异常拉割。

又传来一阵窸窸窣窣的微响，像是拖鞋趿拉着地板走远，然后那边再无声息。

他深吸口气，按下心头混乱，挂了电话回拨过去，然而铃声长响，最后无人接听，心头滋生一种难以名状的挂虑和不安，他重新再拨，依然还是无人接听。

收了手机，关旗陆走回去：“姑妈，姑丈，我有些事，先走了。”

说罢向钟如想也歉然地颔了颔首。

见他眉宇间温和不再，脸容上少有地挂着一抹焦虑，关访茗不禁问道：“是什么事？”

“没什么。”关旗陆挥了挥手，迅步如流星。

钟如想盯着他飞快离去的背影，脸色微微沉了下来。

看在关访茗眼内，若无其事地道："如想，我让司机送你回去。"

她俏丽面容转而露出明媚笑意："谢谢阿姨，不好意思还要麻烦你们。"

转过身时，钟如想脸上的笑容迅速消失。今天她特地不把车子开出来，没想到最后还是棋差一着，而从关旗陆接电话时的反应可以看出，对方肯定是个女子，而且还很可能和他关系匪浅，想及此她心口一揪，关访茗不是说他已经和女朋友分手了吗？那这个来电的人是谁？

在两人都离开之后，关访茗和司淙对视一眼，她皱眉道："你也看到了。"

司淙神色淡定："年轻人嘛，选择多一点也未尝不好，随他去罢。"

他嘴里这么说着，睿目却闪过深谋的精光。

远洋公司住宅楼外，泊好车的关旗陆径直走向门卫室。

"请问有个一米六几、剪着短头发、喜欢穿衬衣牛仔裤的女孩住在……"

看门的阿伯打断他："你是不是找叶安之？"

"对对，请问她住在几楼？"

阿伯警戒地上下打量着关旗陆，这年轻人形容俊俏，衣着干净高雅，不像宵小之徒，他放缓了神色："你是她什么人？找她什么事？"彭女士回中山了，只有安之一个小女孩在家，问清楚些总没坏处。

关旗陆几乎想掏出钱包拿钞票递过去，但看这老人家一脸正直负责的样子，又怕弄巧成拙，只得耐着性子温言解释。

"我是她朋友，她妈妈回老家了，只有她一个人在家，我刚才打电话她不接，我担心她有什么事。"

一听他说出安之的妈妈不在，阿伯对他的身份再无怀疑。

“她住七〇一，我看看——那边的防盗门刚好开着，你从第一个楼梯上去。”

“谢谢。”关旗陆马上走进去。

三步并两步跨上楼梯，到了七楼，左手边的门牌是七〇一，他揿下门铃。

内里无人应声。

他再揿，同时拿出手机拨打安之的电话。

听到屋里传出她的手机响铃，关旗陆稍为安心，扬声叫道：“安之？”

“来了，来了！”伴随着回话，急促而慌乱的脚步声渐近，“谁啊？”

下一瞬，门被拉开。

安之穿着恤衫短裤，手中毛巾罩在湿漉漉的发端，显然刚冲完澡，乍见关旗陆出现在面前，她张圆了嘴，擦拭湿发的手掌搁在头顶上一动再不能动，整个人定在当场。

看见她完好无缺，关旗陆长吐一口气，在意识到自己做什么之前，已经抓住她的手臂一把将她扯到面前。两个人都为这意外的动作定格了几秒，他的眸色变了又变，最后慢慢收拢双臂，将她揽入怀内，贴着她颈边的脸上神色复杂无边。

最后化成一抹浅淡的不羁和自嘲，没想到……还是无从抗拒。

那就，这样吧。

从见到关旗陆第一眼就已呆住的安之，此时血液全部冲向大脑，傻傻地任他搂在怀内，只觉得他的身体和臂弯涌起高热，而自己紧贴在他胸口的脸颊亦像火一样发烫，在他体温的包围中她被他圈抱住的全身似火烧火燎，有那么一瞬滚烫得让她不知自己身在何方。

怀抱里有她那种好得不得了的感觉，让他全然放弃再问以后。

唇沿滑过她滴水的鬓边，他在她耳际悄然柔引：“我提醒过你……不要这样……”她耳坠下方的粉嫩肌肤因他过近的吐纳而透出红晕，诱使他的唇瓣轻柔扫过，触及的那一刹两人一同轻喘，他如蜻蜓点水般迅然吻过她的脸。

安之涣散的魂魄终于在这亲昵无边的一瞬间归位，慌乱中下意识螓首欲别，却在想动时被他温热的手掌先一步掣住后脑。她在他怀内再动弹不得，眼睁睁看着他的菱唇带着微笑和柔情吻下来，四唇相贴，他合上眼轻吟出声：“小师妹……”

那潜入她灵魂的轻怜昵唤，将她的意识“砰”地全然震散。

她因何而哭，他因何而来，此时此刻都已不再重要。

爱情是尘世间的一盏灯火，在这忘情拥吻中，他们放纵自己做了笨飞蛾。

直到喘息，两人的双唇才微微分开。关旗陆抬起头来，环搂在安之腰际的手没有松开，垂眸凝视她妩媚而氤氲的双眼，另一只手从她脑后向前抚来，掌心贴着她的脸庞，指腹似极珍爱地在她面容上轻轻摩挲。

他的眼神温柔得动人心魄，带着让人无法抵挡的磁力，将安之吸引得如同灵魂被锁在了他的眸心，整个人似漂浮在无边无际泛着微波的晴空海洋，愉悦至极，与此同时又真实感受到胸腔内壁的血液汩汩直流，怦怦跳动的心如小鹿乱撞。

荡在心口的情漩美妙难言，两皆移不开的痴缠眸光，似想这样拥抱着直到天荒地老。

他缓慢地再俯下首来，轻轻贴向她的唇，捧起她的脸迎向自己，不料动作间指尖轻陷，却惹来她“哟”声痛呼，反射性捂住半边脸颊。

关旗陆这才看向安之微肿的左腮，微微笑出来，笑容里带着丝恶意：“牙疼？”

安之气恼瞪他：“你故意的！”

“不舒服还跑出去和司寇打球，我是不是该说你活该？”他弯唇，吻了吻她疼痛的左脸，“去换衣服，我陪你去看医生。”

安之原想说不去，看他神色却是不容她有任何异议，只得抚着脸走回房间。

入夜后的人民桥畔，沿江两岸亮起七彩霓光，泼墨般的宽阔江面暗流涌动，拍岸的水边华虹尽染，景致美丽异常，不似人间。

车子过了桥右拐，沿着江边开不到五分钟已至中山二院。

关旗陆为安之挂了急诊。

看见医生端来闪着金属冷光的一盘器械，安之的面容因惧怕而几乎皱成一团，镊子还没伸入口腔已吓得她啊啊乱叫，关旗陆忍俊不禁，执起她的手与她十指交扣：“别动。”

从他掌心传来的暖意极具安抚作用，使得安之内心萌生一种前所未有的依赖感，她安静下来，张开嘴和医生合作。

清洁过蛀牙，喷好药水，拿了消炎药后离开。

车子在驶出沿江路前慢下来，那拥吻的曼妙感觉仍在心头流连，关旗陆侧首看向邻座：“你要回家吗？”他极具绅士风度地征询，含情语调却明白彰显了，这其实不是问句，而是他还不想那么早送她回去。

安之摇了摇头，垂下眸唇边漾笑，转而也侧过首来看他，双瞳闪起晶莹剔透的波光。

后方传来一声喇叭音，关旗陆收回视线。前方马路对面，江中驶来一艘游轮，层层船舷上环缀着碧蓝绮紫的美丽霓虹，气派而华贵，璀璨而瑰丽，如同只在夜间出行水上的仙舟。

手中方向盘一拨，他将车子打了左转，驶向天字码头。

安之脸上笑容扩大，关旗陆看她一眼，忍不住莞尔：“小丫头。”

她没有应话，他也不再出声。

任外面五光十色华年如水红尘喧嚣，车内两人如身在世外，狭窄而安静的空间里，无声弥漫着一种心意相通的恬憩舒服感。

过了几个红灯，到达目的地，关旗陆把安之放下在路边，去找地方停车。

泊好回来，见她看着对面一个很大的彩票销售站，他捏捏她的后颈："想买吗？"

"我做梦都想中五百万呢。"她朝他俏皮眨眼，"不过从来没买过。"

他失笑："没买过还做梦？"

"所以说只是'做梦'嘛，中奖这种东西，纯粹撞大运，所以想是一回事，去做又是另外一回事，明知道梦不可能成真，又何必起贪念？一次次给自己千万分之一的渺茫希望，然后一次次经历失望，这不是庸人自扰吗？"

关旗陆定睛看她："梦想和现实——你分得这么清？"

安之的脸容慢归平静："我不想让自己受伤。"

关旗陆不再作声，眼波停在她脸上，幽深无底地流转，她对他咧咧嘴角，浅浅一笑，然后望向别处，他转头再看向对面，来往车灯将他的眸光映得明明暗暗，下一刹，他忽然牵起她的手，在她的惊异不解中将她拖入车流，横穿马路向销售站走去。

"我送你彩票。"他说。

"喂，喂！"安之叫唤。

关旗陆强搂着她走进去，抬头看看售票窗口上方的选择项目："就买三十六选七。"

隔窗里销售员问："买多少？"

他打开的钱包中露出一沓大钞，安之按住他伸进钱包中取钱的手，指尖把百元面额的钞票一别，从他钱包中抽出一张十元递入内："就买这个。"

过了一会儿，里面递出印有五个注码的小纸张。

安之仔细看那些数字：“师兄，要是过几天一觉醒来发现中了五百万，我第一件事就是向你辞职。”

关旗陆笑，对窗口里的销售员道：“再来九百九十四注。”

不但售彩阿姨惊奇抬头，就连安之也大为愕然，来不及出声阻止他手中大沓钞票已递了进去，她哭笑不得，这也未免太大手笔，瞪着关旗陆，眸光微怨，关旗陆漫不经心地搔搔她头顶黑发。

里面三个窗口全停下了销售，就只听见三部打印机同时发出“叽叽”的声响。

过了好半会，关旗陆接过窗口里递出的用橡皮筋扎好的大沓彩票。

连同安之手上的那张，一共九百九十九注，他打开她的背包放进去，拉上拉链，微笑道：“好好背着你的向往和希望，也许有一天……你会梦想成真。”

安之霎时定在当场，那首歌是这样唱的：

把万家的阑珊敲落
把心间的希望点着
爱情是一盏灯火
结一根温柔的芯
蓝曳低萦至死方灭的承诺
把透明的薄翼张开
把深沉的向往背着
……

出了彩票站，几步外的江边便是天字码头，所有观光渡轮都在此上客落客。安之变得有些沉默，任由关旗陆买了船票牵她登上最豪华的游轮，两人走到最高一层的甲板上。

游轮往海珠桥驶去，江风徐徐吹来，夜色下天幕低垂，与磅礴江面两相呼应，江北装饰着七彩虹灯的建筑一幢紧挨一幢，而南岸茂密的树丛里透出晶莹绿光，两岸景致尽皆倒映于水，从江心看去，微浪打过的江面如琉璃倾融，斑斓色波层层叠叠、变幻万千。

此时有一对父母带着孩子从楼梯处走上甲板，一人一边牵着小孩的两只手，那小孩子前蹦后跳，快活地玩着空中吊环。

安之看得怔然，直到对上一双充满好奇的纯真童眸才回过神来。

她转身，倚着船舷看向微波江面。

这微妙的情绪变化落入关旗陆眼内，他微讶地弯身看去，却见她已双眼泛红。

“怎么了？”他柔声问，“有心事？”

安之勉强笑笑：“我家庭和乐，父母双全，身体健康，工作稳定。”然后看他一眼又调开视线，越说越低，“现在连希望也有了，还能有什么心事？”

关旗陆皱了皱眉，攀过手去从背后把她拦腰搂入怀内，也不追问，只是有一下没一下地以唇瓣轻慰她的额沿，仿若闲谈，“我已经很多年没好好看看珠江的夜景。”

过了一会儿，安之的情绪平复下来，沉默片刻，她说：“有时候觉得……幸福不像是真的……就像这些船上江边的霓虹灯景，很美丽，很耀眼灿烂，可是当天一亮，就会通通消失不见……无论如何，还是谢谢你送我这些彩票……我很感动……也许，也许有希望，总是好的吧……”

从未有哪一刻比如今更清楚，原来自己，并不如表面那样积极乐观。

关旗陆半晌不语。

良久之后，才吻吻她的眉梢，曼声说道：“我们算不算偷得浮生半夜闲？”

与往常完全无异的语调，温和悦耳，却让人听不出半丝情绪。

安之轻轻笑了笑。

在安之的恋情开始之初，关旗陆却忙得不可开交。

为了清河证券的项目，连日来由司机驾着别克商务车，载同他、曾宏和塞曼提的高层在广深之间往返。同时关于子公司的整合，司淙已与关旗陆达成共识就由他来执行，为了配合美国那边的工作时间，他即使入夜后才从深圳赶回，也还得在办公室工作到晚上，以便和各意向投资方召开视频会议，进行一轮轮的谈判。

相应地，安之的工作也多了起来。关旗陆有意训练她的能力，把一些在她权责范围外的工作都交给她去处理，不仅是市场部的事情已由她独当一面，甚至技术支持人员的调配、项目的开发进度，乃至产品推广和销售动向她都需要了解，以便在他问的时候可以及时详尽地汇报。

对高位决策者来说，不管是内部外部，信息的真实、及时和细致非常重要。

各有各忙的两人有时一天里也见不到一面，偶尔关旗陆打电话来，不是他身边有人就是她在忙碌，也只能匆匆数语。

安之渐渐成为关旗陆最得力的助手，以及他最信任的心腹。

彩池开奖那时，安之曾经上网去对。

几个小时下来累得眼睛发花，却发现连最小的奖都没有中着，心里倒没有觉得失望，只是想笑，原本就预料到了，这些虚幻的希望总有一天会被现实戳破，就像彩色泡泡，凭空而来，也凭空消失。

彭皆莉已从中山回来，饭后煮好甜汤端进女儿房间，却看见她的床上摊满了整整一床彩票，她大为惊讶：“你是不是钱多得没处花了？”

安之直觉解释：“不是我买的。”说完才惊觉漏了口风，慌忙掩嘴，对着母亲心虚地眨巴眨巴大眼。

叶母看她神色心里已明白几分，把甜汤放在桌上，倒不急着离开了，笑问：“你谈恋爱了？”尔后又皱了皱眉，“就是他送你这么多彩票？”

安之把所有彩票重新叠好扎好，这一小张一小张废纸，对她有着重要的纪念意义。

她望向母亲：“妈，你好像不喜欢？”

“华而不实。”

安之笑：“玫瑰花不也是一样吗？”

忽地醒觉，人类用花去代表爱情何其智慧。

盛开时两皆美丽夺目，迷人心神；败谢时凄凉伤感，无限唏嘘。

“没错，所以说有那些送花送彩票的钱——”叶母振振有词，“还不如多买两只鸡来给你补补身子。”

安之大笑，抱着母亲推出房去：“我明白了，要把腹中填满才不会华而不实，哇！妈，你是不是在老家吃鸡吃多了？腰围好实啊！”

关上门，她拨通关旗陆电话：“你在哪儿？”

听到她俏皮的声音，关旗陆轻轻笑起来：“医院。”

安之一愣，怎么又是医院。

似觉察到她的疑惑，关旗陆解释：“姑妈胃病复发。”

“啊，她没事吧？”

“没什么大碍，只是进来观察一下放心些。”

听出他语声中一丝倦意，她忍不住低低道：“我想你。”

关旗陆心口一荡，轻喃：“小东西。”

安之脸颊发烫：“我不打搅你了。”

“乖，早点休息。”

关旗陆走回病房，钟如想看着他把合上的电话放进口袋，微翘的唇边似有蜜意蔓延，她的眼底不由得闪过一丝暗光。

房内司淙和司寇也在，关访茗躺在病床上，形容憔悴，手背上吊着点滴，原本闭合的双目在听到关旗陆的脚步声时睁了开来，“都回去吧，旗陆你留下来，陪陪姑妈。”语气淡冷，说话时就连眼角余光也不给自己的丈夫司淙。

关旗陆和司寇对视一眼，他走到病床前：“姑丈，你们就先回吧，这里有我行了。”

司寇道：“有什么事打我电话。”拍了拍父亲的肩膀，率先走向门口。

司淙看了眼躺在病床上的关访茗，一脸无可奈何：“旗陆，麻烦你了。”

钟如想迟疑了一下，见司寇司淙已相继离开，也只得冲关旗陆笑笑，对关访茗道：“阿姨，你好好休息，我先走了。”

关访茗点了点头。

病房里很快清冷下来，两行泪水终于从关访茗的眼角滑下。

她吸了口气：“旗陆，你觉得我和你姑丈怎么样？”

关旗陆抽过纸巾递过去，想了想，才回答：“每段婚姻都会有不如意的地方。”

“不如意？”关访茗冷笑，却不愿多谈，只是说，“无论如何，这次你一定要帮姑妈。”

关旗陆十指交握，唇沿轻抿，好一会儿才道：“如果你觉得和姑丈在一起不开心，不如考虑——换一种生活方式？”

关访茗咧咧嘴角：“怎么换？我二十五岁嫁给他，到现在已经二十多年，都这把年纪了还和他闹离婚吗？我丢不起这个脸，更不想便宜他在外头的那些女人。”说到这里抑郁地叹息一声。

窗外夜色消沉，寂寞如同阑珊。

关访茗目光暗淡，轻声道：“当年认识你姑丈时，曾经闹得风风雨雨，那时我天真地以为，他和第二任前妻之间并没有感情，而我和他是相爱的两个人，走到一起是天经地义。”

谁知道在她成功扶正之后，不过第二年就发现他在外面有别的女人，这不啻是一个晴天霹雳。然而事已至此，他的风流天性明明白白地摆在了她眼前，也曾一怒之下哭闹着要离婚，最后却始终还是割舍不下，这样将就痛忍，一眨眼已经二十多年。

“随着他的事业越做越大，对他趋之若鹜的女人也越来越多，这些年来我见多了，也麻木了。”也许每一个如她这种地位的女人，到最后都不得不修炼至眼不见为净、见了也一样净的正妻境界。

关旗陆听罢，不知该如何安慰关访茗。

如今社会，大凡有点地位财富的男人，或多或少在外面都有着或有过别的女人，这些成功人士或许愿意对婚姻和家庭终身负责，但已鲜少有人还能做到对伴侣奉献忠诚。

这一刻忽然就想，换在今日是他娶妻成家了，在以后形形色色的应酬中，是否就一定能够控制住自己，再也不在外逢场作戏?

答案是，他心里没底。

“旗陆，我一直没有子息，司寇这些年始终不肯接受我，司淙在外面又不断换着女人，说白了，耗费这二十多年岁月，我除了空担一个飞程集团董事长夫人的名分，实际上一无所有，所以无论如何，你一定要在飞程里真正占一席之地，就当是姑妈求你了。”

关旗陆眸色沉抑，片刻后，笑笑道：“你身体不好，先好好休息，别想那么多了。”

关访茗看他神色，知道话题不能继续，改口道：“我没什么大碍，你明天还得上班，也回去休息吧，不用在这里留夜了。”

关旗陆看了看表，也不推辞，起身按铃叫来特护。

出了病房，没走几步，见钟如想站在接待处，他讶异不已：“你还没走？”

钟如想大方承认：“我在等你。”眼内浮现终于把他等到的欣喜和热切。

关旗陆错开目光："晚了，你住哪里？我送你回去。"

"天河北的帝景苑，回国后我一直住在那儿。"

关旗陆笑笑："走吧。"帝景苑？离天欣广场相当近。

下得楼来，当夜风吹过，约略有一丝寒意。

沿途关旗陆异常沉默。

钟如想悄悄窥视，见他神色缥缈，似思绪出窍，她也就善解人意地安坐在旁，并不刻意挑起话题。倒是快驶近目的地时，关旗陆回过神来，留意到一旁她半蜷着身子缩坐皮座里，神情落寞，他心里涌起一丝不忍，歉然道："要不要听音乐？"

指尖连点，随意选了张碟，按下车载CD的播放键。

当前奏响起，他意外地张了张眸。

钟如想被旋律打动，侧耳细听歌词，跟着细声道："爱情是一盏灯火，我是一只笨飞蛾……真好听，这是什么歌？"

关旗陆把车泊停路边："到了。"

钟如想解开安全带，深深看他一眼，伸手去开车门，临下车前忽然回头，鼓足勇气说："你要不要……上去喝杯咖啡？"

关旗陆意外，反应十分迅速，温然笑道："我回去还有些工作要处理。"

钟如想脸如火烧，慌忙下车，急急说："那晚安了，再见。"

关旗陆手把着方向盘，车里响着他从安之处听来的歌：爱情是一盏灯火，结一根温柔的芯，蓝曳低萦至死方灭的承诺。车外钟如想未肯进去，仍固执地站在路边，一脸笑靥地朝车窗里挥手。

他踩下油门，白色车影飞驰而去。

烦闷地按下玻璃，夜风灌入，呼啸扑面，此刻关旗陆有想抽根烟的念头。

他对钟如想并不反感，甚至可以说其实有着一丝隔岸观花的欣赏，这个女人并不难看透，本质上和他是同一族类，聪明、冷酷、残忍，锁定目标后全力出击，为达个人目的可能不讳使用任何手段。

只是她的邀请与她的人一样，错过了最合适的时间，车内响着的那首歌令他心口萦绕着另一个人，所以当她开口时，他在反应过来之前已直接拒绝。

事实上，一整晚他的心绪都有些凌乱。

医院里关访茗的一席话，在他脑中纷沓而来。

在国外生活一年，他已经不认为性与爱必须联系在一起才可以发生。

有需要的时候，他不介意美女在怀。

如果那美女让他感觉舒适，他也不介意圈养起来，譬如万沙华。

但当关访茗在他面前流露出被司淙背叛的痛苦时，那一刻他下意识想到自己，他所喜欢的，那个冰清玉洁的女孩，他真的适合她吗？

如果一百个男人里有九十九个会婚内出轨，他大约也不会例外为独善其身的最后一位。他或能保证情感上的专一，却自问真的未必能够保证，在未来五十年内肉体也会始终如一。

如果相爱到最后带来的却是伤害，届时他与她该如何自处？

飞速的车影从天欣广场前掠过，往广州大道疾驰而去。

安之避开古励手掌的那一幕，时时浮上他心头。很显然，这个涉世未深还很纯真的女孩子有着情感洁癖，不用想也知道，她肯定接受不了他关于性与爱的观念，而她所渴望的关于爱情和婚姻的希望，更与他现在所走的人生之路背道而驰。

车子在滨江西的尽头慢慢停了下来。

关旗陆推开车门，走到江边。花圃四周夜静无人，暗夜天幕下他独自倚着栏杆，抬首遥望远洋公司亮着零星灯火的高楼。

握在手心的手机，始终没有打开。

他这个师兄的真面目，并非她熟睡梦中给她无限关爱的善良王子，而不过仅仅只是一匹伏在暗处等待最佳时机扑击的豺狼，很有可能，最后她会被他撕得伤痕累累。

她那颗珍贵的玻璃心肝，会不会有朝一日，是他亲手碰碎？

第七章

缺一不可

清河证券的单子最后还是被银通顺利拿下，由银通的技术人员针对清河提出的需求，对塞曼提的系统进行二次开发后再给客户上线。

飞程董事长办公室，关旗陆和司寇在做一周一度的工作汇报。

关旗陆说："关于投资方我筛选出来三家，CM、TN和FD，其中CM最渴望寻求一个规范的企业平台进入中国市场，我本来和他们已经具体谈到草约，但是就在近日，美国传出消息说这家公司突然遇到了财政危机，目前走势还不明朗。"

司寇道："TN是这三家公司里盘子最大的巨头，年销售额超过三百亿美元，和他们合作飞程会不会需要放弃相当大的权益？"

"对方确实有这种打算，要求相当苛刻，对飞程来说很不平等，所以我个人认为，FD会是最适合的选择。"

"为什么这么说？"司淙问。

"首先，FD是世界第四大给各硬件品牌做代工的OEM商，它在资金方面肯定没问题。"

司淙点了点头。

“一直以来，代工企业都被品牌商压在整个企业和销售链的最底层，利润很薄。”

关旗陆说：“没错，为求出头，他们希望和上层销售如飞程这样的企业合作的意向非常强烈，一旦他们巨大的生产能力和我们成熟的销售渠道直接联手，必然会对品牌厂商在全球范围内造成极大冲击。”

司寇道：“还有，这些品牌商向FD下单多数是挂账，而我们向这些外国品牌厂商压货却得预付巨额押金。”

关旗陆接口：“如果飞程和FD成立了合资公司，则凭借着FD对外的赊账，飞程也能对这些厂商采取账期支付的财务结算方式，这样从整体上会大大节约飞程的现金流量和资金占用率。”

他精准深入的分析打消了司淙最后一丝疑虑，炯目内闪过赞许。

“明天我要去美国考察波士顿的一家路由器生产公司。”司淙抬手看表，“旗陆，和FD的谈判和合约就交给你全权处理，我约了政府方面负责高科园的领导，差不多该出门了。”

关旗陆和司寇起身离去。

四十八楼银通办公室，安之坐在座位里，全神贯注地盯着电脑工作，就连关旗陆回来了也不知不晓，关旗陆微微一笑，从她身侧走过，进入自己的办公室。

他忙碌得抽不出身，加上不着痕迹地有意令感情降温，以至和安之之间的交往始终只停留在初始阶段。偶尔陪她吃顿饭，看场电影，牵牵手，温馨的时光已然不多，甜蜜的时刻更少之又少，即使有时情难自禁吻上她唇，他也是浅尝辄止。

当爱情还在憧憬中时，一切的一切都是那么美好，谁也看不见对方任何瑕疵。

总要在开始之后，才渐渐察觉，理想和现实，不一定能够很好地重叠。

只是，人们通常割舍不了所爱，有时就算明知不合适或没有以后，也挥不下慧剑。

即使是精明练达有着惊人自制力的关旗陆，也做不到还在爱着的时候就选择放手。

虽然他还没想好该如何处理这段计划外的恋情——亦自知其实是自己拒绝理智，拒绝做任何动作，他不想“处理”，而在未最终决定是去是留之前，既然两人的开始已成事实，他倒并不介意把她公开。

反而是安之坚决不肯。

窝在他公寓里的沙发上看旧电影，她说：“我不想在公司里日日感受同事们的异样眼光。”她指指挂墙上的液晶电视，“不管哪一个时代，行事只要超出了当时的社会接受度，人言永远可畏。”

大凡作勇士者，所走道路必然曲折，她只是小小女子，心无大志，属于自己的恋爱关起门来两人谈谈就好，无谓搞得满城风雨、一波三折。

坐在她身旁的关旗陆从手提电脑上抬起头，看向荧屏里作八十年代古朴打扮的主角，微有兴致：“这是什么？”

“中国最早一部讲爱情的老影片。”

“看上去风景不错。”他把注意力再度投回工作。

“有一个传说，只要日落时分在那座山峰上接吻，就可以获得爱情。”

关旗陆漫不经心：“如果你对日落感兴趣，我可以陪你去看，如果你只是对接吻感兴趣，我想我们用不着跑那么远。”

安之大笑，笑声中说话脱口而出：“如果我是对爱情有兴趣呢？”

关旗陆一本正经：“日落、山峰、接吻，要获得爱情这三者缺一不可，其中首要条件是日落，但是你看看窗外，天空挂着的那轮好像不是太阳。”他极其惋惜，无比恳切，“亲爱的，明天请赶早。”

安之笑得止也止不住，跌倒在地，双手捧着脸猛拍：“天啊，我连牙根都酸了！”

关旗陆凝视着她，那灿烂笑容完全心无城府，眼底不自觉掠过一丝温柔。

“司寇约我星期六打网球，你来吗？”安之问。

“这个星期六？我要去深圳，和清河证券的老总打高尔夫。”

“塞曼提的系统实施起来真的不会出问题吗？”

关旗陆微微一笑：“别担心。”

安之被他的浅笑俊容吸引得移不开眼，那种稳操胜券的傲然和自信，无意中展现出的迷人魅力，令她心口怦怦地跳，只觉得自己喜欢这个人，已经喜欢到了无所适从。

她眼波中的爱意和崇拜那样明显，以至关旗陆眸中掠起桃泽烟色。

“小师妹。”他轻喃，然后她整个人跌入他怀内。

他在她唇间吻得缠绵而渴切。

酥麻感一阵一阵袭上安之的心尖，五脏六腑都似被柔风吹过地轻荡。

全身骤生的高热令软绵绵瘫倒在他怀内的她微微眩晕，然而也许是此刻两心如此贴近，天性敏感的她隐隐约约还是感受到了从他身上散发出来的一丝不明异样，似炽极的一些情绪在瞬间爆发，却又似内心深处轻微的困扰还是顾忌。他将她抱得那样紧，仿佛在矛盾和挣扎中渴望从她身上汲取一丝丝令他安定的力量。

眷恋而迫切地辗转吮过她每一寸嫩唇，关旗陆几乎控制不了自己。

最后他还是在手掌探入她的衣襟前勉强克制住了欲焰，抓着安之的双肩将她艰难地扳离自己，垂眸接上她被情潮刷荡过的迷离眼波，禁不住莞尔，又把她搂入怀内，爱怜地拥紧，好一会儿才再度松开，柔声哑语：“来，我送你回家。”

安之这才从跌宕心潮中拾回理智，霎时颊边飞红。

周末午后，安之陪着母亲在家里搞卫生，叶母在清洁厨房，她负责拖地。

边听MP3边哼唱着干活，拖好了客厅餐厅后转战父母的房间，一遍两遍三遍，搞干净后她撑着拖把直起腰，扭扭脖子放松一下肩胛和手臂，临出去时目光掠过床头边的柜子，眸色暗了暗，脚步慢了下来。

抬手摘下耳机，在原地站了好一会儿，她慢慢走过去，蹲下，轻轻拉开抽屉。

里面放着各种证件文书，安之一份一份翻过，翻到最底下见一份体检报告，她抽出来，打开，白色硬封里夹着许多化验单子，许是因了年月的沾染，上头的打印墨迹已有些晕开，在纸面上淡出浅痕。

她一张张单子看过，然后叠好，放回原位。

把上头的证件照原样摆回去，合上抽屉。

出来看看厅里时钟，安之回房换过运动衣，准备出门："妈，我去打球了。"

叶母从厨房里探出头来："家里酱油料酒什么的都没了，我打算去趟家乐福，你想买什么零食吗？"

"你每次都买一堆东西，一个人拎着重得要命，等我回来晚上陪你去吧。"

"不用了，超市有班车接送，不过走一点点路，就当是锻炼身体了。"

班车接送？安之忽然想到什么："我赶着走了，妈你带好手机，等我想到要吃什么就打电话给你。"套上球鞋，她冲母亲挥挥手，拎着球包急急跑了出去。

奔下几层楼后安之渐渐放慢脚步，脸上笑容退尽，神色苍凉孤清。

沙面网球场里，曹自彬和司寇已在对阵。

莫梨欢说："安之，你想好了没有，圣诞去不去香港？"

"还有一个月才到圣诞，干吗这么急？"

"如果去的话现在就要办港澳通行证了，不然来不及。"

安之想了想："要不先把证办下来，去不去到时再说。"

"那也可以，回去你把照片和户口本给我，我认识旅行社的人，找他们代办好了。"

司寇和曹自彬一盘结束，下场来饮水休息，随口问："聊什么呢？"

"我们打算圣诞去迪士尼玩。"莫梨欢用手背拍拍司寇的胸口，眯眯右眼，"怎么样，帅哥有没有兴趣？"

安之望向曹自彬，一脸同情："她真是越来越嚣张了，现在竟然还无耻到了这种地步，已经当着你的面调戏别的男人，自彬，你千万要节哀。"

司寇哈哈大笑："我不介意被调戏，真的。"

莫梨欢扑过去用双手掐着安之的脖子，嘿嘿笑道："你妒忌是不是？那我调戏你好了。"说着伸出舌头就要舔她的脸。

安之全身汗毛倒立，尖声大叫，拼命要摆脱她的凤爪："不要啊！大小姐，小的知道错了！你饶了我吧！我就知道水性的通常都是该死的杨花，绝对不会是你这朵纯洁无比的白梨老人家！"

莫梨欢笑也不是气也不是，勒着她的脖子一顿乱晃："你想找死？我成全你！"

曹自彬看安之已连连咳嗽，怕莫梨欢下手过重，笑着捉住她的手臂从安之颈上解下，把球拍递入她手心说："咱不用暴力，来，上场教训教训她。"

安之拍着心口，犹自不怕死："自彬，虽然她对不起你在前，你也不能当着她的面对我这么怜香惜玉啊，要是我一不小心暗恋你，那不是人间悲剧吗？"

莫梨欢气得一拍挥向她的臀部："我看你是真的皮在痒了！"

安之慌忙闪避，大笑着逃往场地的另一头，执着拍子摆下架势，嚣张挑衅："来啊，教训我啊。"

司寇笑不可抑。

单打之后又双打，几场比赛下来，已过了一个多小时。

休息时安之对司寇道："你一会儿有没有空？"

"我没事，怎么了？"

"我妈在超市，我怕她东西买多了太重，你能不能帮忙去接接她？"

司寇笑眯了眼眸："没问题。"

安之转而从球包里拿出手机，拨给彭皆莉："妈，你买好了吗？"

"差不多，一会儿就回去了，你要带些什么吗？"

"给我买点巧克力就行，对了，刚好我朋友有车，你在家乐福门口等我，我们现在过来接你，就这样啊。"不待母亲说话，她已挂了电话，对莫梨欢道："你们继续玩，我和司寇先走一步，下次再一起吃饭。"

在莫梨欢不解的"喂喂"声中，她已着手收拾东西。

从沙面到家乐福不过十几分钟车程，两人去到时叶母已等在路边。

安之接过彭皆莉手里所有东西，为她介绍司寇："这是我公司同事，你叫他寇子行了。"

司寇看着彭皆莉，双目礼貌中还带三分专注："伯母好。"

彭皆莉不着痕迹地打量了他一番，见他脸上微笑恰如其分，整个人阳光俊朗，心想，安之的眼光还不错，笑笑道："不好意思，麻烦你了。"说话间目光掠向安之，表情似是两母女心照不宣。

安之情知母亲心里误会，却也不便解释，只笑笑催她上车。

三人原路返回滨江西路，下车时彭皆莉对司寇道："上去喝杯茶吗？"

司寇拎过所有袋子，大方笑允："好啊。"

安之看着两人一唱一和，不禁有点啼笑皆非。

进了屋，彭皆莉招呼司寇落座，安之把所有东西拿进厨房一一放好。

司寇这才从皮夹中翻出名片，彭皆莉接过，原本丈母娘看女婿的窃喜目光在收入名片上的内容后，脸色当场微变。

厨房里水流哗啦啦地响，安之似在冲洗茶壶和水杯。

司寇看着彭皆莉，轻声道："莉姨，我是司寇，你还记得我吗？"

关旗陆和FD的谈判进展顺利，清河的项目开发也已进入调试阶段，他刚刚才能从工作中稍为抽身，却忽然又变得应酬多了起来，只要人在公司，肯定连中午带晚上的餐约都会被提前订满。

安之拿文件进去时，他刚好从黑皮椅里起来，取过外套，看样子正打算外出。

关旗陆看也不看便在文件上签字，放下笔，柔然搔搔她头顶黑发，脸上尽是歉意："姑妈约我见面，最近都没空陪你午饭。"

"又弄乱我的头发。"安之缩了缩脑袋，轻笑着躲开他的手，"没关系，你去忙吧。"

关旗陆俯首吻吻她的脸颊，开门离去。

安之目送他的背影走远，不自觉抿了抿唇，轻舒口气后回到自己座位。

不一会儿接到王昌盛电话，说资料已在送来路上。

安之想起楼上礼品袋子数目不足，便下楼往集团市场部，与同事们打过招呼，填了表申请好礼品袋后她敲开经理室："胡经理，你们安排多少人去MS的深圳展会？"

胡幸一见是她，未语先笑："大概会去三四个人，怎么了？"

"我们这边就我和聂珠，如果你们的车子有位置我想一起去，这样就不用让公司再派一辆车了。"

"没问题，商务车的座位应该够的，展会在香格里拉酒店举行，我们会在前一天晚上就过去布置展位，要不要给你们把房间也一起订了？"

"那当然再好不过。"安之笑嘻嘻。

两人谈完公事后又闲聊了会儿，安之才想告辞时手机响起，是印刷公司的人到了。

挂掉电话，她漫不经心地道：“这次王昌盛倒挺早就把东西送来了。”

“王昌盛？”胡幸随口问了句。

“是啊，上次我们要印资料时小吴介绍给我的，说是市场部这边用开的供应商。”

胡幸笑起来：“我知道你说的是谁了，其实这个人还是你们曾总介绍的，当初他亲自打电话给我举荐那位王老板，我也不好拒绝，用下来觉得还可以，就一直合作到现在了。”

安之定住，心头如泛起惊涛骇浪，怕被胡幸瞧出破绽，匆匆退了出去。

转身走进无人的卫生间，站在镜子前呆望着镜中的自己，只觉手足冰寒彻骨，低头捧起水泼脸，双掌控制不住微微发抖。

那日在电梯口时王昌盛和她说：这个社会其实很复杂……

如果那天她起了一点贪念，收下王昌盛送到手边的钱，那么，也许现在已经被曾宏扫地出门，不是不知道社会复杂，但她怎么也想不到，人心原来如此可怕。

她拿出手机拨通关旗陆的电话：“你方便……说话吗？”

略微颤抖的嗓音引来关旗陆的微讶：“怎么了？”

安之把前后经过对他复述了一遍。

关旗陆听罢，微微笑道：“没事的，别想太多，他不是特地针对你。”

安之一怔，转念随即明白，在银通里，像她这种小角色还远远不够格让曾宏特地设下圈套去对付，他想方设法要剪除的并非她本人，而是关旗陆的羽翼，今日不管是谁处在她的位置，都会有此遭遇。

手机里隐隐约约传来女子的说话声，她下意识问道：“你在干吗？”

“在吃午饭，你吃了没？”关旗陆应声，语气间似有些不宜多谈。

“还没，我不打搅你了。”安之说罢收线。

又静待了会儿，在情绪完全平复后她才返回楼上。

办公室里的人陆陆续续已外出用餐，许冠清订了三人份盒饭，边吃边说：“不知道为什么集团里其他公司的高管们最近全忙着找关总，我接电话都接到手软。”

聂珠压低声音：“前两天我无意中听到曾总和古励说，他已经收到消息，司董打算把几家子公司合并成一家，整个计划由关总执行，如果这个消息是真的，你想，到时能留下来的高级主管才有几个？”

许冠清恍然大悟：“难怪他们天天打电话来约关总，我说怎么回事呢。”

安之倒没有太多意外，只是捧着咖啡慢饮，这件事关旗陆曾略和她提过，既然已出自他口，想来是势在必行。

“想什么呢你？”聂珠问安之。

“我在想，如果真的合并，岂不是要裁掉很多人？”

这话一出，聂珠不禁和许冠清对视一眼，两人心里也随之涌起了一丝兔死狐悲之感。

许冠清说：“还好我们是在关总手下，应该不会被波及吧？”语气中不无庆幸。

“是啊，幸亏跟对了老板，不然还是趁早去找工作好了。”聂珠说。

许冠清又略为狐疑：“说不定那些消息只是谣言，不一定就是真的吧？”

安之笑了笑，轻声说道：“这么大的事，对外公关部没有向媒体发布新闻，对内集团也没有正式下达公文，本来应该保密的计划，现在却好像一夜之间风传整个高层，你想想，这种小道消息是从哪里传出来的呢？”

聂珠骇然瞪大双眼：“你的意思不会是——上头故意把消息放出来的？”

“除了这个，再没有别的可能。”

安之相信，如果飞程要把一件案子列入机密，保密功夫绝对会做得滴水不漏；同理，如果飞程想让员工们知道一件事，也绝对会把风声吹到每一个应该知道的人的耳朵里。

许冠清奇问："上头为什么要这么做？"

"原因无外乎两种，一是让员工做好被炒的心理准备。"

在这种流言未坐实的期间肯定人人自危，都想力求表现最好以保住饭碗，谁也无暇去组织联合谁来对抗公司，就算最后不幸裁到自己头上了，抵触情绪也早在担惊受怕中消耗殆尽而再无心惹是生非，只想赶紧拿好补偿金走人。

安之无声叹气："另一个原因更直接了，就是赶鸭子上架，把消息放出来，让那些高薪职员或有其他去处的员工赶紧另谋生路，这样公司可以省下不少赔款。"

"可是如果大家死都不走，撑到最后按劳动法不是可以拿到额外赔偿吗？"

"这一条只适用于那些平日吃闲米没什么能力的人，因为被炒是很不光彩的事，真到消息坐实之后肯定行内风闻，到时就算是你自己离职，去到别的公司面试也会被人用异样眼光看待，所以一些高薪的资深人士肯定会提前抽身，不会让自己陷进那种困窘境地。"

提早走还有一个好处就是，能打着飞程的招牌抬高自身价码。

若走得不及时，错过最佳的沾光时机，则凤凰会变落汤鸡。

聂珠又问："上头难道就不担心，这种传言会搞得公司下面人心惶惶吗？"

安之笑："担心什么？大家不安于职？对于该走的人，上面巴不得他们在正式开炒前通通自己走光，至于那些不该走的人，你信不信到最后每一个都会留下。"

许冠清好奇："为什么你这么肯定？"

"原因很简单，如果最后老板约你单独面谈，委你以重任，给你升职或加薪——这种时候你肯定不会坚持要走，反而很可能会感激涕零。”

如今世道谋生艰难，出去也未必能有更好发展，做生自然不如做熟，更何况在这种动荡时期，老板还特别表现得对你青眼另加，所谓士为知己者死，你又怎么可能不为他卖命到鞠躬尽瘁？

所以说无风不起浪，外面报纸上的娱乐版往往都是谣言，看罢大可不信，但如果自己身处的公司里传出裁员风声，则要警醒小心了，十有八九最后都是真的。

职场就是这么现实。

午饭后许冠清留守，聂珠把安之拖去A座购物广场二楼的钻饰店。

“我上礼拜看中一款手链，你给我帮帮眼。”

安之一看价钱，即时咋舌：“你什么时候变富婆了？”

“只是看看而已，又不一定买。”聂珠嘴里这样说着，却已叫人把手链拿出来在腕上比试，“怎么样？这款式好吗？还是旁边那条比较好？”

安之笑：“我看着这里的每样东西都很好，当然，价钱更好。”

聂珠推她：“给点意见嘛。”

“就你手上这条梅花间竹吧，设计大方简单，又不失雅致。”

聂珠连连点头：“我也这么觉得。”将手链解下还给销售小姐。

安之奇道：“咦，怎么又不买了？”

聂珠嘿嘿一笑：“这个月已经超支了，下个月再说，反正晚几天买它又不会消失。”

两人出了首饰店，聂珠“咦”了一声，安之随着她视线的方向看去，眸光即时定住。

在一楼中庭，关旗陆陪着一个衣着入时的年轻美貌女子从透明梯后走出来，看样子应该是刚出电梯，那女子似在兴奋地说着什么，而他专心听着，不时微微一笑。

“清妍的计划安排是十二月底回国，大概待一个月再走，她听我提起你人在广州，就说到时一定要过来玩一玩见一见同学什么的。”钟如想说。

关旗陆的薄西外套口袋里传来震动，他朝钟如想歉然笑笑：“对不起。”拿出手机看了眼号码，带笑面容展开一抹闲情熟意，声线愉悦，“沙华？”

这在关旗陆只是老朋友般熟稔的自然口气，听入钟如想耳内却完全不是那么回事，她轻抿了唇角，却紧跟在他身侧，半垂眸子中满是恼色暗光。

楼上聂珠掩嘴咭笑：“这好像不是之前的那个，难道关总换了新女友？”

“你真八卦。”安之笑唾，走了几步，眸光再瞥过一楼那对俊男美女，她对聂珠道，“你等我一下，我去趟卫生间。”

转身走进旁边的消防门内，却是拐上楼梯，直奔四楼。

知道不相关的外人曾给她设下陷阱、差一点就害得她粉身碎骨时，她心寒得手足冰凉，觉得难以接受，此时此际，当那种不信任的模糊预感投射在最亲近的那个人身上，她反而变得惊人冷静。

去到他们上趟来过的中餐馆，她对领班说：“我有急事要找飞程的关先生，请问他在哪个厢房？”

“关先生？他刚刚才走。”领班惋惜道，“你要是早几分钟过来他还在。”

“这样啊——谢谢了。”安之挥手离去。

关旗陆确实约了人在此间午餐，只不过那人既不是其他公司的什么老总，也不是他所谓的姑妈，这刻安之忽然想起一些说法，如果一个男人和你说忙，大多数情况下不是因为他真的忙，而只是你对他来说，没有重要到他想为你花费时间。

如果他不爱你，再闲也会变得忙不见影；如果他爱你，再忙也能抽时间让你天天见到。

关旗陆最近确实很忙，但并非真的忙得一点余暇也无。

只不过，他腾出来的时间不是为了陪她而已。

直到此刻安之才后知后觉，与其说她和关旗陆是一对情侣，倒不如说他们更像密友，两人的关系比朋友要亲密一些，却又远没有恋人们应有的激情和甜蜜，关旗陆与她之间，从来没有像莫梨欢和曹自彬那种形影不离百看不厌的黏腻。

安之返回二楼，看见聂珠仍等在原地，正倚着栏杆有些出神。

她迎上去："还逛吗？"

聂珠看了看她，摇摇头："不了，我们回公司吧。"

回到B座安之才意识到什么，侧头看向聂珠，笑问："你怎么不说话了？"

聂珠白她一眼："你看上去明显一副心情不好闲人勿近的样子，我哪敢打搅你。"语气忽然转轻，"安之，你不会是……喜欢上关总了吧？"

安之睁大双眼，一脸震惊："不是吧？这都被你看出来了？"对着镶嵌在电梯门边的镜条左照右照，一会儿皱眉，一会儿嘟嘴，"来来来，快告诉我你是从哪里看出来的，我的额头上明明没有凿着'喜欢关旗陆'五个字嘛。"

聂珠哭笑不得，又拿她没办法，一回头见关旗陆似笑非笑地站在身后不远处，明显也是在等电梯，聂珠急急伸手去拉安之，那瞬间安之也从镜条中看见了他的身影，适巧梯门打开，她即时闪身进去。

聂珠收回落空的手，尴尬地冲关旗陆笑笑，也跟了进去。

关旗陆让过几位赶来的女士，最后才走进电梯，目光瞥向角落，安之有意无意地避在聂珠身后，眼观鼻鼻观心，目不斜视，似完全不觉他正和她同一部电梯。

他闲闲开口："刚吃完午饭？"

没想到老板会搭话，聂珠慌忙应道："没有，我们只是在附近逛逛。"

关旗陆笑："名品店现在就开始岁末大减价了？"

“哪会这么早？”聂珠顺口答，“刚才逛了两层，还没有一家开始减价的。”

一旁安之恨不得踢她一脚，这话被套的。

关旗陆笑容变深，果然如此，这么巧竟然被她撞见？他再看安之一眼，她依然拒不理睬他，白皙脸孔下隐隐透出恼意。

电梯上到四十八楼，梯门打开时靠近门口的聂珠率先走了出去，由是没有看到背后关旗陆无声地抓住了安之的手臂使她挣脱不得，当聂珠察觉到后面没人而讶异回首，电梯已在飞速下沉。

无人的地下停车场。

“本来真的是姑妈约了我。”关旗陆解释，最后来赴约的人变了钟如想他也有些出乎意料，虽然惊讶，但对他来说反正不过是一顿午饭，也无所谓和谁一起吃。

安之看他一眼：“那个女孩是谁？”

“姑妈朋友的女儿。”关旗陆轻描淡写。

电光石火之间，安之的脑海掠过万沙华的说话：“是国开行行长的女儿吗？钟……什么如想？”

关旗陆目光一凝，看着她，点了点头。

安之只觉颈后寒毛直竖，心口骤然发冷，她定定盯着他：“她喜欢你，是不是？”那女子和他说话时的倾慕神情，她绝不会看错。

这种咄咄逼人的姿态，让他的神色有些淡：“我不清楚，她没和我说过。”

安之咧咧嘴角，自嘲地笑了笑，喃声讽刺：“原来你不清楚。”

他忍耐的眸光变得微冷：“我再说一次，今天遇见她是个意外。”

“是吗？”安之忽然抬首看他，“你冷落我也是个意外？”

一丝愕色夹杂着隐约狼狈在他眼底稍纵即逝，开口时他语气平静：“为什么这么说？”

“难道不是吗？”她勉力令自己笑了笑，她真笨，竟然到今天才看出来，“其实你可以直接告诉我你不想继续。”

关旗陆合上眼，抑郁微闷地缓吁口气，再睁开双眸，力图令语气平和：“我从来不做没意义的事，如果我不想继续，就一定会第一时间告诉你，而不是现在这样，像个白痴一样站在这里向你一遍遍解释。”

这不是强词夺理吗？安之心口一阵阵发冷：“有没有想过只有你自己心里清楚，现在争执这些根本没意思，如果你真的认为你我之间是在谈一场真正的恋爱，那我无话可说。”

她受伤的神色让任何工作难题在手都能迎刃而解的关旗陆此刻觉得有些无能为力，而她苍白的面容下透出的容不下一粒沙子的决绝之意，又不自觉令他内心深处涌出一丝微慌微痛，混杂在一起使得他心烦神乱。

“今天不管是钟如想还是别人，对我来说都只是正常的社交来往，你用得着这么小题大做？”到目前为止他身边只有她一个女人，她还要他怎么样呢？

原来是她小题大做，安之再忍不住嗤声冷笑，伤人的说话冲口而出：“既然你这么委屈那就去多找几个好了，我看那个钟如想就不错，反正她喜欢你，还有家世，说不定做了金龟婿你可以少奋斗二十年，你何不好好考虑考虑？”

情绪被逼到了撕裂边缘，关旗陆目光森冷，口气冰寒无比。

“是，她喜欢我。你呢，来，叶安之，告诉我，你要不要和她争一争？”

安之即时转身，手臂却被他一把钳住，她猛然将他甩开，下一瞬再度被他强硬地扯定在原地，摆脱不得的她放弃了挣扎，回头时脸上已挂着两行清泪，勉强牵出的笑容惨淡无比。

“你确定你没想过分手？可是此时此刻，我却感觉不到你有任何继续下去的诚意，抑或其实你心里早就在等这一天的到来？”

他开不了口和她说分手，所以一直静等她发现，然后他才好顺水推舟。

她凄怆绝望的泪眸让他有一瞬间的定格，在他反应过来直觉想将她搂入怀抱时，已被她先一步挣开，然后飞快地走入了电梯。

被撇下的他一动不动，静立良久，之后转身朝车子走去，以吓人的疾速驶离原地。

司淙回国后的第二天就召见了关旗陆和司寇。

"我这次去美国的考察很顺利，已经和股交所接触，打算收购波士顿的那家公司。"

司寇说："自主研发的这块路由器是飞程的主打产品，一直处于行业领先地位，我们在国内、东南亚和西亚地区的同类型产品销售上占有很大的市场份额——买下美国的路由器公司是为了把产品推向欧美？"

关旗陆说："以国内低成本的研发和生产，通过半成品出口的方式经由当地公司组装后在当地销售，这样可以避开美国和欧盟对中国的反倾销政策壁垒。"

"政府已经同意在高科园里再给飞程划一块园地，我打算建一幢飞程大楼，以扩展我们的技术研发力量和生产基地，我的发展构想是未来两年内让飞程的产品立足国际，和CISCO这样闻名全球的大品牌竞争！"

豪气干云的司淙顿了顿，目光定在对面两人身上。

"整个计划的投入预计需要二十亿人民币，其中飞程可以调动的资金有十亿，另十亿我打算向国开行贷款，我和钟行长私下聊过，他有表示出支持的意思，但也不排除只是在打官腔，届时随便找个借口搪塞过去，飞程也没办法。关于这件事，你们俩怎么看？"

司寇笑眯眸子："具体怎么操作还得等顾问们把提案交出来再谈吧？"眼角余光半带讥诮玩味地瞥向一旁的关旗陆。

只见关旗陆温然笑笑，说道："能够和国际接轨对飞程来说机遇难得，钟行长和董事长是老交情了，贷款应该问题不大。”把皮球踢了回去，他抬手看表，“我约了德勤的商业顾问，子公司重组和重建的咨询方案还需要进一步详谈，另一方面如果我们考虑海外上市，重组后的公司必须出具完全符合外资审核标准的正规财务报表。”

“行，今天就到这里。”司淙适时结束了话题。

关旗陆和司寇相继起立，一同离去。

出了董事长室门口，司寇用手肘撞了撞关旗陆：“嘿，旗陆哥哥，介不介意我问一下你卖身的心理价位是多少？”

关旗陆瞥他一眼：“这就是你说的为我做嫁衣裳的意思？”

司寇笑：“这么大一笔贷款，钟某人肯定不会拿回扣，因为拿多少也不合适，而且以他今时今日的地位，也完全没必要去承担这种低级风险，但，如果是把回报折合成飞程的股东权益送给他的未来女婿，令他的女儿婚后一生无忧，又自不同。”

关旗陆点头，似认同不已地附和：“没错，不管由你还是由我来出面负责最繁重的那项工作——整合那些子公司，事成后最大的收获者最终必然还是我，所以你何必辛苦蹚这潭浑水，是这样？”

“你说是就是。”司寇的笑容变得有些不可捉摸，“反正我现在只对安之有兴趣。”

电梯上到四十六楼，在司寇临出去前，关旗陆拍了拍他的肩头：“你现在负责分销，我给你出一道相关的选择题——你觉得如果我卖的话，会选择和安之绑在一起销售，还是不会？”

话声落下，他唇边的淡定和司寇脸上的愕恼刚好被合上的梯门切为两个界面。

回到四十八楼，许冠清一见关旗陆便道：“德勤的赵先生已经来了，正等在会议室里。”

“请他到我办公室。”关旗陆径直走向总经理室，连头也不侧一侧，

"安之，把德勤的提案拿给我。"

心照不宣的冷战已经持续了一段时间，两人之间比安之初来乍到时还更像上司与下属，有事不得不接触时，两皆客气到冷淡的程度，除了公事绝无半字多言，好比现在安之迅速起身拿着文件进去，关旗陆坐在办公桌后，两人连眼神都不接触。

安之转身出去时许冠清正领着人进来。

她朝许冠清及她身后的访客礼貌地笑笑，这动作发生在一秒之间，她甚至来不及看清那访客容貌，人已飞快闪出令她压抑的总经理室。

倒是那位赵先生乍见安之时怔了怔，而原本盯着安之背影的关旗陆目光秒移，客人微细的表情还是落入他的眼中，下一秒当对方转过头来，不期然便迎上了他探究的双眸。

"请坐，不好意思让你久等了。"关旗陆笑着比向桌子对面的黑色皮椅，言毕顿了顿，话锋忽转，"恕我冒昧，刚才出去的那位叶小姐是我们公司的市场部职员，看上去——你好像认识她？"

"这位叶小姐曾经参加过德勤的应届生招聘，我当时是考官之一，来应聘的学生里唯一只有她是熟练使用英法两门外语，而且笔试和面试的表现也相当出色，所以我对她的印象比较深刻。"

"是吗？"关旗陆轻声道，忽地灵光一闪，"当时她过了吗？"

"过了，她是我们录取的少数学生之一，不过后来我出差回来，听到同事提起有一个女孩子拿到了offer却没有来上班，现在想来可能就是她。"

关旗陆几不可察地蹙了蹙眉，这是怎么回事？

在来银通之前明明就已找好了工作的叶安之，却没有去四大会计师事务所之一的德勤上班？关旗陆非常确定，她来面试那天见到他时十分意外，由此可见她并非为他而来，那么，到底是什么原因，促使她在找到工作后却又向银通投递了简历？

是什么竟令她肯舍弃跻身四大的前程，而甘愿屈居于此？

疑惑间手机响起，接通后关旗陆神情半愕，迅速道：“你别担心，我马上过来。”挂了电话即刻起身，异常抱歉地对客人说，“赵先生，实在对不起，我临时有点急事必须得出去一下，真的很抱歉，我们改天再约。”

“没关系，关总你有事先忙。”

关旗陆摁下内线，叫来许冠清将客人送走，自己也拿了车钥匙，开门出来时瞥了眼某个座位，安之缩坐在旋转椅里，半个身子趴伏在桌面，孤清背影一动也不动，看得他心口闷郁难抑，转头对许冠清交代几句后匆匆离去。

直到办公室里所有声音都消失之后，安之才萎靡无绪地抬起头来，然后坐在位置里静静地发呆。

原本，她一直坚信自己的判断没错，然而在冷静下来之后，关旗陆的寸步不让却令她慢慢产生了一丝动摇，会不会真的是她太武断了呢？也许正如他所说，在男人的思维而言，过程里他有没有别的想法并不重要，重要的是他一直留在她身边的事实？

至少，目前为止他选择的人始终是她，也并未与她提出分手二字。

在这段感情中，他并非没有付出真心真意。

可是，她也只是希望男朋友可以全心对待自己而已，难道这算是过分的奢求吗？

他的说话言犹在耳：“你要不要和她争一争？”

安之不明白，如果他真的爱她，又怎会舍得让她处于和别人争夺的痛苦境地，然而话说回来，如果她自己是真的爱他，又怎会舍得不争不抢地就那样轻易把他拱手让人？

只是他的付出达不到她的预期吗？还是……其实他也感知了并且失望于她因害怕伤害而在和他同行的感情路上始终小心翼翼？导致之前徘徊不前以及如今相持不下的局面，到底是谁错了呢……

桌面忽然发出响声，将思绪飘离的她吓了一跳，反应过来后拿起分机。

“安之你手机怎么关了？”司寇问。

“啊？是吗？可能没电了，什么事？”

“你妈妈打你手机不通，又不知道你公司里的电话，所以她打给我了。”

安之瞬间清醒：“谢谢，我现在就给她回电话。”

“不用了，她让我和你说，有个什么阿姨的麻将搭子三缺一叫她去帮忙搭桌，所以晚饭不做了，让你在外面随便吃一点再回家。”

一听不是什么大事，安之又微蔫下去：“我知道了，不好意思麻烦你了。”

“你的声音怎么听上去那么没精神，没有生病吧？”

“怎么可能，我是铜墙铁壁的构造，一向百病不侵。”连伤害也不能。

司寇笑：“既然你晚饭没着落，不如我收留你好了，上次没吃到兰桂坊的烤乳鸽，我现在有点犯嘴瘾，六点十分我在楼下等你，怎么样？”

安之也不推辞：“好啊，我请你，就当是谢谢上次你陪我去接我妈。”

“Sorry，我没有让女孩子在我面前掏钱包的习惯。”

安之笑着挂掉电话。

第八章

打回原点

关旗陆去到天河某片区的派出所时，万沙华正和一名男子在大声争执，旁边一个小民警左劝一下，右劝一下，对两人有点束手无策，一见关旗陆出现，万沙华眼里储忍已久的泪水滚了下来。

他皱了皱眉："怎么回事？"

半凉的双眸扫去，和万沙华吵架的男子看上去极年轻，然而衣着十分花哨，皱巴巴的牛仔裤上挂着无数冷金属链子，眼角眉梢更沾染有一种地痞般的流气，他指着万沙华冲关旗陆嚣嚷："这是不是你女人？"

关旗陆听而不闻，拿起桌上小民警做了笔录的文件夹子，边看边对万沙华道："你说。"

"这个流氓污蔑我……"

"你说谁流氓啊你？！"那男子的手指几乎戳到万沙华脸上，表情凶狠。

关旗陆毫不客气地用文件夹格开他的手腕，话声沉冷："你最好放尊重一点。"另一只手调出手机中的电话本，拨通号码。

对方即时发飙："操！我尊重你妈……"

关旗陆拿着的文件夹霍地反手一挥，“啪”的一声刮打在那男子的脸颊上，将他的说话直接抽断：“郑局长吗？我是旗陆，有点事麻烦你一下。”

小民警在呆了三秒后迅速起立，及时制住被煽红了半边脸怒骂着冲上去就要还手的男子：“你们这是干什么呢？都把派出所当什么地方了啊？”

三言两语简扼说明情况，关旗陆直接把手机放到小民警耳边：“你们局长找你。”

流里流气的男子听闻，面现惊色，原本要拼命的架势变成了虚张声势。

小民警对着电话嗯嗯啊啊地应诺，最后说：“是，是，我知道了。”

关旗陆“啪”的一声合上手机，对万沙华道：“我们走。”

出了门，万沙华眼中的泪水再度汹涌滚落，那伤心样子，似生平没受过如此委屈。

上车后关旗陆抽过面纸递给她，柔声开解：“好了，没事了。”

万沙华强忍哭腔：“我下午和同事外出办事，回到公司楼下时，那个神经病不知道从哪里突然跑了出来，冲到我面前就想打我，幸亏保安过来才把他拉开，他就在那当着我同事的面大叫大嚷污蔑我是小姐，说我前几天和他开房趁他睡着时偷了他的钱包和手机。”

关旗陆慢声问：“你最近有没有得罪什么人？”

显而易见的流言抹黑，杀伤力大得足以让她以后无法再在公司立足。

万沙华努力回想，最后摇了摇头，百思不得其解：“我最近根本没做过什么。”

关旗陆侧头看看，见她仍然梨花带雨，安慰道：“别想那么多了，不如想想晚上吃什么，我陪你吃晚饭好不好？”

“嗯。”万沙华抹干净眼泪，轻声道，“旗陆，谢谢你。”

他笑了笑：“客气什么。”

她定睛凝视他专注着路况的侧面，幽幽叹了口气，收回视线落在前方空茫处，眼神变得有些惆怅和缅怀，“能不能陪我去白天鹅再吃一次芝士焗龙虾？”她的声音低下去，“那是……我们第一次约会的地方。”

那些精美餐点，那支红酒，那束玫瑰，那悠扬的小提琴演奏，如今都成了不能回忆的记忆。

关旗陆沉默了一分钟，然后将车子转道驶上内环，往沙面开去。

他打开CD，音乐流淌出来，而人无声无息地驾驶着车子，出奇的沉默。

一曲既毕，一曲又起，却始终是相同的旋律，万沙华惊讶：“为什么都是一样的，不会整张碟只烧录了这首歌吧？”

关旗陆心不在焉地笑了笑，当是默认，将车子驶下黄沙大道的出口。

前行不久，往右拐入通往沙面的拱桥。

沙面岛内是单行环线，只有唯一的车辆入口。

当司寇的座驾沿同样的路线驶入，经过白天鹅北门前面的停车场时，关旗陆和万沙华正从车里下来。司寇直接看向副驾驶座，而安之定睛看着车窗外的那双人影，脸上神情极其淡薄，也不知是不是心灵感应，关旗陆正巧侧过头来，看见司寇的车子他明显一怔，眸光即时向副驾驶座内凝定。

玻璃上茶色的防光膜让他根本看不到里面是否有人，但直觉告诉他，安之就坐在那。

这个时间点，司寇不可能一个人在这里出现。

安之别过头来，对慢着车速的司寇平静道：“怎么开这么慢？”

万沙华看关旗陆站在原地不动，讶问：“怎么了？”

司寇的车子已加速驶入绿径深处，关旗陆回过头，唇角露出一抹苦笑，要怎么解释？就算跳进绿篱之隔的珠江也已经洗不清。

胸口抑闷愈加，情绪却无处可释放，只能深藏。

内心的交战伴随他走进白天鹅，最后却还是掏出了手机，拨通时却听到安之关机。

那种失望难以形容，仿佛电话那头的那个人从此与他山水两隔，再无牵连。

当电梯门打开，他合上手机，对万沙华笑道："总喝红酒没意思，今晚换换口味，你喜欢芝华士还是人头马？"

就算万沙华再愚钝，此时也已看出了关旗陆情绪欠佳，她轻笑附和："不如白兰地？"

兰桂坊那厢，安之连菜单也不看，直接点了乳鸽、鹿腿、飞饼、时蔬、冬阴功汤和椰奶炖雪蛤，服务员送上餐前小食，她对司寇说："我很喜欢这里的卤花生，口感很特别，外面没有哪一家泰国餐馆做得出同样的味道来。"

司寇夹一粒入口："我本来不爱吃花生，被你这么一说，倒觉得好像真是这样。"又连吃几颗，才搁下筷子，看她神色如常，若无其事，他也就绝口不谈敏感话题。

即使安之刻意压制和疏导自己的情绪，也始终还是因暗藏心事而兴致不高，用完餐后司寇见她无心逗留，便善解人意地提出离去，将她送回人民桥对面时，在小区门口恰巧遇上从外回来的彭皆莉。

司寇下车打招呼："莉姨。"俯首在安之耳边，有些不好意思，"麻烦你一下，我刚才茶喝多了……"

安之掩嘴轻笑，故意说给母亲听："司寇，我的电脑有点问题，你能不能帮我看看？"

"好啊，这方面我是专家，保证手到病除。"

叶母笑道："正好我烤了些曲奇，上去尝尝我的手艺。"语毕瞥了安之一眼。

安之嘿嘿笑着挽过母亲手臂，三人一同上楼。

司寇借用卫生间时安之坐在沙发里听MP3，忽然想起自己还没把办港澳通行证要用的东西送给莫梨欢，即时叫叶母取来户口本，再找出照片和身份证，"妈，你先帮我招呼一下寇子，我去去梨欢家马上回来。"把东西拿在手里冲出门去。

司寇出来后，彭皆莉笑着招呼他坐下，斟了茶，又端来曲奇和水果："你随便吃点，丫头去了邻居家，一会就回来。"

司寇应了声"是"，眸子半垂隐去一闪亮光，拿了块饼干慢慢地吃。

如此安静，引得彭皆莉多看几眼，最后目光停在他面容上。往事渐回，虽已是陈年旧念，却仍然历历在目，她的表情慢慢起了变化，有些哀婉，又似无限凄酸，忍不住轻声叹息："想当初你才那么一点点大。"

司寇静了静，声线低哑："我还记得，莉姨每次来我们家都会给我带点糖果玩具什么的。"

彭皆莉定睛看他英俊面容，再次低低叹息："如果梅姐能看到你现在出落得一表人才，不知会多开心。"

"我最后一次见到她是在幼儿园……我长大之后，怎么也找不到她的下落，没想到……她是怎么死的？"

"乳癌，发现时已经是晚期。"

"莉姨，有件事……这么多年来我一直很想知道前因后果。"司寇以手按在坐垫，倾身向前，"但是却始终苦于无处求证。"掌心下凸起的异物感让他隔着垫子随手摸索了一下，"我爸绝口不肯谈，而我再找不到第二个知情人……"

指下再捏了捏，不太对劲。

他低头，移了移身子，从沙发靠背边沿处的坐垫下翻出一样小东西来。

那部小小的银白色MP3上，正一闪一闪地亮着红点。

彭皆莉见他忽然停下说话，手里拿着女儿平时听什么流行歌的小玩意儿，神色变得怪异，不禁狐疑："怎么了？"

司寇一笑，将MP3收入掌心："没什么。差点忘了，安之的电脑在哪？我先帮她开机看看是什么问题。"

"在书房，你跟我来。"

一刻钟后，当安之回来，客厅里只有彭皆莉一个人在看电视。

“司寇呢？”她奇问。

“在帮你修电脑。”

安之脸色微变，即时跑入书房。

坐在电脑前的司寇听到声响回过头来，脸上笑容意味深长，安之关了房门走过去。

屏幕上开着一份文件名为“diary”（日记）的Word文档，司寇弯唇：“你的密码设得太简单，只要上黑客网站下载一个暴力解码的小工具就能解开。”

安之大怒，拿起案上书籍劈头盖脸摔向他。

司寇闪身躲过，书本击墙落地，发出“砰”的一声响。

外面叶母叫道：“怎么了？什么声音？”随着问话脚步声行近。

司寇即刻按灭显示器电源，对门开处的彭皆莉笑道：“没什么，是我刚才不小心把无线鼠标碰落在地了。安之，电脑已经没问题，我先回去了。”

安之对母亲说：“妈，我送他下去。”

一出门口安之便发狠踢了司寇一脚，司寇痛得龇牙咧嘴却不敢出声。安之犹不解恨，第二脚更是用尽全力，却被司寇飞快避开，他欺身上前，捉住她手腕扯向楼梯：“你跟我下来，我有话和你说。”

安之压低声音：“你放开我！”

却挣扎不过，被他一路拖下七楼，拽出门口牵至江边。

“你怎么可以那么卑鄙偷看别人的日记？！”安之费力甩开他。

“那你偷偷录音又怎么说？”司寇将手中的MP3摊开在她面前。

安之没来得及出口的叫骂被定格在唇边，脾气再发作不得，表情瞬间变化万千，她恨恨瞪着眼前这人，却在他眼神极深的怜惜凝视下一腔怒火如被冷水浇灭，最终彻底化成泄气，沮丧无比：“你都知道了？”声线有些颤抖。

司寇轻叹口气，爱怜地将她搂入怀内，下巴搁在她肩头，他眸如暗波涌过。

从前的，如今的，该知道的，不该知道的，他已经通通都知道了。

安之再也控制不住积聚已久的满腔委屈，将额头抵在他胸口，在他怀内低低呜咽起来。

不远处的行道树下，隐身在树影后的关旗陆静静看着眼前的这一幕。

深秋初冬交接时节，人民桥头原本碧绿青翠的老木棉渐渐落叶残黄，每日里早晚经过桥上，安之都觉得它的枝丫似又多了光秃秃的一段，很有种飘零落索感。

她的职位再升一级，名片上已经印着市场部主任，然而和关旗陆之间却似齿轮被绞停之后，再不知下一次的转动会在何年何月。

每每忙毕，她总爱将半边脸枕在桌面，手中细细的签字笔无聊地在纸上乱涂乱抹，不觉画出一棵树的样子，无意识地便在旁边的空白处默起蒋捷的《梅花引》来。

白鸥问我泊孤舟，是身留，是心留？
心若留时，何事锁眉头？
风拍小帘灯晕舞，对闲影，冷清清，忆旧游。
旧游旧游今在否？花外楼，柳下舟。
梦也梦也，梦不到，寒水空流。
漠漠黄云，湿透木棉裘。
都道无人愁似我，今夜雪，有梅花，似我愁。

写毕执着纸再看一遍，悄然忆起和关旗陆的花舟旧游，奈何如今只剩寒水空流，纵是神女有心，也已湿透木棉裘，夜夜梅花和雪似人愁。

正待把纸揉了丢掉，却见曾宏一脸寒霜地领着古励匆匆进来。

“关总在不在？”曾宏劈头就问许冠清。

“他在办公室，不过可能正在用餐……”

曾宏只听了前半段便直闯总经理室，即使许冠清的后半段说话清晰传入他耳中，也丝毫不管不顾，抬手意思地敲了敲，不待应声已推门而入，冷声说：“关总，我有很重要的事情现在就要和你谈。”

安之和许冠清对视一眼，现场鸦雀无声，曾副总的脾气又一次不知来由地濒临爆发，谁也不敢大声喧哗，免得自己一不小心就无辜成了炮灰。

对曾宏的无礼闯入关旗陆的面容纹丝未动，温和的神色不见半星波澜，只是在收回投在曾宏如蒙了一层薄冰脸上的视线，而不经意与门外安之关注的眼眸迎上时，那一刹轻微定了定。如果一个眼神一秒间可以代表千言万语，那么该刹那两人都已心事尽泄。

骤然的酸楚直扯心口，安之回身落座。

关旗陆抬首，对曾宏道：“坐。”

一刻钟过去，总经理室紧闭着的那扇隔音良好的门里不闻任何动静。

安之终于还是忍不住，起身攀着隔板轻声问古励：“怎么了？”

古励愁眉苦脸：“清河证券那边的项目出了事情。”

“什么事？很严重吗？”

“塞曼提的系统在我们二次开发后多次测试都没问题，谁知道给清河证券安装上线后，竟然在联网试运行时发现和他们的业务系统不兼容，造成他们的服务器今天宕机了十五分钟，不能进行任何交易，这对清河来说是重大事故，他们电脑处的何处长被上头问责后大发雷霆，让人打电话把曾总叫去狠狠骂了一通。”

安之心口一怵，她一直隐隐约约的直觉果然没错，就知道不会那么顺利，当初是关旗陆力主把塞曼提的产品推给清河证券，如今搞成这样他的责任肯定跑不了，只怕曾宏会借题发挥。

“那现在怎么办啊？有什么解决办法没有？”

古励摇头：“暂时还没，技术部的同事连中午饭也没吃，还在那边检查程序到底是哪里出了问题，这次事故使得清河对我们公司信心大减，何处长勒令我们签署一份保证书，如果我们公司不能保证系统的如期验收，后续就一分钱也不会再付给我们，还会按合同追究我们的法律责任。”

“哇，这样也太狠了吧。”

“也没什么狠不狠的，在这样的情况下他们会提这种要求很正常。”

安之想想，确实也是，对飞程来说这张单子再大也只是一个客户一桩生意，但对清河证券这种单位而言，一套系统中不知牵涉多少人的暗箱利益，一层层交错的利害关系，万一最后项目砸了，可是谁也不想出来担干系，自然是未雨绸缪地让飞程负上全责才安心。

曾宏终于从总经理室里出来，一脸赔笑地讲着电话：“是，何处，我和关总商量过了，保证书我们一定会签……是，是，何处您放心，我们已经组织了最好的技术力量，一定会让系统顺利通过验收，绝对不会让您难做的……是，是，好，我现在马上过来盯着。”

挂了手机，曾宏招呼古励再度匆匆赶往客户处。

安之被关旗陆叫了进去。

“你帮我做一份保函。”关旗陆口述内容。

安之迅速记录，果然和古励说的一样，记好之后她说：“我打出来给你看。”说罢又粉唇微张，眼眸半垂的脸上似有丝迟疑，最后还是拿定主意不多话，起身准备出去。

关旗陆看着她静默地拉开椅子，在她想转身刹那，多日来堵在他胸臆间的情绪被她始终坚持划清界限的肢体语言打开了缺口，一丝夹杂着忧伤、渴望、无措和痛苦的繁复心念油然而生，他终于还是开了口：“怎么了，小师妹，你有什么看法吗？”

嗓音出奇的平静，面容依然温和如昔，甚至似乎还带着一丝相见之初的笑意。

安之定在原地，他放下姿态的说话令她的心脏被骤然涌起的欢喜穿透，又不能控制地对自己的反应觉得惊悚，热气直冲眼眶，眼前一片迷蒙。

强自按下情绪，她力持镇静。

“我们之前和清河签的开发合同是正式的法律文本来往，虽然是以你的名义签署，但那是公司行为，就算发生什么纠纷，客户真要追究起来，也只能针对我们公司而不是你个人，尽管你在内部要负上一定的责任，但上头也只能怪你在这件事上决策失误或是督导不力，牵涉不到其他方面，可是这种非正式的保函文书，又不经法务部过目，如果你签了名加盖公章交出去，到最后有什么问题肯定就是你这个总经理负上全责。”

合同和保证书之间的区别，以及这份东西的隐患他不可能不懂，为什么还要这样做?

她自以为在婉转提醒，语气不解中却带上些微埋怨，不自觉地透露了不肯出口的关心。

关旗陆忽然觉得心情终于有了丝微好转，消失许久的温柔笑容重新浮上俊颜：“在目前这种状况下，清河是不可能和飞程加签正式的合同附件，所以才会指定要我们提供保函。”

“为什么？”

“清河有自己内部的作业流程，如果是正式文件，何处长需要向分管他这条线的二把手汇报，他刚刚挨了批，要是再拿一份这样的东西去请示，肯定会令上司更加动怒，质疑他当初为什么没有把这个条款一起签在合同里，那他不等于是自己去和领导说‘我工作疏忽了’？”

“啊……是这样。”政府机关和企事业单位，果然比他们这种纯粹的商业公司复杂多了。

“何处要我们私下出具这份保函，目的并不是真的为了以后追究我们的责任，只是做给上头看罢了，他不是请示而是直接拿了保证书去给领导过目，这两者之间有很大区别，这份文书把责任完全推给了飞程，一方面表明他出了纰漏后努力补救，另一方面给他自己以及领导高明地留了后路。”

安之渐悟，边沉思边慢声道：“只要他们分管的领导下了火，默认了这个补救措施，以后就算我们的项目真的失败，届时一把手过问起来，他们也可以撇清自己，而二把手还是会罩着同一条线上的何处。”

“这份内容苛刻的保函至少在形式上起到一定的作用，可以使他们向一把手证明自己和飞程绝对没有任何敏感的利益瓜葛，如果项目最后不成功，也只是当初在产品和公司上选择失误而已。”

安之迟疑了一下，有些好奇：“那他们是不是真的就没拿回扣？”

关旗陆弯唇：“如果他们没拿，你觉得曾总会把塞曼提的市场费用花在哪呢？”

安之惊讶：“原来又是花塞曼提的钱。”

“这次倒不是，清河是我们的客户，塞曼提只肯划出一笔最高等级的市场费用，主要的部分还是我们公司自己出，只不过羊毛始终出在羊身上，这笔钱一开始就已经做进软件和设备的价格里。”

说到底，清河证券那些人拿的是他们自己单位的钱，只不过从飞程走了一个神不知鬼不觉的过场而已。

已经完全明白，安之再没有逗留的理由，低声道：“我出去做文件了。”

关旗陆点点头，凝在她背影的双眸暗幽如夜，嘴巴无声地张了张，最后还是什么也没说。

眼看她就要出去，他轻轻道：“我明天一早去香港，和投资商面谈。”

走到门口的安之身形顿了顿，却没有回首，慢慢拧开了门球。

合上门，手中笔记本因她的用力过度而被攥出了指痕。

在她出来时，关旗陆没作任何挽留，他似乎已然没有……和她再进一步的打算。

原来他叫住她，不是回心转意，而只是认为他与她之间不能再无期限僵持下去。

终于，都结束了。

她以为两人之间只是一场微不足道的争拗，她以为先前曾宏推开他办公室门的那一刹，从他眼内看到的是如她一样疼痛难抑的伤怨和思念，在他叫住她的刹那，她以为终于雨过天晴而心头狂喜不迭，却原来通通都是错觉。

他终于，不着痕迹地把两人的关系打回到了原点。

安之抖着手拨通司寇的电话，拼尽全力抑住眼泪，嗓音碎得几乎不能成语："你……在……不在……公司？"

"在，就在办公室。"她太明显的不对劲令司寇迅速追问，"你怎么了？"

安之放下话筒小跑出去，弃等电梯而直奔楼梯，跑到转角再不用担心被人看见，泪珠终于大滴大滴坠落。

司寇才将办公室里的下属全请出去，门开处安之已掩着脸冲了进来。

他愕然起立："安之？"

她不管不顾地扑进他怀内，满面泪水尽数滚落在他衣襟，冰凉渗肤，直湿入他胸膛深处。

司寇僵了好一会儿，才慢慢抬手，抚住她扎在他怀抱里小小的后脑。

"发生什么事了？"

她哑哭得喘息，整个人伤心欲绝："我……要换……换工作。"

司寇想笑，看来这小丫头是真的失恋了，咧咧嘴角，却发现自己笑不出来，反而无端有种想杀人的冲动。

外面走廊传来说话声，依然紧抱着司寇的安之并不记得自己根本没有关门，当司淙领着特助进来，眼帘骤然撞入如此意外的一幕时立即站定在门口，而安之还茫然不觉，但司寇直起身躯时肌肉线条由柔软而硬朗的变化让她下意识抬起头来。

抚在她脑后的大手轻轻一扣，司寇将她重新压回自己胸口，以眼神示意来人出去。

司淙明显皱起了眉头，临走前扫过安之的最后一眼隐着厉光。

在特助无声拉上门之后，司淙寒声道："你去人事部，把银通公司一个叫叶安之的履历拿来给我。"这女孩子到底是什么人？先与关旗陆不清不楚，现在又公然在办公室里对司寇投怀送抱。

不多会儿，特助拿着打印好的文件回来。

司淙翻看，现年二十三岁，毕业于北京，好像和关旗陆是同一所大学，读的是经济，成绩还算优异，懂英法双语，各种名目的奖项复印件繁多，家庭成员一栏空白，只写了住址是在滨江西路……看上去并没什么过人之处。

特助察颜观色："人事部经理说她的简历原件被司寇调去了没还回去，这是集团人才库里的电子档案，是不是不够详细？要不要我再找人另外查一查？"

司淙摇摇头，神色略陷入沉思，整份简历没什么特别的地方，只除了一点，为什么她没有填写家庭资料？是不想写，还是已经父母双亡，或者是个孤儿？缺乏安全感所以喜欢找男人依靠？想想刚才司寇所表现出来的呵护，确实有点像是大男人对弱女的怜惜。

一楼之隔的四十八层。

空荡的总经理室里，关旗陆双肘支桌，以手掌掩去眉眼间疲惫不堪的挣扎。

此刻的他，已然身在绝地，进不能进，退不能退。

在他和安之之间，只有阳光道和独木桥这两种泾渭分明的选择，他要么就放弃他的人生去陪她走，要么就只能各行各路，根本没有一条她能够接受的折中通道，他真的暂时还不知道，该怎么做才是对她以及自己都最好。

无心工作，只盼着下一刻她会再度敲门进来，不管怎样，让他先多见她一眼，多一分钟和她相处，也算稍能填补心底的虚空。

等了许久，却迟迟不见安之把保函打印出来拿给他过目，他抄起分机拨出去，却是聂珠接的，说安之走开了，他即时开门出去，放眼所至办公室里哪有她的影子。他信步踱到她的座位，做好记录的笔记本连同手机都在桌上，只椅子空空如也，人不知去了哪里。

他皱了皱眉，然后注意到笔记本下压着的白纸似乎写有什么。

指尖把本子挑开，关旗陆拿起那张纸，慢慢读罢蒋捷的《梅花引》。

词下一遍遍凌乱地重复写着两句：情在不能醒，欲语泪先流。

裤子口袋里手机响，司寇笑嘿嘿说："安之请半天假。"

关旗陆不假思索："叫她上来。"

"我现在是告知你，不是向你请示。"司寇"啪"的一声挂掉。

关旗陆回拨过去，一向善于克制波澜不起的他此刻完全失去了耐心，就站在偌大的办公室里安之的位置旁，当场沉喝出声："我让你——叫她上来！"

司寇"唉"一声长叹口气："大哥，她哭得两只眼睛都肿了，现在正躲在洗手间里洗脸，你让她回办公室干什么？丢人现眼吗？"声调渐寒渐冷，"还有，她说你们已经分手了，以后你的小师妹就由我接收，你少再招惹她，不然兄弟也没情讲。"

耳中传来"嘟嘟嘟"的忙音，电话已被再度挂掉。

关旗陆烦躁地走回办公室，"砰"的一声甩上门，这才发觉自己仍然捏着那张白纸，手一挥就往窗外扔去然而纸张轻飘飘地，从半空慢悠悠地落下，无声坠在面前，他头一低，入目便是那凌凌乱乱的字迹：情在不能醒，欲语泪先流。

门外，静悄悄缩在座位里的聂珠和许冠清探出身来，两人面面相觑。

安之提前回家，司寇将她送至楼下。

彭皆莉坐在客厅里拣豆苗，看见她回来不禁一怔：“今天怎么这么早？”

安之不自然地垂了垂睫，轻声唤道：“妈。”

叶母见她形容憔悴，双目微微浮肿，不禁问道：“发生什么事了？”

安之走到她身边，慢慢在沙发里坐下，扯扯嘴角，自我解嘲道：“出师未捷身先死，长使女人泪满襟。”

原来是失恋，果然大打击，叶母安慰：“既然齐大非偶，你回过头去找齐二就是了。”

安之抱过揽枕，随口说：“是啊，想想还是司寇对我最好。”

叶母定睛看她，俄顷，忽然问：“你从什么时候开始怀疑的？”

语气十分平静，如同两母女平日闲聊家常。

安之面容窒了窒，好一会儿，才低声说：“毕业找工作的时候，我的获奖证书一向由你保管，那天你给我拿去复印回来时，我见你不在家，不知道是不是去买菜了，就想自己把它们放好，结果在抽屉里看到了你以前的体检报告……爸爸是B型血，而你竟然是O型……”

无论如何，也不可能生下她这个A型的女儿。

那一刻，关于未来五十年幸福人生的构想，在安之眼前当场崩溃。

“后来忍不住就想，既然我不是叶荣中和彭皆莉的女儿，那么我亲生的父母是谁？总不可能是你们路边捡来的吧，我努力回想一些蛛丝马迹，再联想到每一年你都要我陪你回去给姨妈扫墓，而年纪轻轻就过世的姨妈，刚好有过一段短暂的婚姻……”

虽然母亲从不在她面前提起彭皆梅的过去，但每次回中山，大舅父却总忍不住在她们母女面前感叹，二妹是遇人不淑才至如此早逝，她也就不难从他口中套出那不淑之人来。

由是，她忽然很想看一看，自己的亲生父亲长什么样子。

上到飞程的网站，发现旗下公司正在招人，便顺手投了一份简历过去。

彭皆莉半晌不作声，最后轻叹："你这丫头，就算你猜到了，也只是单方面的推测，你没办法求证，所以就设法使司寇和我相见，让我误会他是你的男朋友，想通过这种方法来试探我，是不是这样？"

心事被不失毫厘地说中，安之脸色窘红，既后悔自己的鲁莽，又惊觉原先太过低估这位平日表现随和无害的主妇，她嗫嚅着："对不起，妈，我不是存心让你不开心，只是想了解真相。"之所以这样迂回曲折，无非不想破坏母女间原有的和谐。

既然有些事彭皆莉不希望她知道，她不介意在母亲面前装聋作哑一辈子。

叶母无可奈何地摇了摇头。

所谓知女莫若母，她把女儿养得这般大，就连女儿身上哪些地方长着几不可见的小痣，她这个做妈的都一清二楚，安之那些玲珑小心窍，又怎躲得过她阅尽世情的眼睛。

"司寇真的不是你男朋友？"叶母问。

安之摇头："你不用担心，他不是。"

"这个我倒不担心。"叶母看她一眼，"你喜欢的是不是你的老板？"

"妈。"安之叫，有种儿时被脱光了衣裳却无处可藏的懊恼感。

叶母不悦："我是你妈，你有什么好隐瞒的？"

"你怎么看出来的？"

"就你那种不喜欢和男孩子来往的性格还能认识几个有钱人？一出手就送你几千块彩票，不是司寇那样的富家子弟，最大的可能就只有你老板，更何况前段时间你晚上总是关在房里打电话，问你就推说是公事，最近却变得垂头丧气，每天下班回来无精打采，你还真把妈当瞎子了？我只不过是不说你而已。”

安之泄气，她还以为自己把情绪掩藏得很好，原来只是自欺欺人。

“女儿。”叶母轻唤，面容难得的严肃，“虽然你不是我亲生的，但是我不准你有什么与亿万富豪老爸相认的念头，你听着，如果你贪慕荣华去认那个人，以后就再不要回来这个家，我也再不是你妈妈。”

安之呆在当场，而彭皆莉似也自觉口气太过严厉，微微别开头：“那男人对不起梅姐。”

她蹲下去，伏在母亲膝上，轻轻说道：“妈，你放心，我就算到八十岁，也是你女儿。”

叶母抚着她的发顶，目光异样怜惜：“安之，妈不求你这辈子大富大贵，只希望你平平安安，钱财那种东西，生不带来，死不带去，只要你活得开开心心，妈就很满足了。”

“我知道了……妈，爸爸有没有说什么时候回来？我想他了。”

“大概元旦左右吧。”

“他这次回来你不如再劝劝他，让他还是调回办公室吧，我已经毕业工作，他不用再那么辛苦跑船了。”从安之出生以来叶荣中就和她们两母女聚少离多，一年里才见一到两次面，每次回来他最多只能在家待一个月左右，然后就又要出海。

叶母笑了笑：“你爸闲不住，你不让他往外跑他会浑身不自在。”

想想父亲确如母亲所言，安之“唉”了一声，一时便不再说话。

第九章

兵不血刃

早上当安之回到办公室，许冠清把她叫去，拿起桌上的文件，说："关总去香港了，他交代让你今天把这个快递给清河证券。"

安之接过，印有飞程抬头的纸笺上打印着措辞严谨的一段话，是飞程的保证函，关旗陆已经签了字，但还没盖章，她随口问："他有没有说什么时候回来？"

"应该是明天，他让我只订了一天的酒店。"许冠清说，转头看向聂珠，"阿珠，曾总的费用报销你什么时候给我？今天已经是月底的最后一天，我要去财务部那边拿钱了。"

聂珠应道："我现在就填单子给你，这几天老曾在深圳跑来跑去，每次回来都有大沓发票，所以我想留到最后再一起整理。"

安之心想，清河证券出了那么大的事，要把上上下下都打点好，还不知得花多少银子。

看看窗外灰蒙蒙的天空，她叹气："不知不觉，又一个月。"

"是啊，再过几周就是圣诞和新年了。"许冠清感慨，"又老一岁。"

"咦，"安之眼尖，看见了聂珠手腕上的碎钻链子，讶问，"你什么时候去买的？"

"就前两天。"

安之啧啧连声："你不是说月光了？难道公司单独给你一个人预支工资了？"

聂珠笑啐她一声："我在路上捡到金子不行吗？"神色间似有些不愿多谈。

安之笑笑回座，拨通快递公司电话，填好单子和文件一起放在一边。

一会古励来电："安之，清河的保函寄出来没有？"

"已经叫了快递，他们等一下就过来取。"

"你让他们加急，无论如何下午一定要送到深圳给客户。"

"好，我知道了。"

挂掉电话，安之正打算拿文件去总务处盖章，看看自己的桌面却好像少了点什么，然后才想起那张涂鸦的纸，她翻了翻旁边的合同文件，没有夹杂里间，撑着滑椅退后想看看是不是落在地上，却一不小心手肘碰倒了杯子，她"呀"声惊叫，然而已来不及，快递单子连同保证函全浸在了咖啡渍里，安之傻在当场。

心里暗暗惨叫，恨不能剁了自己的手，后悔得直想跳楼，却只能急急找来抹布收拾桌面，既惊又慌，关旗陆还要两天才能回来，而古励要求这份函书下午就要交给客户，这下叫她去哪里变一份出来——

变一份出来？

乍闪而过的点子跃入脑海，安之暗喜过望，快快打开电脑，打开Word文档，按原来那份保证函的内容格式、字体大小、行距段距，做了份一模一样的，再用同样的笺纸打印出来，她执笔签上关旗陆的名字和原有日期。

从总务处盖好章回来快递公司的人已经等在办公室，安之封好文件填上地址，交代了寄加急件，才长长松出口气，总算大功告成。

这一扰攘，上午已过掉大半。

此时在香港，关旗陆刚由飞程的司机开着粤港通行双牌车送到下榻的酒店，在柜台办理入住的时候忽然有人从背后拍了拍他的肩头，他倏然回首，看见钟如想笑面如花地站在他两步之外的身后。

关旗陆再度意外，他不是没被异性追过，实际上从少年起这种事对他来说就已经司空见惯，但倒追得像钟如想这么松紧得宜，既懂进退，又体贴解语的，还真不多。

读书时期女孩子大多害羞含蓄，而成年后接触到的女人又成熟得过火，不是目的性太强功利心太重，就是太精明理智、太懂计算情感与现实之间的得失。

其中自然也不乏真心喜欢他的女人，可惜始终没人能令他心动，只除了……

关旗陆淡淡笑了笑："这么巧。"

"是啊，我和朋友来香港shopping，刚巧早上关阿姨和我通电话，说你今天也要来，所以我就来这里等你了。"原本钟如想还有点惴惴不安，怕关旗陆会觉得被打扰而对她反感，现在看他神色虽然并不热情，但似乎也并不排斥她的出现，不由得暗自有丝高兴。

关旗陆看看表："对不起，我约了生意上的客人。"

钟如想连忙道："你去忙吧，我不耽误你了，对了，你用广州的手机号还是香港的？晚上我和朋友去兰桂坊，到时叫上你怎么样？"

关旗陆温言婉拒："我不一定有空。"

"没关系，到时候联系看看嘛。"钟如想拿出电话，"你的号码是多少？"

"你直接打我手机就行，不好意思，我先走了。"关旗陆笑笑和她道别。

钟如想看着他倜傥潇逸的背影，明显失望的目光中夹杂着无限痴迷，抹着精致唇彩的双唇不自觉微翘，这个男人，简直就是上天为了她而创造出来的。他越和她保持距离，她就越是情难自控，从她对他一见钟情起，就已经决定要把自己的下半生和他绑在一起。

关旗陆和FD的洽谈进行了整整一个下午。

最后达成初步共识，草签了一份协议，由FD出资八千万美金而飞程把系统集成和部分电子分销业务注入在广州成立合资的控股公司，至于双方各占股本的多少，需等飞程把子公司整合后看总资产和年营业额等财务数据，合资公司预计成立后一年内在美国纽交所上市。

双方合作愉快，晚餐时宾主尽欢，关旗陆喝得有些微醺。

前峰不远处有一座宫殿，他的事业在今天踏上了第一步台阶。

告别出来已经九点，上车吩咐司机送他回酒店。

行至一半接到钟如想电话，声音十分清脆："你忙好了吗？"

关旗陆合上眼靠向椅背，恍惚地想，为什么来电的人不是安之？为什么此刻应在他身边分享他的成功和荣耀的女人不是叶安之？

睁开眼，半合眸光瞥向驾驶座，他对司机说："去兰桂坊。"

关访茗这般苦心安排，多多少少，他总得给长辈留几分颜面。

钟如想站在路边翘首顾盼，终于等到关旗陆的车子，见他从车中下来，先是一只修长的腿踏出，亚灰色的Gucci皮鞋踩落在青砖石上，脚腕处露出一截浅灰拉丝袜子，往上窄薄的银灰色西裤脚口熨得骨挺。

那一刹钟如想觉得这是她有生以来见过最性感的一幕，她定定地看着敞开的黑色车门，一秒也不肯错过，直到关旗陆弯身出来，俊朗身形立定在她不远处的眼前。

迎上他温色幽然波澜不惊却极蕴风度含笑的双眸，她再也控制不住心口如波浪袭来的汹涌情意，如孩子般奔到他面前。关旗陆在反应过来之前已被她捉住了手腕，在他眼底下她的笑容那样发自内心的柔甜兴奋，如同眼中所见的他是全世界对她最绝世的瑰宝。

这微怔瞬间他错过了抽回手的最佳时机，而他的没有当场拒绝让钟如想就这样握着，只那微妙一秒已然似乎是相当于默认了两人之间某种特别关系的存在。

钟如想的笑容深到了心底。

“不好意思。”下一瞬他笑笑，不着痕迹地抽回了手，旁退两步，从口袋里拿出手机，“曾总，没事，你说吧。”听了一会儿，他说：“这样吧，我现在过关，晚上住深圳，你和何处以及王副总约好明天上午见面的时间，我们在香格里拉碰个头，嗯——那个数目问题不大，你去安排吧。”

挂了电话，他对脸现失望之色的钟如想歉然笑笑：“对不起，我有事先走了。”

钟如想保持着脸上笑容：“没关系，我们回广州再见。”她其实很想说跟他一起回去，但是这话却无论如何也开不了口，因为一时间她找不到合适的理由。

而且她和关旗陆之间刚刚才呈现一点点似有似无的曙光，她苦心孤诣了那么久，不想在这个刚出现转机的时候，就因自己的急迫而把事情给搞砸了。

关旗陆吩咐司机回酒店取行李，裤子口袋里手机震了震，大致又是无聊短信，他无心去看，只静静地望向车窗外，万紫千红装点出来的不夜天一幕幕在眼前掠过。

其实他并不真的急于在这时候回去，只是觉得不能再留在此地，太过清楚徘徊在他心坎处那个身影的底线是什么，所以他不能给自己机会犯错，不能在现在就让自己回不了头。

很辛苦，真的辛苦，就为了一段感情，他需要和自己的过往及现在的人生全部说再见。

而如果没有安之，无疑钟如想会是一个相当适合他的妻子。如同万沙华会是不错的红颜知己，又或者在花衣丽影的如斯繁夜，他会邂逅某个美丽女子而发生一场艳遇。

他原应很轻松愉快地追求和享受自己舒适的人生，而不是如今这么疲惫不堪。如果没有安之。

合上双眼，寂寥地换了个坐姿，插进口袋的手触到手机，想起短信，他把手机摸了出来。

一看显示，他倏然坐直，是安之，问他："你方便吗？"

没有多一丝犹豫，他直接拨回去，那两句"爱情是一盏灯火，我是一只笨飞蛾"的彩铃响了许久，手机终于被接通。

该刹那两厢都有些近情情怯，他没有说话，一会儿，静默的那边传来安之轻怯的微声"嗨……"，令他想起多年前校园里的那抹潇洒身影，还有在他家里，她窝在沙发中看旧电影时，那种如猫儿眼一样熠熠清亮最后被他吻得异样水汪迷离的双眸。

"是这样的……"安之勒令自己提起精神，以专业的口气汇报公事，"你签好名的清河保函被我弄脏了，后来我弄了份一样的寄了过去。"

关旗陆一怔："有没有人知道？"

"没有。"安之愕答，他的警觉来得有些莫名。

"那就好，不要告诉任何人。"

安之想问为什么，话到嘴边咽了回去，今时已不同往日。"我知道了。"顿了顿，那边依然无话，她即刻说，"没别的事了，关总再见。"

耳边仿佛传来他的轻轻叹息，若有若无地，她还以为是自己的错觉，正想挂掉电话，却听到关旗陆说："出来吃夜宵吗？"

她张口结舌："你、你不是在……香港？"

他看表："我能在十二点前赶回来，沙面的兰桂坊见？"

安之不再说话。

关旗陆轻唤："安之？"

她沉默依然。

关旗陆的心底忽然便钻出一丝恐惧，很轻很细很扰人，就像他曾经历过的悱缠拉割，丝麻丝麻地，一时轻微一时尖锐的痛，痛得很淡，但完全无法遏止。

下一刹当安之开口，证实了他的预感。

试探地，犹豫地，又似决定地，"还是朋友？"她说。

他笑，背靠向后座，又倾身向前，手掌掩上眼睫，又垂下捏成拳在身侧，再张开，换了只手抓着手机，唇沿贴着电话，一直在笑，笑声浅浅地，温然地持续着，如果没有安之，如果他的世界里没有安之。

他必须在这一秒内决定，此后未来五十年的人生方向。

"我……"

"还记得我说过的话吗？"安之抢在了他之前。

就那一瞬一秒。

男人在前程和爱情之间作抉择时仅仅只是一线的踌躇，对女人来说破坏力却大得足以令心底犹存的希望彻底毁成碎片，不敢听他的答案兼为维持自尊，在他出口前，安之直接判了两人死刑。

她轻轻道："如果一样东西，我需要很努力、经历很多、付出很惨痛的代价才能够获得，如果过程需要如此辛苦，对我而言它已经失去了存在的意义——那时你问我，对于感情是不是也这样，我现在终于知道答案了，我想——是的。"

关旗陆忽然明白过来。

他无法和安之解释自己曾经历过怎样的心理折磨，尽管几近灵神俱毁，因为他已经教会了她，不管此间他如何天人交战，这过程对她而言不具意义，重要的仅仅只是结果。

冷静和温柔和微弱的痛，一切全然归位，该来的始终要来。

他慢声道："你要不要再考虑一下？"

安之沉默，她的成熟远达不到关旗陆的境界，由是此刻的她根本感知不到，他已把决定权全然交在了她手里，那一丝委屈与赌气，那一丝年轻的骄傲，以及受挫后心底对情感带来的伤害的深深恐惧，让她无法不硬着头皮把态度坚持下去。

"我想清楚了……"她低低道。

他问："不会后悔？"

她实话实说："我不知道。"

他又问："你觉得做朋友对你最好？"

"记不记得你打过的比喻？我们现在就好像是一个人站在山顶，而另一个人却站在山脚。两人身在景观完全不同的地方，只能隔着一千级台阶遥遥相望，你在山上不会下来，而我在山下无法上去……不管谁勉强谁，都只会痛苦。"

即使此刻山峰上有日落，隔着这样遥远的距离，他们也无法接吻。

关旗陆反问："你现在就不痛苦？"

安之勉强笑笑："不是说长痛不如短痛吗？"这样连根拔起，她几乎痛得想死。

此时此刻，这就是她内心最真实的答案，关旗陆为她辅助引导了出来，她宁愿抢先一步割舍他，也不肯放手和自己的爱情未来一搏。他低低地再笑起来，似忍着蔓延的痛楚，嗓音却越来越温柔："十二点我在你家楼下等你。"

他以为自己够理智，但不，最理智的那个人是叶安之。

当回到约定地点，甫见面他二话不说将她搂入怀内，"给我一个告别吻……"喃喃细语的尾音消失在她唇间。

那一夜，滨江西路尽头，长流不息的江边，一对明明说好分手的恋人在忘情拥吻，西斜月色将两人久久不愿分开的身影拉在地面，看上去缠绵入骨。

从香港回来的翌日关旗陆就把司机开掉，没有任何理由，就只吩咐许冠清让财务部结算清楚薪资，请人离开。

这还是一向以怀柔手段著称的关旗陆第一次进行人事方面的调整，事件虽然微不足道，却让公司里所有人都警醒了一点，那位平日温和好相与的总经理，一旦动了手拿人开刀就是绝对没有任何回旋余地，由此不免让人对他产生一种敬畏心理。

在关旗陆的紧盯下，清河证券的案子已经找到问题出处，技术人员加班加点解决了程序中的bug，测试多次没再发现问题，加上曾宏几乎天天往深圳跑和客户高层修复了关系，整个项目终于顺利进入验收期。

中午时安之收拾收拾桌子离去。

从分手后她再没有留在办公室用午餐，一到午休时间就往外跑。

关旗陆从总经理室开门出来，没有意外地看到她的位置又是空的，他对许冠清道："不用帮我订餐。"说完走向电梯，按下心头对安之每日中午去向不明的挂虑，只觉得自己最近毫无效率的工作状态和易受影响的情绪，不能再这样继续下去。

在一楼见到容颜愁损的万沙华，他笑笑："我们边吃饭边谈。"

然而一出骑楼，关旗陆的眸光就变了色泽，在通往A座的大理石阔廊前方，安之两只手挂在司寇屈起的右臂上，往上一蹿把整个身子腾空，像孩子玩着吊环。司寇受力不住被她压得倾身下来，她咯咯轻笑着站回地面："你真弱！"

他顺手拥住她肩："小姐，你也不看看你多少斤，还以为是三岁小孩啊？"

安之侧过脸来看他："我应该早些认识你，这样就可以天天蹂躏你了。"

她眉目间的快乐引得司寇定睛，搁在她肩的手动了动，想抽回却最终还是停留了在她肩头，他睥睨着取笑："已经有心情天天蹂躏我了？你的伤疤好得还真快。"

安之笑容一窒，深吸口气，下意识令自己笑得更开心些，像要赶走什么似的手在半空一挥，一派豪情无比："失恋而已，小菜一碟！"

在她身后不远的关旗陆勾了勾唇角，难怪她那么轻易就能把分手两个字说出口，原来只是小菜一碟。

万沙华惊讶地看向他："你们……"说话被搭在腰上的手掌打断。

"想吃什么？"关旗陆温言柔语。

安之和司寇同时回过头来。

关旗陆脸上的微讶恰到好处，他扫过安之的眼神仿佛仅仅只是有丝意外，然后对司寇笑了笑："这么巧。"搂着万沙华与两人擦身而过，微弯的唇瓣亲昵无间，几乎挨着万沙华的耳廓，"还是四楼那家的琵琶虾好不好？"

安之哪里是他的对手，站在原地，定定看着他和万沙华低声细语的背影，脸上笑容早消失得一干二净。

司寇忍不住微哼："看什么看？不是小菜一碟吗？"

安之踢他一脚，把脾气发在了他身上，恼叫："有你这么做哥哥的吗？"

司寇愣了愣："你说什么？"

"我说你是猪！"

司寇脸容似有些困惑，侧头想了想，说话还没出口已被安之拉着往外走："我们换个地方吃饭，我不要去四楼。"语气中带着冷意和一抹决绝。

司寇眸色闪了闪，改口道："不去四楼，那就去顶楼旋转餐厅吧。"

"随便了。"她意兴阑珊。

心底难受至极，难怪他那么轻易就同意分手，原来一早已和前女友旧情复燃。

四楼餐馆里的隔纱雅座，关旗陆仔细看过万沙华的简历：“你的工作经验完全没问题，我给人事部经理打个电话，到时候她和你例行见一见就可以了。”

万沙华松了口气，感激道：“旗陆，不好意思总是麻烦你，如果不是在公司里实在待不下去了，我……”眼眶红了红，话已说不下去，她和关旗陆的交往不知道怎么就被挖了出来，虽然流言风传是某个肥头大耳的富商，但关于她被包的种种传闻已经到了不堪入耳的地步。

关旗陆笑：“不麻烦，我刚好需要一些自己的人。”

和FD的合作已经明朗，公司内部整合马上就要开始，届时必然腥风血雨。

口袋里手机震动，是许冠清，十分惶急：“关总，曾总让你马上回公司。”

关旗陆一怔：“什么事？”

许冠清压低声音：“我不知道，他带了一帮子深圳的同事回来，一进办公室就大发脾气，召集大家马上到会议室开会，让我把在外面吃饭的人全叫回来，还让聂珠打了电话给司董的特助请司董也过来，关总你快回来吧。”

收了线关旗陆对万沙华道歉起身，叫来领班交代餐费挂他账上。

在电梯口遇上匆匆赶回的安之。

两人相视一眼，都调开头去谁也没有说话。

一层层飞升，关旗陆站在安之身后，看着她僵立着连一点细微动作也没有的身影，那种闷扰的情绪再度涌上心头，他抿了抿唇，直觉真的不能再继续这样下去。

可是眸光却仍然不由自主地停在她身上。

直到梯门打开，他才想起什么，低声命令：“一会不管发生什么，乖乖坐着，别多嘴。”

安之愕惑不解，却也没时间思考，匆匆走进会议室。

椭圆长桌边沿已坐满了所有和清河证券项目相关的人员，一个个如丧考妣地低垂着头，坐在主位的司淙深藏不露的脸上看不出任何异样，反而在他右侧的曾宏铁青了脸，现场噤若寒蝉，气氛异样压抑凝重。

安之无声轻走过去，挨着聂珠缩坐在离主位最远的角落。

关旗陆神色不变，拉开司淙右手边的椅子若无其事地坐下，习惯性地微微一笑，那平日温和异常的笑容此刻带上了些冷然轩昂，淡寒眸光纵扫过现场所有人，开口时已语气肃沉，带着三分不悦：“这是怎么了？”

所有人抬起头来，有的直起腰板，有的看看对面同事，一片衣袂窸窣，却无人敢应声，曾宏向古励打去一个眼色，古励动了动身子，却低下头看着桌面摊开的笔记本，似乎没有收到他的眼风。

曾宏脸色青得更甚，一群贪生怕死的废物！

他率先发难：“清河的验收没有通过，今天和他们的业务系统再次联网运行时又出了问题！”厉目往台下众人扫去，终于有几位显示出坐立不安的样子。

安之心头隐隐约约地觉得不对劲。

关旗陆淡声问：“出了什么问题？”

“我们在清河证券验收时……”技术部的杨诞嗫嚅着，在关旗陆投过来的淡眸下缩了缩脑袋，却不得不把话说完，“只要一启动塞曼提的软件他们的业务系统就崩溃，等我们停止了塞曼提的东西才恢复正常。”

“上次的问题不是已经解决了？为什么还会出现这种状况？”

技术部的研发人员一个个又低下头去，项目经理辩解道：“上次的问题是解决了，我们测试过很多次，塞曼提的软件在服务器上单独运行时没事，晚上和他们不进行交易的静止状态的业务系统联机测试时也不见异常，所以我们才认为可以验收了，谁知道一和清河在交易进行中的业务系统联机，马上又造成了业务系统宕机。”

有人带了头，杨诞跟着说：“其实最开始时我们就提过，塞曼提的产品不合适。”

余人也加入话题：“后来我们又检查过了，我们自己开发的那部分程序完全没问题，所以应该是塞曼提的软件引起的，他们在国内证券行业根本还没有成功的案子，产品也不是我们熟悉的……这种问题谁都没办法预测。”

言论逐渐变成对塞曼提的声讨，总而言之，技术开发没错，客户没错，当然也不敢直接说关旗陆和曾宏当初的选择有错，众口齐声地一起义愤填膺怨责塞曼提。

安之终于明白，为什么关旗陆让她不要多嘴。

整件事要么真是巧合，要么就是一个兵不血刃的圈套，专为关旗陆而设。

她不无忧虑地悄然望向主位，司淙双手抱胸靠着椅背，似专心听着众人陈述，但就一言不发，脸上表情也丝毫没有变化，让人一点也看不出他的想法。

曾宏看底下七嘴八舌的意见表达得差不多，该说的都已经说了，适时开口喝住：“现在的重点已经不在于去追究到底是谁的问题！”

嘈杂声戛然而止，静默中众人又把脑袋耷拉下去。

“验收时一出事何处长当场就甩袖子走人，根本连听也不听我解释，到现在还是拒绝接我的电话，只交代秘书告诉我说是王副总的意思，不但这个项目到此为止，对于我们先期的投入以及花了几百万向塞曼提买来的软件，他们会按这份保函所说的一分不付！我是真的不知道该怎么办了。”曾宏把面前飞程保函的复印件推到关旗陆面前，矛头尖锐直指，“关总你说吧，现在怎么办？！”

关旗陆眼底的最后一丝耐心终于耗尽，目光犹如寒刃出鞘，冰冽带煞，原本抿紧的唇角却慢慢地展出一抹不协调的奇异笑容。

也罢，既然天意如此，就让他以后陪安之去游山玩水看日落吧。

“清河出了这种事故，不管什么原因我这个总经理责无旁贷，何况当初推荐塞曼提的产品本来就是我的主张，还有这份对公司极端不利的保函……”椅子一旋他面向司淙，唇边笑意反常地变得有丝讥诮，“董事长，趁着今天你也在，正好，我向大家宣布引咎辞职。”嗓音既淡且冷，已然直接推椅起身，“如果客户真的要追诉飞程，所有责任我愿一力承担。”

众人面面相觑，现场鸦雀无声。

司淙的脸色愕然微变，瞪着关旗陆转身决然离开的背影说不出话。

一句引咎辞职，已堵死了所有后路。

比司淙更惊愕的人是安之，她不明白为什么关旗陆会表现得如此决绝，他的志向明明博如鸿鹄，这个她舍弃了爱情去成全的男人现在却像丢了理智似的，竟然那么轻易就说出要辞掉飞程银通总经理一职。

眼看着关旗陆就要走出门口，而局面就要变得无可挽回。

这一刻安之心头清晰地浮现，当她第一次在工作中犯错时，正是他在曾宏开口之前将她带离，使她免受职场中无处不在的折辱，如今他却要被曾宏逼得离开从头来过？！他要从跌落到不会比她好多少的山脚边沿再一步步重新往上攀，要如她一样沿途看尽人间脸色？！

不，她绝不能让这种事发生。

安之抽过聂珠面前的笔记本，拿起笔在上面飞快签下关旗陆的名字，把笔记本递给前面的同事示意他们传上去给司淙，然后在众人惊愕的目光中起立，轻怯但坚定地道：“那份保函不是关总签的，是我。”

走到门口的关旗陆霍然回首。

安之从不曾见过关旗陆在这一刻的眼神，眸中惊愕得不能置信，又怒得似下一瞬就会喷出火焰，还冰寒得令冷意直渗入她心底最深，似乎她是全世界此刻他最不愿见到的人。

她被他的眼神震得僵立，不明白自己做错了什么。

静得连根针掉下也能听见的会议室里，紧盯着安之的除了关旗陆外还有曾宏，听到安之的说话时他脑里“轰”的一声炸了开来，全身血压骤然升高，脖子上微凸的血管浮现出淡淡紫红，双目中射出剧烈的恨意。

安之不由得微微恐惧，曾宏就像是想扑上来生生咬死她。

本来正苦于无计可施的司淙却是忍不住面露喜色，下一瞬已敛起了表情，再没有比这更及时和更合适的台阶，他极为威仪地开口：“这件事我知道了，曾宏你和大家先出去，旗陆你留下来，散会。”

一阵轻微的暗暗松气声，所有人迅速起立，无声无息地鱼贯而出。

曾宏的表情变了又变，最后一脸惨败地再瞥了一眼安之，无言起身。

那瞬间安之有种错觉，仿佛曾宏的人生悉数毁在她一句话里，她低低地垂下脑袋，心头惊恐彷徨无助，只觉眼中泪意就要冲堤而出，已经没有勇气再去看关旗陆一眼，她紧跟在最后一人的身后离开。

关旗陆仍然定定站在门口，已转成无边复杂的眸光始终跟随着她低垂的脑袋，直至她从他眼底经过，门被从外掩上，他的脸色顿时寒了下来，冰眸投向司淙，毫无耐心。

“曾宏就算有搞鬼的心思，在我眼皮下也不可能让技术人员对程序动手脚，那群人再怎么样受他威逼利诱或巧舌如簧的鼓动，哪怕他们已经口头上答应了会和他一起窝里反我，也不会愚蠢到在景况未明前就敢拿公司超过五百万的生意来开玩笑——只除非，是董事长你暗地里给了谁一颗豹子胆。”

清河证券的事故根本就不是塞曼提的软件引起，而分明是飞程内部所为。

司淙既不承认也不否认，面容平和地认真比对着复印件和本子里的两个签名。

"清河之所以一直是飞程的老客户，很大程度上并不是因为曾宏多会公关，而是因为你和清河的一把手有着外人不知的私交，所以就算在他们二把手不知情的情况下你把这笔生意玩弄在五指间，等我入了局之后，只要你请清河的一把手吃顿饭，所有问题最后还是会迎刃而解。"

司淙终于出声，不无感叹："可惜最后还是被你将了一军啊。"

没想到错看最关键的一步，关旗陆非但没有如他预料中的向形势屈服，反而竟然二话不说就宣布辞职——用现实中的荣华去压制他是司淙唯一的筹码，然而只要关旗陆舍得放手，真正不留恋和不在乎，司淙也就彻底失去了主动权。

"既然已经这样。"关旗陆双手插在裤子口袋，眸色如豹，"我们何不在商言商。"

"我的条件是，不管你用什么办法，只要你帮我顺利拿到国开行的贷款，我就给你百分之五控股公司的股份。"司淙从座里施然起身，弹了弹手中纸张，"不然这位可爱的小姑娘就只能等着被公司追究刑事责任。"

"百分之十。"关旗陆表情悍然，"控股公司的百分之五，外加集团的百分之五。"

"旗陆，你这是漫天还价。"

"随便你同不同意。"关旗陆无所谓地冷然淡语，"我任劳任怨地帮董事长打江山，到头来却还要被陷害，相对这点而言我对小姑娘的兴趣大多了，给她雇律师的钱我暂时还有一点。"

司淙看着面前态度坚决中还带着几分豁出去意味的关旗陆，心想到底还是低估了这个年轻人，不由得暗暗懊悔。

如果司淙没设这一局，也许关旗陆还不会这么清楚自己对飞程的重要性，就是这一线细微失误，被锐如鹰隼的他捕捉到进而抽丝剥茧看清了形势——国开行的贷款之所以非他出马不可，很显然，光凭司淙自己的面子可能已经碰了壁，而大致必须得走钟行长的爱女路线。

已完全清楚自己的价值所在，由此在这场谈判中关旗陆再不给对手半分机会，他的辞职毋庸置疑是釜底抽薪、置之死地而后生的险招，而棋差一着的司淙就只能节节败退。

如果不是安之在最后一刻把责任承担下来。

当已完全被动的司淙不得不回头再找他时，也许他的价码可以开得更高，但也许，他也就真的从此潇洒撤退，陪了安之去某处山峰看夕阳黄昏。

就因为她脑袋一时发热的义举，使两人原本未知的未来提前确定了方向。

半小时后，众人看见董事长带着还算满意的笑容离开。

关旗陆神色轻寒地从会议室里出来，平日的温和面色一扫而空，说话如寒冰截铁：“冠清，给银通全体员工发一封邮件公告，所有参与到清河证券和今天事件中的人，自己在下班前提出辞呈。”言下之意，别等他亲自动手。

这一日，关旗陆大开杀戒，以祭奠他真正画上句点的爱情。

第十章

天涯三隔

鸿门会议后，飞程顺理成章地正式宣布对子公司进行合并。

每天工作超过十二小时的关旗陆成为集团里的焦点人物，并初步在商业媒体上崛起，然而他行事低调，除了集团市场部交给媒体的官方资料外并不接受采访，形形色色的求见者全被许冠清挡在了门外。

飞程集团旗下凡是和系统集成业务相关的所有子公司职员，都被要求提交一份正式的书面述职报告，要求本人陈述清楚自己的工作岗位、工作职责、工作内容和历年来的工作成果，如雪片一样的文件经人事部经理过滤后送到关旗陆手里，再按关旗陆批复回来的指示每天约见大批被辞者，由早到晚谈至唇皮干裂。

银通公司里，自动离职的加上后来被关旗陆开掉的员工，几乎占去原来的四分之一，四十八楼一下子空荡不少，往日的闲适和欢声笑语早荡然无存，一个个谨慎沉默地做事。

许多时候，因为达不到完全不问钱财的条件，由是便不得不与生活计较。

家里有孩子的、要供房子的、买了车子的，每天出门第一件事就是钱，对于一份薪酬优渥福利完善的工作，谁又轻易丢得起。

和银通相比其他子公司执行起来更加惨烈，电信和政企开掉了百分之七十，形同于整个公司一锅端掉，能留下来的只有一些业务能力强的或水平精湛的核心技术人员。

在这种干戈大动的杀戮时刻，关旗陆却特地招了一个人进来，就是万沙华，她的职位为金融事业部的大客户经理，关旗陆安排她和古励一组，跟随古励熟悉业务，万沙华虽然以前没有做过销售，但因为她曾在银行做事，对金融行业的业务流程非常熟悉，而且认识不少银行同业，所以和客户打起交道来很有优势。

午间休息的时候，安之更少在办公室逗留。

亲身经历这么一场企业大变革，亲眼目睹以前朝夕相处的同事忽然之间就已一个个默然抱着纸箱从飞程里消失，她的心灵受到巨大冲击，似在一夜间成熟，也变得有些冷眼看起世情来。

“越来越觉得社会和人心复杂。”她神情落寞地和司寇说，“以前每天上班都精神抖擞，现在每天闹钟一响就觉得烦，不想起床，有时候很迷茫，也不知道到底是我不适应社会，还是这种太过复杂的环境不适合我。”

司寇已经调回集团做副总裁，连办公室也搬到了司淙隔壁。

他笑道：“不会吧，你这么早就进入了职业疲惫期？”看她一眼，“如果真的觉得闷，换一换环境吧，还是你……”始终舍不得那个人？后面半句最后还是没有问出口。

“如果你没有调回集团就好了，那样我还可以去投靠你。”安之把碟子里的水果一片片全吃干净后起身，其实她想换工作的念头已起了很久，只是最近人异常懒散，对什么事情都提不起兴致，也就日复日拖了下来。

司寇陪着她往外走：“我回不回集团有什么关系？你想换职位我给你安排就是了。”

安之摇头，母亲不让她和司淙相认，她也就不想节外生枝。

前方电梯口处的两道熟悉身影让安之的身形定了定，然后关旗陆和万沙华也看到了司寇和她，显然大家都是刚用完餐回来，这片广场就那么一点点大，他们习惯吃午饭的地方也就那么三两家，想不碰上都难。

“你先上去吧，我去便利店买瓶酸奶。”安之对司寇说。

司寇一把搂住她肩，嘿嘿笑道：“我陪你去。”

转过身后安之才白了司寇一眼，嘴形无声说着二字：无聊！

司寇忽然低头在她脸蛋上轻咬一口，威胁道：“你再说！”

没想到他会有此一举，安之大为错愕，陡然便觉背后生寒，似被某种情绪强烈到足以令她直觉预警的视线盯视着，她有些发急，伸手就拨开肩上司寇的手。

司寇目光一暗，却仍是跟随在她身后。

万沙华轻笑一声，带点幸灾乐祸：“感觉很不好吧？”想当初她在旋转门后看见关旗陆牵着叶安之的手时，简直恨不得冲上去将他们永永远远地分开。

关旗陆收回视线，破天荒地竟然点头承认：“是很不好。”说完唇边却露出一抹笑，笑容中透出隔绝的凉冷，仿佛在该刹那作了一个拖延已久的决定。

电梯门打开，钟如想和关访茗从里面出来，看见关旗陆是一喜一怔，钟如想的目光飞快掠过他身边的万沙华，她正冲关访茗礼貌而疏离地笑笑，然后对关旗陆说：“我先上去。”

骑楼外，安之不悦地瞪着司寇：“你为什么要那么做？”

司寇忽然就起了情绪，直接冷应：“我喜欢。”

安之一愣，敏感的她隐隐约约地觉得有些心慌：“不和你说了，我去买东西。”

司寇一把拉住转身想走的她，深吁口气，他双手按在她肩头，俯首对上她的黑瞳，放低声音到只让她一个人听清楚："安之，我不是你哥哥。"

安之倏然变了脸色，惊呆失语，只圆睁双眸骇然看着他。

她的反应令司寇唇边浮起一抹无奈和隐约的苦涩，用手指点点自己的胸口，他一字字强化她的认知："你听清楚了，我，司寇，不是你的哥哥，我们没有任何血缘关系。"

"那你……为什么不早点……和我说？"回想起这段时期以来她和他的相处，那些肆无忌惮的玩笑和亲昵动作，她的说话虚弱到了断断续续。

"我原以为莉姨会告诉你。"没想到叶母竟没有。

安之的眸心笼罩在一种极无辜而绝望的情绪里，人仍然不能反应，只是不断重复："为什么……不早点告诉我……为什么现在才说？"

司寇松开她，别过脸去望向遥远天空下的楼群，扯了扯嘴角，哑声说："因为我喜欢你腻在我身边，我喜欢你对我的不自觉的信任。"他回过头来，眸心灼光跳跃，"一句话，我喜欢你，这么说你明白了？"

"我……我……不、不明白……"无法接受的安之惊惶地一步步退后。

独生的她从小就想要一个哥哥，没想到在二十三岁这年竟然梦想成真，天上给她掉下一个现成的司寇。

她没有母亲，或者应该说她有，但养母和生母始终存在区别。在她知道真相之后，虽然把自己的情绪掩藏得很好，在彭皆莉面前没有表现出一丝异常，内心却时时涌起一种无根之萍的茫然。

她也没有父亲，有限几次见到司淙，她的心口除了陌生隔膜，再没有其他感觉。

唯一只有这个哥哥，他的存在令无依的她稍觉踏实，虽然他与她是同父异母，但因他的存在她才可以确定，自己在这世间和别的女孩并没什么不同，也是为人父母者的一点血脉，也有着血脉相连的疼她爱她的亲人。

但——为什么——他会说他——不是……

"安之！"司寇对着她狂奔的背影急叫。

她拦下出租车飞驶而去。

楼上银通公司，关旗陆敲开曾宏办公室的门。

清河事件后曾宏依然还是公司里唯一的副总，关旗陆表面上没有动他，但他的手下以及和他来往密切的员工几乎已被解雇一空，相当于把他的权力全然架空，两人心照不宣，曾宏的离开是必然的事，只争迟早。

关旗陆没有公开辞退他已经留足了余地，一来保存了他在业界的脸面，二来也给他一个缓冲期去找下一家东家。

有些事情，除了关旗陆和曾宏这两位高管本身，公司里的一般员工既不知晓，也不会想到其中道理。

各子公司合并，在四家大公司八位老总里，合并后的CEO人选以关旗陆呼声最高，而曾宏和关旗陆同属银通，不可能两人同时留任，因为为稳定合并后的军心以及迅速开展工作，并进来的其他子公司的人员肯定还是由他们原来的某位老总带领最为合适。

所以两位副总的人选肯定会是在其他三家子公司里挑选，而没有曾宏的份。曾宏能够继续在飞程留任的唯一可能，只能是推翻关旗陆由自己取而代之，可以说他是被迫不得不背水一战，因为对他来说，最坏的结果也不过就是离开飞程。

如今两人的角力胜负已分，双方愿赌服输，像他们这种人，就算面对坏得不能再坏的境况也会以光速接受现实，且一定会保持即使打落牙齿也只和血往肚子里吞的风度。

因为在这个圈子里，没有永恒的朋友也没有永恒的敌人，今日的朋友可能就是明日的敌人，而今日的敌人也可能就是明日的朋友，是敌是友，不过由不同时期、不同形势下的利益关系决定而已。

对于这点关旗陆清楚，曾宏也清楚。

由是清河事件后两人在办公室里依然没事人一样谈笑风生，关系融洽得就像什么都不曾发生过，反而是安之、许冠清和聂珠这等级别不够的小人物觉得难以理解。

“你和天华的总裁谈得怎么样了？”关旗陆笑问。

曾宏点起一根烟，斜靠大班椅里，将腿跷起横搁在另一张椅子上，直言不讳：“他们开的条件我不太满意，我打算和正东的老大也谈一谈，到时候看条件如何再作选择。”

一切尘埃落定，两人之间再无任何利害关系，都放下了攻防守战心之后，反倒有着因过往共事多时对对方能力赞赏的惺惺相惜，而能像朋友一样聊得深入一点。

关旗陆说：“有家美国公司打算在年内进入中国市场，他们通过我在哈佛读书的同学联系我，想聘任我做中国区首席代表，我现在肯定抽不出身，你感不感兴趣？”

曾宏来了兴致，这绝对是份美差，他坐直身子：“他们做什么产品，生意大不大？”

关旗陆拿出一张名片递给他：“我和他们已经打过招呼，你可以直接去谈。”

曾宏一掌拍在他肩：“谢了，关总，坦白说其实我挺佩服你，一想到连老司也在你手里栽一跟头，我就觉输得心服口服，以后有机会你我再联手合作。”

关旗陆笑笑，起身出去。

出租车回到滨江西路，安之飞奔上楼，冲进家门时原想大声质问母亲，却见彭皆莉面容委顿地躺在房里，她吓了一大跳，满腔混乱情绪即时灰飞烟灭，扑到床边以手背探热：“妈，你怎么了？哪里不舒服吗？是不是又发烧了？”

彭皆莉勉强笑笑：“可能感冒了，喉咙有点疼，头还有点晕。”

“要不要我陪你去看医生？”

“不用了，我已经吃过药了。”说罢却连声咳嗽起来。

安之连忙倒来温水，把母亲扶起来服侍她饮下，忍不住埋怨：“你不舒服怎么不打电话告诉我？”

“没事的，睡一觉焐身汗就好了。”叶母看着她，“你怎么这个时候跑了回来？”

安之低低垂首，一声不发，只是努力撑着眼睫，很努力地，却终于还是无法把眼泪忍回去，一下子全涌了出来，在哭声中哽问：“妈，司寇——不是我哥哥？”

彭皆莉轻叹口气：“不是，我看得出来那孩子对你有意思，但是我不希望你和他们家以后有什么瓜葛，所以我和那孩子说这事由我来告诉你，其实我就是存心想瞒你，能瞒多久是多久，只要你心里认为他是你哥，那你和他之间就不会有发展起来的可能。”

“为什么他不是？”安之低低地哭，为什么他不是？

“他不是司淙的亲生儿子，当初他母亲怀着他时被司淙知道了，那时候司淙还很穷，他母亲一直嫌弃丈夫没用，生下那孩子之后就把他丢给了司淙，自己跟别的男人私奔了，本来这事只有司淙、梅姐和我知道，梅姐和司淙闹离婚时两人吵昏了头，把事情抖了出来，无意中给躲在房门口的那孩子听到了，上次他借机来我们家，就是为了向我求证这个。”

安之终于明白，原来和她一样，司寇从一开始也是有目的地接近她。

她拭干眼泪，原来，司寇和她，同是天涯沦落人。

翌日安之向人事部请了一天假。

她不想回去，不想见到关旗陆，不想见到司寇，甚至不想见到曾宏以及办公室里那些空荡荡的座椅，整个人自心底深处冒出一股萧索感，只觉得现实中种种已完全超乎心理承受力，过去二十多年来单纯的人生观被撞击得摇摇欲坠，太过让人疲惫不堪。

九点时分，关旗陆回到公司，当许冠清告诉他安之请假时，他明显蹙了蹙眉。

昨天她和司寇一起离开后，整个下午再也没有回来，现在又请一天假，明显有些不对劲。关旗陆有一刹那的冲动，想下楼去问问司寇是怎么回事，然而这个念头刚一闪起就已被他的理智压了下去。

他进入自己的办公室，脱了外套，坐进椅子里，开始聚精会神地处理公务。

约摸过了一个小时，手提里传出收到新邮件的消息声。

他阅罢回复，点击发送，才想关掉信箱，眸光不经意掠过邮件列表下方安之的名字，虽然早已经看过，也知道内容只不过是汇报工作的几句简语，仍忍不住将鼠标移过去，双击打开，慢慢地从头到尾再看一遍。

然后看下一封……再下一封……又下一封。

逢是她名字的邮件都被逐一打开，一封封仿佛电影回播。

从她进入银通与他共事以来，她的笑颜，她的逗趣，她的忠心耿耿，她从最初的戒慎转变成最后痴迷的眸子，她被他吮吻得娇嫩欲滴的唇瓣，她依偎在他怀内玲珑柔软的身段，地下停车场里她孤绝的表情和伤心的眼泪，全都像流水一样涌入他的心田和记忆。

直至看完最后一封，关旗陆合上手提，以额头垂抵着桌面，怎么忘，如何忘得了。

手机铃声响起，他一动不动，没有去接，它响到自动中断。

很快，铃声再响起第二遍，他依然置之不理。

待铃声再一次消失，他才慢慢抬首，伸手抓来手机，当时间映入眼帘，才恍觉已然日上中天，一个上午什么都没有做，就这样虚晃而过，不无自厌地抿了抿唇角。因某个人或某些事而令自己备受影响，从来不是他的作风。

两通未接来电均显示为同一个人，钟如想。

也不知是否亟欲摆脱心绪上的困扰，神色冷朗的他随手拨了回去。

“我在天欣广场闲逛，要不要一起午饭？”钟如想巧笑嫣然。

这一次关旗陆欣然应允：“好啊，你想吃什么？”

“真——的？”钟如想轻问，仿佛有些不能置信。

这样的用情至真，如果说关旗陆心里一点感觉都没有，除非他不是男人。

他的语气柔和下来：“我现在就下来。”

“那我在电梯口等你。”钟如想急急道，生怕他变卦似的，一说完马上挂了电话。

依旧是A座四楼的中餐馆，一个刻意讨好，一个专心应付，由是这顿午饭在谈笑风生中度过，两人都十分愉快。

将时光消磨至午后一点半，关旗陆始起身告辞。

钟如想虽不知道为何他的态度会有所改变，但却懂得把握时机，乘势问道：“你今天晚上有没有空，一起看电影怎么样？”

“看电影？”关旗陆的脑海中霎时闪过一个画面。

那时他问身边人：“这是什么戏？”

“中国最早一部关于爱情的电影。”懒懒靠着沙发的安之如是说。

他深呼一口气，将那些不请自来的记忆片段赶出脑海，对钟如想笑了笑：“我今晚估计还有些工作要处理，下次吧。”

钟如想心底的失望没有在脸上流露出来，只大方地和他挥手说再见。

回到四十八楼，放眼望去，外出用餐的职员都已回来，一个个正准备做事，唯独安之的座位空荡荡的，从无人的椅子到整洁的桌面乃至屏幕黑漆的电脑，都似了无生机，一片死寂。

心口迸出一丝裂缝，午餐时好不容易才培养出来的一点好心情，就那样无法控制地滑落到黑暗无边的裂缝底下，再荡然无存。

“安之有没有打电话回来？”他问许冠清。

许冠清摇了摇头：“没有，关总要找她吗？”

“不用了。”难以名状的自恼或是恼人之意都被压在沉冷的说话声下。

进入办公室，将手机扔到文件堆叠的角落里，决心好好工作。

落座后翻开第一份文件，一眼扫过脸上已然露出不悦之色，他摁下内线：“冠清，给我找技术部的薛总监。”

没几分钟，那位总监到来。

“这份技术白皮书根本就是照搬清河的那一套，我要的是明确针对客户需求、能够切实帮助客户解决实际问题的整体方案，拿回去重做。”

再翻开第二份，皱着眉头“啪”的一声合上，吩咐许冠清：“叫项目部的李经理过来。”

被点名的人匆匆而来，刚刚才听说技术部的头儿被削，没想到这么快就轮到自己。

“这个进度太慢，我不管你怎么安排，总之让项目组在下周完成第一阶段的工作。”

第三份是财务部的报表，当负责人惶恐立于面前，整份文件被摔在桌面。

“给我一个理由，为什么下季的费用预算会比本季度高出百分之二十？”

第四份是叶安之昨日交来的银通与MS深圳参展的计划书，关旗陆合上文件扔到一旁，揉了揉眉心，手掌从脸上压抑抹过。

良久，他推椅起身，开门出去。

整个办公室里一片死寂，个个低头做事，不敢发出半点声响。

他走到许冠清身边，冷声道：“你打电话给叶安之，问她深圳展会的东西都准备好了没有，如果还没，告诉她以后都不用回来上班了。”

“是。”许冠清低应，有些战兢地拿起电话。

交代完毕他却没有离去，仍然站在秘书的座位旁。

身为他的助手，该刹那许冠清要多醒目便多醒目，当电话接通她马上说:“安之，关总找你。”语毕捂紧话筒回头望向关旗陆，“我给你转进去吗？”

关旗陆点了点头，转身走回自己的办公室，关上门拿起已响铃的座机。

“关总。”听筒另一头传来她冷冷淡淡的称呼。

关旗陆用力扯松领带，一手撑在桌面，嗓音因过度压抑而有些沙哑，“为什么请假？”

“我发烧了。”

他放缓语调:“看医生了没有？”

安之几乎嗤笑出声，这种关心是不是多余了一点？终究还是忍住，只淡声说道:“关总找我什么事？”

关旗陆合上双眸，他也不知道，自己找她什么事，一切的一切都脱离了控制而呈现出前所未有的浮躁混乱。

听筒里静默无声，只传来一阵紧似一阵的呼吸气息，轻微而又急促地，仿佛定时炸弹爆炸前十秒倒数那样急切。

灵犀仿佛犹在，安之似从他的无言中感觉到了什么，心绪百转凄酸，一时屏息静气。

关旗陆咬了咬牙:“你……”说话被“梆梆梆”急切的敲门声打断。

许冠清径自推门进来:“关总，司董的特助打电话来请你马上过去。”

关旗陆好一会儿才应:“知道了。”

原本带着迫切渴望的一丝心弦，还未拨动便已从紧绷状态松懈下来，无止境的疲惫如潮水一样袭上关旗陆的心间，只觉得这种扯割不休的状态实在不能再继续下去，那样也许只会让两个人都疯掉。

他在苦涩中微笑，终于沙声成语:“你好好休息，等全好之后再回来上班也无妨。”

那边已然嘟嘟声响，安之掌心的手机仍贴在耳边，久久无法放下。

从耳膜到灵魂，一遍又一遍重复回响着他的最后一句话。

等全好之后再回来上班也无妨……

全好之后，等全好之后。

眼泪大滴大滴地落下，一颗心已经被剜出了血洞，这样也可以全好吗？

在黄叶飘尽后，人民桥头老木棉的节节光枝开满了红云赤锦，耀眼得让路人没法忽略，然而在这万物凋零的季节偏只它盛开那傲世绝姿，又还似带着几分无奈抗争的凄凉。

降温时灰蒙蒙的天空淅淅沥沥下着细雨，安之每在清晨和黄昏撑着伞从桥上经过，走出好远后还是忍不住回首，一遍遍看静立于桥畔那树花满枝丫的红棉，每一片娇艳柔嫩的花瓣都似在雨丝中轻颤不已。

太美丽的东西，总会带着其他所不能及的孤零、易碎和忧郁。

最近关旗陆忙得常常见首不见尾，一两天才在公司里露一次面，都是匆匆而来，然后又匆匆而去，在办公室时不管面对的是她还是其他人，神色温和如旧，只除了偶尔停留在她脸上的眸光显得略为专注温柔，再也没有任何异样。

她和他之间，就似与那树云锦的距离，连人带花都已被风吹雨打去，终于渐行渐远。

至于司寇，天上掉下来的哥哥就这么没有了，安之比和关旗陆分手时还伤心。和关旗陆分手她是作了充分的心理准备，努力自我调节，然而司寇的身世却来得太突然，她在情感上一下子难以适应。

其他子公司留任的职员开始一小拨一小拨开入银通，新到者或多或少想与银通的原有职员打好关系，原本空荡清冷的办公室这几天里逐渐地又再热闹起来。

正所谓铁打的营盘流水的兵。

MS巡展开始，第一站先是广州，在花园酒店忙活了一天，安之和聂珠跟随集团市场部舟车劳顿，当天晚上到达深圳的香格里拉酒店，翌日一早便爬起来布置展台和分装资料，忙得再没有闲暇悲月伤秋。

准备得差不多之后，安之对聂珠道：“你先去吃早餐，我在这里看着。”

“你想吃什么？要不要我给你带回来。”

“不想吃，一点胃口都没有。”

“不吃不行的，还得忙一天呢，这样吧，我出去看看有什么吃的再给你打电话。”

会场里各家代理商在布置好展台之后，陆陆续续地开始往来走动。因为都是同行，常在各厂商的产品发布会或其他场合遇见，所以不少人都早已认识，不认识的那些便相互自我介绍，有的还互换公司赠送的小礼品。

安之自己并不想动，然而飞程和银通的名头都不是虚的，更何况她们的展位离MS的主展台最近，所占地方也最宽阔，可见MS对飞程的重视程度，由是到场的参展商绝大多数都会过来和她交换名片。

应接不暇中手机响起，她以为是聂珠，直接道：“我真的没胃口，什么都不想吃，聂珠你要是经过麦当劳，给我带杯热的巧克力好了。”

那边停顿了几秒，然后传来关旗陆温然的嗓音：“我和古励今天要去清河证券走一趟，也来了深圳，你们那边怎么样？”

安之呆了呆，好一会儿，才应道：“谢谢关总关心，一切都很顺利。”

又是一阵沉默，仿佛两人都已无话可说。

最后还是关旗陆轻叹了口气：“去吃些东西。”

“知道了，谢谢师兄。”安之淡淡笑了笑，“我还有些准备工作要做，不和你说了。”

才刚挂掉便接到聂珠来电，此时的安之连喝巧克力的心情都已被彻底败坏，直接说什么都不要了。

没多久，聂珠回来，客人也开始进场，在各个展位上流连观览。

安之打起精神专心接待。

“这里换我看着就行，你还是去垫垫肚子吧。”聂珠催她。

“不了……”

“咦，关总的司机怎么来了？！”

安之猛然抬首，关旗陆的专职司机手里提着东西，正朝她们走过来。

“叶小姐，聂小姐，关总让我给你们送些点心来做早餐。”

聂珠张圆了嘴，看看司机，再看看安之，别有含意地笑起来：“关总也来了深圳？”

“他和古经理就在外面的车子里，我走了。”司机应声告辞。

安之轻轻解开塑料袋，一盒是西式点心，内有提拉米苏、芝士蛋糕、黑森林、巧克力慕丝和蓝莓派，全是她平日爱吃的甜点，另一个袋子里是两杯麦当劳的热巧克力。

聂珠顶顶她的肩膀，笑谑：“你不出去谢谢关总？”

安之紧咬下唇，他到底想怎么样？！

一时犹如远在天边，即使两人都同在公司里，相见也像是不相识，一时又似近在咫尺，隔着此间酒店几面墙壁的距离，却仿佛他仍然还在她的身边。

银灰色的别克商务车里，关旗陆侧首望了眼渐离渐远的酒店门口。

双手长指无意识地一翻一合着手机盖子。

当铃声响起他几乎跳起来，然而低头一看，满心骤生的欢喜即时跌落谷底。

不是叶安之。

“如想？”他接起，淡笑，“我现在人在深圳。”

“啊，对不起，打搅你了。”

“没关系，有事么？”

“既然你不在广州，那就没什么了……对了，你什么时候回来？”

“暂时还不知道。”

挂掉之后关旗陆把手机收进裤子口袋，闭眸靠向椅背。

原以为她至少会给他一个电话，或是一条短信，哪怕只是简短地说一句谢谢也好，但，什么都没有，没有电话，也没有短信，没有她的人，也没有她的声音，那盒点心就像石沉大海，激不起一丝涟漪。

若然有朝一日，她真的那样决绝，彻底放下了他……

一种揪心的酸楚油然而生。

明明这正是他的理智所想要的结果，缘何心头会矛盾地再度浮上那份始终挥之不去的惆怅，仿佛五脏六腑都胶结在了一起，剪不断理还乱，还交织着一些说不清道不明的情绪。

到了下午四五点，客人大多散去，各展位都开始动手收拾东西。

胡幸叫人过来告诉安之，他们会和MS的人一起吃过晚饭才走，让她和聂珠一起去。

聂珠叫苦："我已经笑得脸都僵了，还要应酬，不如让我死掉算了。"

安之笑："你要是真不想去，就先坐特快回广州好了，东西留着跟车走就行。"

"今天周末，我怀疑火车上有没有座位。"聂珠苦恼地嘟嘴。

安之看她一眼："你这么急，不会是佳人有约吧？"

"哇，你什么时候成了活神仙，这都被你看了出来。"聂珠忽然想到了什么，眼珠一转脸上已露出笑容，打了个响指，"有办法了！"

拿出手机拨了一个号码："喂，我是聂珠，你们回去了吗……还没？那实在是太好了！胡经理他们要和MS吃过饭才回去，我和安之都累坏了，不想再留下来，你问问关总能不能过来接我们一块儿走。"

正在把资料装箱的安之霎时直起身来，瞪着聂珠："你打给谁？！"

聂珠拨开她伸过来抢夺手机的手臂，飞快道："真的可以？好好好，我们把东西搬到酒店门口等你，一会儿见。"赶紧收线，对安之嘿嘿笑道：

“打给古励啊，我们一会可以跟他们的车回去。”

不待安之发飙，她已跑去和胡幸解释。

安之气得咬牙切齿。

跑回来的聂珠赔笑：“我求求你了，安之，你就当为了我以后的终身幸福勉为其难地牺牲一次，最多下周一我请你吃中饭了，来来来，他们就快到了，我们先把东西弄出去。”

安之心里再不情愿也已十分无奈，只好借来推车，和聂珠把横幅、喷涂、LOGO小旗和剩下的资料等杂物全都打包好了一起运至楼下。

没等几分钟别克已驶至，司机和古励下来帮忙把东西搬上车。

都弄好后古励坐进副驾驶座，聂珠抢先一步上车，跟在她身后的安之望向车内，正好迎上关旗陆投过来的视线。

她头一低钻进车里，却见聂珠堵坐在后座的必经之位上：“我真的累死了，想躺下来睡一会儿，安之你坐前面好不好？”

前面唯一的座位就是关旗陆身边。

安之尴尬万分，却又托词不得，瞪着聂珠的双眼几乎要冒出火来。

聂珠冲她扮了个鬼脸。

不但关旗陆在看着她，古励回过头来，就连司机也在等她落座才好把车子驶走。

安之深吸口气，在关旗陆身旁坐了下来。

他的唇边浮起一丝几不可察的笑痕。

没多久车子便驶上了广深高速，夜幕降临后天色已经全黑，橙黄的路灯线弧仿佛延伸至夜空下世界的尽头。聂珠果真躺在长椅上睡着了，前面古励的脑袋也耷拉着，像不倒翁似的颠点，显然也打起了瞌睡。

安之虽然勉力想让自己保持清醒，然而困倦还是一波一波袭来，慢慢地不知不觉也合上了眼皮，意识模糊中感觉到有人拥住了她的肩膀，一股柔和的力道使得她往舒适之源靠去，熟悉的呼吸气息萦绕在她眼帘周围。

仅剩的一丝理智微弱地提醒她有些不对，然而浓郁的睡意以及沉潜在深层意识里的安全感很快就把那丝理智淹没过去，她模糊地咦唔了一声，整个人往关旗陆怀内偎去。

这个无意识的动作让关旗陆环搂着她腰际的手臂不自觉紧了紧，车厢内暗寂无声，停留在她密睫上的唇瓣自有主张地微微下滑，印落在她娇俏的鼻梁，再往下轻吮过她的鼻尖，最后覆在她柔软的唇上。

吻得极浅，只以唇贴着她的双唇轻轻磨蹭，却舍不得离去。

如同臂弯内她的身子原位重回，以气息缠绕着他的气息，这种滋味曾品尝过，由是感觉愈显美妙，有那么一瞬让他再不想放手。

车子微微拐了个弯，安之的脑袋往前一点，关旗陆的柔唇便蹭在了她额头上，轻轻吻了吻她的眉梢，他没再偷香。

终于，除了司机之外，车内四人均陷入倦眠。

也不知过了多久，安之是被一阵轻微的颠簸震醒。

眼睑微睁一线，迷糊地感觉到额上肌肤传来不属于自己的体温，然后一个男人的胸膛映入眼帘，她定神了一会儿，终于清醒过来，没有马上把自己移开，那具紧拥着她的身躯仿似仍在沉睡。

她轻轻挪开他将她锁在怀里的手臂，然后掰开他环搂着她的另一只手，直起身子坐好，侧首看了看关旗陆双眸紧合的面容，再望向挡风玻璃前方，心口一角仍有些怔怔的。

司机从后视镜里看过来，冲她笑了笑。

“是不是到广州了？”她轻声问。

“前面就是收费站。”

副驾驶座里古励被轻微的说话声惊扰，撑开眼皮抬起首。

后座传来一阵窸窣声，聂珠打着哈欠坐了起来。

关旗陆的身子动了动，也悠然醒转，眸光从空空如也的怀内转向一旁坐姿端正目不斜视的安之，微微笑了笑，转头问古励和聂珠：“要不要一起吃晚饭？”

“不了，回家随便吃点就行。”两人一同推辞。

安之住得最远，关旗陆便吩咐司机先送古励和聂珠回去。

半小时后车里只剩下两人，安之不待关旗陆作声已然对司机道：“这里离关总家近，你先送他回天欣广场。”

关旗陆听出她语气中的隔离之意，瞟了她一眼，也不坚持。

“在公司楼下放下我吧，我的手提还在办公室。”

司机惊讶：“这么晚了关总还工作？”将车子泊至B座的旋转门入口前。

安之欠了欠身让关旗陆下车，他迈过她身前时，出其不意地伸手拧了拧她垂低的脸颊，压低声音在她耳际一掠而过：“小东西，晚安。”打开车门出去。

安之反射性地以双手捂脸，晕然地还没反应过来，便看见旋转门里冲出一道女子身影，直直扑入关旗陆怀内。

“真的被我等到你了！”钟如想兴奋地叫道。

关旗陆僵了僵，拉下她环绕在自己脖子上的双手，下意识回首望向“砰”的一声关起的墨漆车门，车子缓缓启动，眨眼已加足马力飞快驶远，最后变成一个黑点。

“我想你很可能会回公司，所以在这里等了你三个小时。”钟如想的笑容无比灿烂，将双手别在背后，炽热如烫的眸光定定地凝视着关旗陆，“我有预感今晚一定会等到你，果然真的是这样！”

关旗陆的眸光悬空停在她身后，同样是依偎在他怀里，但前后二人带来的感觉，完全不对，这就是他内心深处一直犹豫不前的原因吗？

和安之分手至今，他始终没有和眼前的女子更进一步，这就是原因吗？

就因为所谓的感觉，就为了那该死的什么感觉不对？

“如想——”他将视线调回她脸上，脸色沉静得有些似认命的荒凉，“我很抱歉。”

钟如想呆了呆，脸上笑容迅速消失：“什么？”

“很抱歉让你等了这么久。”他诚恳地，缓慢地说道，“我前不久刚从一段感情里抽身出来，现在仍然觉得困扰，所以暂时不想谈这个。”

钟如想如被人当头泼了一桶冷水，热情尽数熄灭，张了张嘴，涩声道：“我、我等了你三个小时，你就和我说这、这个？”

关旗陆招来计程车：“你先回去好好休息，改天我们再联系。”将呆若木鸡的她扶进车后座，关上车门，从钱包里抽出一张百元递给前座的司机，“麻烦将这位小姐送到帝景苑。”

然后他转身，独自走进暗黑寂静的旋转门内。

第十一章

爱 的 是 谁

中午休息时分，银通公司的茶水间。

“你和叶安之到底怎么了？”万沙华问。

关旗陆神色微涩，嘴里却“唉”的一声长叹，笑语：“她打定主意从此无视我，而事实证明她做得十分成功，有好几回在她面前我都差点以为自己只是办公室里的一件静物摆设。”从深圳回来的那夜之后，她见到他时就像见到是一个陌生的过路人。

他没有和她解释什么，或许这样误会了也好。

“关旗陆你也有今日，当真是老天有眼。”万沙华翘唇笑讥，看他一眼，“钟如想呢？”

他摇了摇头：“暂时不考虑。”

“可能是女人的直觉吧，不知道为什么，我总觉得原来单位的事情可能和她有关。”

“你怎么会有这种想法？”关旗陆微讶，侧首想了想，“她的心思也的确很深。”

“吱呀”一声，茶水间的门被推开，端着咖啡杯的安之出现在门口，不期然撞见两人在内，她想退出已然来不及。

万沙华叫道："安之你来得正好。"

她只得硬着头皮走过去，笑笑道："有什么事吗？"眸光从关旗陆胸前的衬衣扣子掠过，就是没去看他的眼。

万沙华指指身边人："我没事，不过他有。"

在安之的尴尬和关旗陆的微愕中，万沙华已轻笑着走出去，拉上门后就站在门口，端着杯子慢慢喝着，把偶尔过来的人都打发回去。

门内安之问："关总什么事？"

关旗陆定睛看着始终避开他视线的她。从真正分手之后，他和她已经很久没再站得这么近地独处，此刻再凝视她眉目，竟有种恍如隔世的感觉，心口轻轻叹息，他柔声道："不是还是朋友吗？"

安之面容一窘，再不出声。

"小师妹。"他如从前一样轻唤。

这称呼烫得安之整个人微微一震，即时就想转身离开。

却听到关旗陆道："一直都没有机会说，谢谢你。"

他诚挚的语气留住了她欲提的脚步，终于淡淡地笑了笑："没什么。"

那本来就是她的签字，她只不过是承认了自己做过的事实。

关旗陆没有问她为什么那么做，她读的是经济，不会不明白把责任担下所可能对她产生的后果。有首歌叫《一切也愿意》，他清楚记得其中两句歌词：谁爱我爱得真，怎会一点也不知。而对安之来说，或许另外两句更为贴切：莫说为你牺牲，死也愿意。

就算曾宏收罗了所有人，但，关旗陆有叶安之。

"最近睡得不好吗？"他的嗓音愈渐柔软。

安之张了张眸，终于抬眼看他。

关旗陆微笑："你的黑眼圈出来了。"而且整个人似再没有了以前那种朝气，令他觉得微微心疼，也许这点才是他还站在这里的原因吧。

她下意识抬手揉了揉眼睛，诚实应道：“是不好。”

总在梦中惊醒，只知道自己泪流满枕，却从不记得梦到什么。

“为了司寇？”他试探地问。

安之忍不住笑了笑，并不意外他会这样问，然而她也不想解释，就当是默认。

“你最近这段时间都留在办公室里用午餐。”关旗陆继续道。

没想到他会细心留意，她心口微微一颤，别开头：“关总，还有别的事吗？”

关旗陆眼底暗了暗，几乎想张开手抱她，身体动了动，换了个姿势，却是把手插进了裤子口袋：“司寇怎么了？是不是对你不好？”

安之倏地掉过头来，逆反地盯着他：“不关你的事。”

“小师妹。”他无可奈何地轻唤。

有生以来何曾试过对人如此低声下气，但不知为何此刻对她就是硬不起来，仿佛心怀愧歉，对她只想宠着哄着。而关旗陆这种似无限纵容她发脾气的姿态，却让安之内心压制已久的委屈冲胸蹿出，眼泪当场就涌了出来。

她在泪眼中定定瞪着他，哑声道：“终于把我弄哭了，你现在开心了？”

关旗陆凝视着她泪流满面的脸庞，只觉心如刀割，再也说不出半句话来。

他知道自己的内心渴望拥她入怀好好抚慰，然而理智却提醒着，那样一来他好不容易才辛苦熬过来的坚持会前功尽弃，只会让两人再度陷入痛苦的深渊而备受煎熬折磨。

安之拭干眼泪开门出去。

万沙华怔了怔，朝里看去，关旗陆转身望向窗外，然而只那一眼万沙华已将他脸上从未见过的痛苦之色一览无余。

安之在洗手间待了良久，直到眼内红丝褪尽才回座位。

聂珠说："曾总找你。"

她一惊，心怀忐忑地去敲门。

曾宏正在收拾抽屉，见她进来："坐。"看她一眼，"不用这么紧张。"

安之几乎不能反应，曾宏什么时候曾对她和颜悦色过？

"今天是我在飞程的最后一天。"曾宏停下来，坐在大班椅里，看向对面那个一脸谨慎和沉静的人儿，"没别的事，只是想找你随便聊几句。"

安之内心的紧张稍稍松懈下来，听他这样说，不禁又有些难受和愧疚，但这种时候却又绝不适宜表现离情别绪，只得试探地轻声问："不知曾总去哪里高就？"

"有一家美国公司会在国内设点，请我出任首席代表。"

"哇！恭喜曾总！"闻言安之由衷道贺。

曾宏是何等样人，对于人心真假只一眼已然看穿，看出她的祝福是真正发自内心，他不由得笑了笑，转而横生感慨："关总真是好运气，竟然有你这么忠心耿耿的下属。"

安之心知他是想到了古励，不知如何应话，也就只是赔了赔笑。

古励临阵和曾宏划清界限，要么是审形度势识时务，要么就是——他早被关旗陆收为己用。毫无疑问，如果曾宏离开，银通里的最大得益者就是古励，即使他不可能坐到曾宏的位置，但是某个事业部副总监或总监的职位大致跑不了。

可见在曾宏私下扯杆子预谋着举大旗时，关旗陆也没有闲着。

曾宏收起表情，又看了看她，忽然道："像你这么年轻，大概对一个人掏心挖肺时没想过他值不值得的问题吧。"

安之心口一凛，面上却保持着浅浅笑容："曾总，我不太明白呢。"

曾宏抽过旁边的一份文件："我今天还能行使副总的权力，所以从人事部要了这份东西，你看看吧。”

安之微怔拿起，是万沙华的简历，她一眼就看见了底下关旗陆亲笔写上的薪酬，不管这一刹那她有什么情绪或想法，也控制得很好，只是微讶笑问：“万小姐的简历怎么了？”

曾宏当然不相信她心底一丝异样也无，不着痕迹地挑拨。

“你比她进来早得多，工作也多得多，现在你做的事情和总助有什么区别？可是不但职位级别不如她，连薪水也比她这个半途出道毫无经验的销售少了一大截，老实说我是真的为你不值。不是我曾宏自夸，如果今天你跟的上司是我，我绝对不会像关总那样对待你，公司又不是他开的，他用的都是老司的钱，就算给你多加点薪水当奖励又怎么了？他又不是没有这个权力，我真是想不通。”

安之的笑容已变得有丝勉强，曾宏这番说话轻重恰当，直接击中了她的命门。

曾宏端详她神色便知已有收效，进一步道：“我的公司新成立，很需要你这么有能力又忠诚的人，条件你自己开，只要是我权限内能决定的都没问题，你回去想一想，如果有兴趣可以随时联络我。”

“谢谢曾总。”安之起身出去。

若是平时，安之一定会让自己先冷静下来，但这段时间发生了太多事情，她的情绪已烦倦抑郁到了一种程度，从曾宏房里出来后她直接就敲开了总经理室的门。

关旗陆并没有如往常一样在桌后办公，而是倚着窗柃望向远处，侧面的剪影有种说不出的萧索，仿佛他已经在这里站了千年，见尽花开花落。

安之直接忽略心头涌起的那丝异样，冷道：“关总，我向你辞职。”

关旗陆回过头来，见是她，微微笑了笑，柔声道：“把门关上，有什么事慢慢说。”

安之迟疑了一下，还是把门合上，爆发的愤怒也回落下来，她努力让自己的说话不再带上情绪："这段时间以来工作一直很多，我觉得压力很大，人很累，打算好好休息一段时间，所以想辞职。"

关旗陆轻皱眉头："怎么这么突然？"

"其实我心里已经想了很久，只不过一直没机会和你说罢了。"

他侧头想了想，忽然问："是不是曾宏找过你？"

安之声调一冷："和他无关。"

关旗陆走回座位："你没必要为他打抱不平，并不是你害了他，也不是我硬要逼他走。"他从文件夹中抽出一份递给安之，"本来以曾总的资历和能力，就算不能再留在银通，也可以同级平调去集团里的其他部门或子公司。"

那是一份详细的资金出入记录，每一条都列得清清楚楚，其中一些数额大得令安之吃惊。

"他向塞曼提要了市场费用，同时又向公司申请了一笔，名义上是拿去公关，账面做得很妥帖，但实际上这里面至少有三分之一通过各种方式转手落入了他个人口袋。他吃水太深，董事长早就想查一查他，清河的事只是一个契机罢了。被我开掉的那些人其中一些就是帮他藏私做事，本身也干净不到哪里去。"

一直以来沉甸甸地压在安之心口的负罪感终于荡然无存，那日她的一句说话保存了关旗陆，但就连累一群相对无辜的人丢掉饭碗，她心里一直不太能接受他赶尽杀绝的手段，却没想到原来局中还有局。

"你们怎么都那么复杂。"她喃声道，"我要辞职，我真的不适合这里。"

这份资料，如果关旗陆没有暗棋又怎可能查得那么清楚，所有这些钱的出处都要以各种名目做入报销账目，唯一经手人只能是曾宏的私人秘书聂珠，而最后出具这份表格的核数人，自然便是许冠清了。

之所以曾宏只找她挖角，而绝口不提她们。

原来一个个都已修炼成精，不动声色地演着几重角色，只她一人是笨泥扶不上壁。

安之扯了扯嘴角："聂珠的手链就是你送的？"是不是也还有着不清不楚？

关旗陆微愕："什么手链？"

安之没再追问，他看上去真不知情的样子，但谁又知道是不是假装，人生于世，每个人都随身带着很多种面具，她现在已辩不清真伪。

她倒真的宁愿自己辨不出真伪。

可是今时今日的安之，早已不是涉世之初的那樽白瓷，关旗陆教导和开发得很好，许多事情已不需他解释，她自己便能敏锐地看明白其中复杂因果，她自言自语："万沙华……我一直隐隐觉得有什么地方不对，以她的职位根本不应该拿那么高的薪水，如果你连我都没有另眼相待，又怎么会独独青睐她……"

关旗陆眼底暗了暗，安之已然惨笑起来："我明白了。"

她抬首看他，大眼中盈满雾汽："师兄，你就这么急着赶我走吗？没有人比你更了解曾总的性格，你知道他临走前一定会忍不住挑拨我是不是？或者说，甚至于连他为我准备的优差，也是你一手安排的？"

他深呼吸，连续地，最后才说："那你又有没有想过，我为什么要这么做？"

"是啊，为什么？"眼泪又流下来，她也很想知道为什么，为什么在她为他付尽半生情心之后，到头来他却迫不及待地要把她一脚踢开。

关旗陆再控制不住，身一探隔着办公桌牵住了她的手，安之没有费力挥开他，如果两颗心已然隔在了水北和天南，此刻就算他将她禁锢在这房内永不再见生天，又能代表什么。

她脸上深深的悲凉终于令关旗陆爆发，猛然抄起摊开在桌面的文件甩向墙壁。

“因为只要看到你无精打采地趴在桌子上我就无心工作！只要看到你不在位置里我也无心工作！只要看到你中午见完司寇回来脸上带着笑容我同样无心工作！每一次你躲避我不肯看我都会让我至少烦躁一小时！而每次看到你和司寇在一起我都会烦躁整整一个下午！知不知道为什么现在我每天需要工作十二小时？就是因为一点效率都没有！你告诉我，安之，我怎么再把你留在这里？！”

她心口持续不断地微微轻颤，终于不再躲避，转头迎上他失控中浸着暴怒的暗泽眸光，硬撑了半月的心防在酸涩中几乎无声软化，但最后还是没有，看着他，她的眼神极怪异：“师兄，知道我在想什么吗？”

“什么？”

“我在想，奇怪，为什么你独独没有利用我？还是你早就利用了，而我根本不知道呢？”说着眼泪又流了下来。

关旗陆只觉得内心深处轰然塌掉一角，那点前世延续下来的血珠炸成了粉碎。

“我批准你辞职。”话声戛然而止的同时，他将她疾扯过来紧抱在怀，眸心幻变凝缩如某种凶猛动物紧盯着唯一的目标起势出击，似已打定主意就算耗尽毕生全力也势将之吞食果腹，“至于我有没有利用你，你以后有一辈子的时间去慢慢想清楚！”

骤然将她双手别到背后以单手钳住，另一只手直接解开她衬衣上方的两颗纽扣，在她的骇然惊叫中他将她拦腰抱紧，俯首在她锁骨下方密密地强行植下吻印，他的情绪似动荡剧烈，又仿佛就算末日来临哪怕以后会毁了她还是他自己也在所不惜。

那小片细嫩肌肤迅速变成深紫，像是终于被烙上归属的印记。

这日关旗陆生平第一次翘班，把安之拖回隔壁的公寓，积聚已久的相思早融入了骨血，一回到安全空间他再也把持不住，在深狂热吻中全部心念凝集向全身最敏感的那一处……一个男人对一个女人所可能会做的事，他在情动中巨细无遗地对她全然做遍。

当银通办公室和四十六楼原来司寇主管的光讯公司办公室里腾出的空位，陆陆续续被从其他子公司搬过来的留任职员坐满。同期关旗陆管理下的公司更名为飞程银通（中国）控股有限公司，至此飞程集团内整个系统集成子公司的合并计划终于顺利完成。

关旗陆安排从其他公司过来的市场部助理和安之交接了工作，关于她的未来他表达了己意，不管她以后是工作还是不工作或是想做什么样的工作，他不干涉她的人生，只除非她觉得需要他的建议。

安之离开的那天，许冠清和聂珠合伙请她吃了顿饭。

许冠清不解："安之，你做得好好的，为什么突然辞职？"

聂珠感怀慨叹："杨诞他们走了，曾总也走了，现在连你也要走了。"

安之拿出早为两人准备好的圣诞礼物："别不开心啦，以后不是还可以电话联络吗？来，拆开看看喜不喜欢。"

两人几乎异口同声，惊叫："啊！你怎么知道我想要这个？"

安之笑笑，想知道不难，唯有心而已，她还记得第一天来飞程面试时，温文的许冠清对她招呼十分周全，只可惜天下无不散之筵席。

饭后她上楼去找司寇："我辞职了。"

司寇看她面容一扫往日萎靡，微弯唇边隐不去一丝浅浅笑意，从眼眸到气色都再次呈现灵动而充满生气，内心不禁微微苦涩："现在是不是该轮到你借出怀抱让我哭一哭？"

安之一愣，然后失笑，习惯性就抬腿轻踢他。

踢完后却带三分诚挚认真地向司寇张开双臂："来，我抱你。"

司寇没想到她来真的，定睛看她三秒，也不客气，将她揽入怀内，在她额上轻轻印下一吻："如果他对你不好，或者什么时候不开心了，欢迎再回到我怀里哭。”

安之与他紧紧拥抱，轻微哽咽：“司寇哥哥……”

司寇眼眶微潮，怀中人儿此生已注定和他无缘，不管有无血缘关系，在她心里他始终只能是她的哥哥，他终于松手放开她。

“辞职之后有什么打算？”

“还没想好。”这段日子经历太多，她需要一些时间让自己沉淀，还不想马上重新进入社会，“我妈身体不好，我打算先陪陪她，然后出去旅游一段时间。”调整一下情绪和状态。

“莉姨怎么了？”

“老是咳嗽，扁桃体三两天就发炎，吃不下东西，叫她去看医生总拖着，我准备陪她去医院好好做一下检查。”

“有什么事记得打电话给我，改天我去看看她。”

安之抬首，眼内熠熠，虽明知不可能却还是带着三分期待，她如小孩般稚气道，“不如让我妈也做你妈吧？”

司寇先愕后笑，拍她一下脑袋：“傻孩子。”

安之轻轻“唉”了一声，眼底遗憾仍然若隐若现，司寇内心有些微感动，显然这女孩子是衷心盼望他成为她的哥哥，想了想，她说：“不如你和他去做一个亲子鉴定，说不定其实原来你是的呢？”似不到黄河还是不肯死心。

“国内没有法院发出的文件不能做亲子鉴定。”

“那有什么难，你去香港做啊，或者买通医院的医生。”

司寇半垂下眸子，笑了笑：“从小爸爸就很好，对我和亲生儿子没区别，知道一个是或否的答案对我来说没有任何意义。”

她不再说话，明白他此刻的心情正犹如她之于彩票，明知最后一定会失望，又何必给自己无谓的希望，有什么必要自己一手给自己造就困扰。

“倒是你。”司寇笑瞥一眼安之，“告诉他了没有？”

安之摇了摇头，迟疑道："我不知道怎么说好。"

她并不打算和司淙相认，倒不如索性就让这个秘密长埋心底。

司寇似看穿了她的想法，不赞成地说："我劝你最好还是找个机会告诉他。"

"再说吧。"她和关旗陆才刚刚复合，关系还脆弱得很，不想在这个时候节外生枝。

安之离去时隔壁办公室的司淙刚好开门出来，见到她明显一怔。

即使他脸上的不豫只存在了千分之一秒，那一瞬安之还是感觉到了，心下微愕，低叫了声："董事长好。"然后匆忙离开。

司淙皱着眉盯着她的背影，不知为何，多见了几面之后，慢慢觉得这女孩子的眉目依稀有点像故人。

最近关访茗携钟如想频频在天欣广场出现，名义上是钟如想陪关访茗闲逛名店，然后中午便约同司淙用餐，自然也就会叫上关旗陆，五次里他即使推掉四次也还是会出席一次，毕竟司淙和关访茗是他长辈。

偶尔关旗陆也会和万沙华一同午膳，其间和关访茗及钟如想又撞见一次。

万沙华表现出来的对关访茗的疏陌让关旗陆微微讶异。

"你对我姑妈好像很有意见？"他笑问。

万沙华轻声冷哼："像我这种她不喜欢就可以拿张银行卡出来随便砸砸的普通人，哪敢对她有意见。"就算当初她跟着关旗陆，也有三分是源于情意，关旗陆只认同这种合则聚不合则散的关系，由是她没得选择。

她虽然确实本性爱财，但也还不至于让人拿几万块就能把她砸死。

关旗陆眸光一闪，似想起什么事情。

回到办公室，许冠清说："人事部送来一沓文件，我放你桌上了。"

关旗陆点点头，对聂珠道："你来一下我办公室。"

在黑皮椅里坐下，关旗陆看着站在桌子对面的聂珠，笑笑问道："你进飞程多久了？”

虽然不明白老板所问为何，聂珠还是应声：“差不多半年。”

“是差不多，你和安之同期进来的。”关旗陆笑着，闲适地靠向椅背，微垂的眸光掠过她腕间的手链，忽然快声道，“我姑妈昨天给你打电话了？”

“没有啊，是前天……”聂珠即时脸色煞白。

关旗陆脸上笑意变冷：“知不知道我为什么会解雇前一任司机？”

就因为该人拿着他关旗陆发放的薪水，却向旁人汇报他的行踪，其心可诛。

聂珠嘴唇动了动，本打算解释，但是关旗陆明显不想听。

“别紧张，你坐下，我们好好聊一聊。”

聂珠只得依言坐下，五分钟之后，她起身出去。

关旗陆打开桌上文件，人事部送来的是离职员工的档案，只等他签字后封存。

他逐一签署，看见安之的档案也在其中，不禁停下笔，唇边露出一抹笑来，他抽出档案袋里的文件，有公司给她买的保险、她自己写的述职报告，还有两份他签字的晋级加薪单，眸光最后落在安之的简历上，关旗陆怔了怔，右上角的两寸照片是灰色的，整张纸上的内容并非安之亲笔写就，而明显是打印机打出来的。

然后他看到了家庭成员那一栏里的空白。

关旗陆放下文件，他确信自己的记忆没错，当初许冠清拿给他看的安之的简历上，这一栏是填有内容，虽然他已经不记得上面写的什么，但绝对不是空白。

他拨通人事部经理的分机：“叶安之的简历为什么不是原件？”

“几个月前小司总要找一位法语翻译，把叶安之的简历调去之后就没还回来，后来我问他要他说不小心搞丢了，所以就只有电子人才库里打印出来的副本。”

“我知道了，文件我已经签好，你让人上来拿，还有，给聂珠上调一级，按公司规定加薪。”关旗陆转而拨通网络管理员的分机，“我是关旗陆，你给我查一查电子人才库里的一份文件最近有没有进行过修改。”他报上安之的职员编号。

“有，这份文件的最新修改日期是几个月前——修改人——是司寇。”

关旗陆蹙眉，为什么司寇要抹空安之的家庭成员？一幕幕记忆中影像在他脑海飞掠，先是司寇语气正经地让他不要碰安之，然后是安之与司寇之间不同寻常的亲昵，原本他还以为她是因与他分手而情绪极度低落，所以把一向爱护她的司寇当好朋友一样依赖，如今看来似乎不那么简单。

从手机里调出一个号码。

“郑局长吗？我是旗陆，有点事想拜托你，海珠区管户籍的你认不认识？”关旗陆报上简历中安之家的门牌地址，“请帮我查一查户主是谁以及所有家庭成员。”

他盯着简历上的空白处，安之到底有什么秘密？

一会儿后手机响起，他迅速接通。

电话里传来安之的清甜笑语：“还在忙吗？”

关旗陆忍不住微笑，表情在瞬间柔和下来：“差不多忙完了，下班我过来陪你晚饭，想吃什么？白天鹅、露丝还是兰桂坊？”

“露丝吧，我好久没吃他们的吞拿鱼和薯皮了。”

收线后关旗陆往董事长室寻司淙。

“我已经和FD方面把合约全部谈妥，股权分配我方占百分之五十点一，过两天法务部会把合约送来给你过目，如果没什么问题双方就安排一个时间正式签约，他们的第一笔资金会在签约后三十天内注入我们公司。”

司淙赞许：“不错。”

关旗陆沉吟了一下，才道：“姑丈。”而非董事长。

司淙目光一警：“怎么了？”

关旗陆笑笑：“麻烦你和姑妈说一声，她关心我，我很感激，只不过……你也知道我喜欢的是那个小女孩，万一谁在她和我之间搞出点事情来……到时候姑丈你想要的国开行贷款，可就恕我无能为力了。”

这话明为提醒，实则警告。

言下之意，如果哪天有人让安之不爽了，或造成安之对他不爽了，那就只能大家一拍两散，他绝对会舍飞程而就安之。

司淙笑：“哟嗬，看不出来，你小子倒是个爱美人不爱江山的情种，放心吧，你姑妈那我会提一提她。”

对于司淙而言，男人三妻四妾或脚踏几条船是正常行为，他只要关旗陆能给飞程搞定贷款，至于关旗陆用什么手段又到底和哪些女人在一起，他完全不介意，也不会过问子侄辈的私事。

“那就谢谢姑丈了。”起身时手机震动，他边接边走向门口，“郑局长，查到了？”听罢顺口重复一遍，“彭皆莉，叶荣中……我知道了，改天出来一起吃饭。”

顺手拉上门的关旗陆并没有看见，背后脸带愕色的司淙已直直站了起来。

彭皆莉，滨江西路，叶荣中……叶安之？！

他的第二任妻子彭皆梅的妹妹叫彭皆莉，彭皆莉的丈夫叫叶荣中，彭皆莉和叶荣中以前住在滨江西路，而叶安之的家庭地址——正是在滨江西路，难道说她竟是他前妻妹妹的女儿？！

难怪他会觉得她有点像皆梅。

司淙坐回椅里。

这样看来她在家庭成员一栏留空也就说得过去了，显然是不想被人知道她和集团的董事长有着一层亲戚关系。

关旗陆去到露丝吧时安之已在室内角落里的情侣卡座等候。

怀旧风格的墙上挂着许多罕见的原装美国车牌，古老而别有西方情调。

菜式都上齐后，他吃得不多，但不时为安之布菜，递果汁纸巾，极为细心体贴，当安之低头吃东西时他便背靠向椅，柔和眸光凝视着她，眉宇间漫满柔情。每每她抬首看向对面，总会撞入他幽深还专注的眸子，令她心尖微跳，脑袋连忙又低了下去。

那不自觉的紧张和慌乱带出一抹初谙情事的妩媚羞涩，引得关旗陆唇边不住浮现点点意味深长的带丝邪气的浅笑。看在旁人眼内，这对情侣明显处于恋情甜蜜阶段，一方情迷意乱，一方宠爱有加。

最后安之被他看得受不了。

“虽然你的眼神让我觉得我很秀色可餐，对这一点我感到万分荣幸并为此向你致以最诚挚谢意，但是……”她在关旗陆的失笑声中哀求，“师兄，你这样我怎么吃得下啊？”

关旗陆倾身向前，执起她的一只手握在双手手心里把玩，低头吻了吻，低声调笑：“我也吃不下，只想吃你。”

她耳根大红，恨恨瞪他一眼，却甩不开他的手。

关旗陆拿起一颗小薯仔递至她唇边，柔声诱道：“来。”

她倾身往后躲：“不要！”

“为什么？”他低笑。

“哼，被你喂着，我不是很没面子吗？”

他失笑不迭，也不为难她，回手把薯仔放入自己唇内，一小点一小点地咬着，凝视安之的邪眸如桃花波色柔荡，仿佛他专心对付的不是那颗薯仔，而是被他在遐想中放倒的她。

安之既羞又恼，一把丢下餐巾。

关旗陆压低笑声，把余下的薯仔一口吃掉，不再逗弄她。

拭干净手指，他漫不经心道："你和司寇关系很好？"

安之看看他，点了点头："除了欢欢外，他算是我最好的朋友了。"

关旗陆笑笑，没再出声。

两人又耳鬓厮磨良久，最后才手拖着手离去。

沿着清幽绿径漫步，安之不时侧头看关旗陆一眼，想说什么却欲言又止。

关旗陆仿佛对她的迟疑一无所感，只是慢慢地陪着她往回走。

一路走到渺无人迹的情人道，她终于鼓起勇气。

"师兄。"

关旗陆这才侧过头来笑看她，揶揄道："这么快就忍不住了？怎么不忍到回家呢？"迅速避开她半恼半笑飞来的拳头，他捉住她的手，"什么事？说吧。"

"我想不通……像你这么温柔体贴，清妍——怎么会想和你分手？"

关旗陆笑了笑："我还以为你们全宿舍都知道原因，清妍要出国念书不是吗？"

安之看着他，迟疑地："真的是——清妍为了去哥大念书和你提出分手？"

"当然。"他的笑容不变。

她不再说话，收回眸光，看着前方一格一格的石砖。

关旗陆反过来看她一眼，忽然问："你呢，当初怎么会和男朋友分手？"

安之咧咧嘴角："他说我不爱他。"

"哦？"

"其实我觉得自己很喜欢他。"不然对方怎么可能会成为她第一个男朋友。

"我印象中你们开始得很快——那时你入学才一周。"

“是啊，所以结束得也快。整段恋情从开始至结束不到三个月，他提出分手时我当场就答应了，当时自尊心很强，受不得一点点委屈，可是分手之后却觉得很难过，我试过挽回，但是他没答应。”

那天晚上，她跑到操场的台阶上独自暗泣，被关旗陆撞见。

“嗯，你当时哭鼻子的模样我现在还记得。”关旗陆取笑，眸光掠过她的侧面，“那之后你再也没有交男朋友，就是因为忘不了他吗？”

安之笑了笑，没有正面回答他的问题，只是说道：“大概过了一个月，当我的情绪平复下来之后，慢慢回想我和他的交往过程，不得不承认其实他是对的。”

关旗陆眸光闪了闪，慢下脚步：“为什么这么说？”

“除了牵牵小手，我和他之间从来没有过任何亲热动作，应该说我们更像性格极其相近的好朋友而不是恋人。”

“交往三个月，没有过任何亲热动作？”关旗陆不置信地慢下脚步。

“嗯，这很奇怪吗？”安之坦然看他，当时她和初恋男友确实就是那样。

关旗陆站定在原地，转过身来，幻变眸光中似有千言万语。安之骤觉心口慌乱，才想继续往前走，他忽然将她按在树干上，双眸内似跳跃着火星，语气柔得出奇：“你的意思是，那晚在操场上我们一时擦枪走火……那是你的初吻？”

她脸色大红，别开了头：“你怎么还记得那个？我早忘了。”

“真的？”关旗陆捏着她的下巴将她的脑袋转回来，慢声确认，“你不爱他？”

他的眼神和语气都非常奇特，黑瞳深处凝成噬猎之色的两道细线，平生第一次在安之面前强势毕露，以至连他惯于潜藏的冷酷寒厉也微浮出来，让她清楚明白到他绝对不允许她的答案超出他的预期，而这动作背后的暗示让安之没来由地心口一阵酥麻，她说不出话，连头也不敢点，果然，他的下一句问话紧跟而来：“那你爱谁？”

双手向后环抱着树干，她紧紧咬唇，想避却怎么也避不开他印落的吻，他密密吮在她的唇齿交咬处，仿佛先前无情扑猎不留余地之姿只是她的错觉。他温柔得不像话，极具耐心地诱哄：“来，告诉我，你爱的是谁？”

他不停歇地一遍遍诱陈，终于逼使她不得不直接面对自己的心意，此时此刻他与她共知着答案，意识到这一点，她的心头翻起滔天巨浪，如被没顶卷入了再无力自救的狂潮漩涡。爱情被他调弄出绝世妖异的光芒，令一直在灯火外徘徊的她再无法抗拒。

终于，她合上眼，微笑着，毫不犹豫扑向火的中央。

“师兄，我爱你……早在你的双眼看见我之前。”

关旗陆胸口大烫，腹下也骤然生温，一把将她抱起，转身往白天鹅宾馆走去。

第十二章

深 不 可 测

那夜两人共度了一个销魂蚀骨的良宵，关旗陆几乎让她一夜无眠。

其后不久，他去了香港和FD签约。

安之陪母亲去医院，看上去清清瘦瘦的男医生在详细询问过情形后，开出单子让彭皆莉做一个纤维鼻咽喉镜检查，还从咽部取了一点带血的异物做检验，交代翌日来取结果。

安之略有医学常识，整个过程心里都有些沉甸甸的，出来后让母亲在一楼的休息椅上等候，她借口上卫生间折返楼上，找到诊病的医生。

眸光掠过案上名牌“赵冲”，她问道：“赵医生，我妈的病很严重吗？”

“可能只是慢性咽炎，但也可能是鼻咽癌，要等化验结果出来才能确诊。”

安之心坎震惊，全身动弹不得，喃喃道：“怎么会这样？”

年轻的医生好言相慰：“先别着急，让我们等结果出来，就算不幸是真的，现在这个病的治愈率已经相当高，大部分患者最后都能康复，不用太担心。”

安之头重脚轻、足底浮浮地离开，再见到母亲时面容上一点也不敢泄露，只是紧紧挽住彭皆莉的手臂。

回家后她窥空拨了个电话到叶荣中的单位，交代说母亲病重请他速归。

晚上关旗陆打电话回来，察觉她情绪不对，关心地问道：“怎么了？”

“没什么，我妈身体有点不舒服。”安之一句带过，没有细说。

一来彭皆莉的病情还未确诊，另一方面关旗陆有过半夜十二点从香港赶回来的记录，她不想因为自己而影响到他正常的工作安排。

“看医生了没有？”

“看了，做了个化验，明天去取报告。”

“我明天下午回广州。”关旗陆想了想，柔声道，“要不我去看看她？”

安之心口一暖：“等你回来再说。”

一整晚安之躺在床上翻来覆去，心底深处有股莫名的惶然恐惧。

入睡前迷迷糊糊地想，她已经失去了一个哥哥，千万不要再夺走她在世仅剩的母亲。

隔日，魂不守舍的她出门取报告，被江边冷风一吹，才想起忘了告诉司寇。

其时司寇正在和司淙谈分销的事。

董事长室里只有父子俩，他也就无所顾忌，接起安之的来电，笑道：“怎么，终于想起我了？”看了对面的父亲一眼，“还叫我哥哥呢，结果你人一走我茶就凉。”

司淙的目光闪了闪。

安之勉强笑笑，说：“医生怀疑我妈可能患了鼻咽癌。”

司寇大惊，失声道：“怎么会这样？”

“我现在去医院拿化验报告，知道结果再打给你。”

司寇挂了电话，对司淙道：“爸，我出去一下。”

“怎么了？是那个叶安之吗？”

司寇站在原地，好一会儿，才道：“我见过莉姨了。”

司淙愣了愣，转而想起安之和司寇的密切来往，终于完全明白过来。

“你早就知道那个叶安之是皆莉的女儿？”

“是。”

司淙大皱眉头：“为什么不告诉我？”

司寇不语，很难说清楚到底是为了什么原因他始终瞒着司淙。

当年彭皆梅离婚后回来幼儿园看望他时，曾三番四次嘱咐他，别把她有了宝宝的事告诉司淙。说这话时她的神色那样严肃，还要他举起小手指天发誓，在他脑海里留下了太深刻的印象，以至当时的诺言他至今仍然谨记。

所以当看到人事部交来的安之的简历时，他的直觉就是不能让父亲知道。

后来彭皆莉也对他提了同样的要求。

加上他对安之动了情思，自然更不希望他们父女相认。

因为那意味着他和安之之间会曲折重重——飞程集团董事长的亲生儿忽然变成养子，又凭空劈出一个异姓女儿，两人还结成连理——以司淙的身份和社会地位，怎么会让他自己以及整个飞程集团沦为坊间茶余饭后的笑谈？

那时他抱的想法是先斩后奏，如果他能和安之走到一起，再去告诉司淙也未为迟。

可惜天不从人愿，安之一直只把他当作哥哥。

“爸爸，安之说莉姨可能患了鼻咽癌。”司寇顿了顿，定定看向司淙，“你要不要也去看看她？”如果彭皆莉有事，安之的养父一年才回家一两次，那样她就真的相当于是再也没有了亲人。

司寇的说话和神色让司淙生了一丝疑心：“怎么回事，司寇，你到底想说什么？”

司寇抿唇："莉姨只是安之的养母，她的亲生母亲——是梅姨。"

司淙大为惊愕："你说什么？！"

"安之是你的女儿，爸。"

司淙呆了呆，直接呵斥回去："绝不可能！"

"当初梅姨走了之后曾经去幼儿园看过我，那时她大着肚子，还让我回家不要告诉你——你去问问莉姨就什么都清楚了。"

司淙霍然起立："让司机备车！"

沿江路中山二院里，安之取了报告，她从来没有试过这样害怕，怕到竟然自己不敢亲眼看结果，跑到楼上找着赵冲，她颤声道："医生，你帮我看看……我妈……我妈妈……有没有事。"

赵冲已认得她，那日她的惊惶让他印象深刻。

他接过报告打开，仔细看罢，面上露出笑容："化验结果没事，不用担心了，我给你开些慢性咽炎的药带回去。"

安之如同在听上帝的判决，先是思维停顿几秒，然后才反应过来自己无罪，不用受那种残酷惩罚，她尖声大叫，开心得眼泪夺眶而出，弯身给了赵冲大大一个拥抱："赵医生，谢谢你！你真是他妈的——不是，是我妈的天使！"语无伦次起来。

她飞奔离开医院。

出租车回到滨江西路，安之付了钱，头一抬看到车窗外一辆黑色的名贵轿车驶入自家楼院门口，那车牌整个飞程集团的人都认识。

她迅速下车，为什么他会在这？

彭皆莉听到铃声出来开门，见到司淙脸色明显变了变，目光中掠过一丝焦虑恐慌。

司淙疑心更重："阿莉，好久不见。"

彭皆莉默然将他迎进屋里，关上门招呼他坐下，斟来花茶。

廿年流金岁月，一掷如梭，依稀还记得当年对方年轻的模样，如今却已尘面鬓霜。

相顾时两人都有些唏嘘。

“司寇说安之是阿梅的女儿？”司淙开门见山。

彭皆莉点了点头：“她是梅姐的女儿，不过不是你的，这件事你不要再问了。”

完全不想进一步谈下去。

司淙的脸有点变：“阿梅在七月份和我提出离婚，后来我们在八月份离掉了，而我看过叶安之的简历，她是在第二年的三月份出生，所以除非她是早产儿，否则阿梅和我办离婚手续时应该已经怀上了她。”

“如果不是你当年对不起梅姐……”有些激动的彭皆莉截住话头，迅速让自己平静下来，以毋庸置疑的口气道，“总之安之不是你的女儿，我想这个你自己应该也清楚，你就当作不知道这件事吧，不要再问了。”

见她始终守口如瓶，司淙没办法，只得换了话题，关切道：“司寇说你身体不好？”

彭皆莉刚想说话，门口已传来钥匙插进锁孔的声音。

安之开门进来，看见司淙她睁大了眼，惊讶不已，然后看向母亲。

那瞬间彭皆莉有些手足无措，随即笑笑道：“这位司伯伯，是司寇的爸爸。”

“我知道，董事长好。”

司淙此刻再见到她，心里感觉不无复杂，从前那些隔阂反感，顷刻已烟消云散。

安之走到茶几旁：“我渴死了。”拿起杯子就倒了一杯茶。

司淙正待起身告辞。

也不知是杯子太烫还是安之没有拿稳，一个失手，在她的惊呼声中茶水半泼在了司淙的外套上，她急忙抽来面纸：“对不起，对不起！”

“没事。”司淙呵呵一笑。

“董事长，你把外套脱下来我拿吹风筒给你吹吹，很快就干的。”安之惶急不已。

“不用麻烦了……”

“一点也不麻烦，真的，让我帮你吹干吧，不然我太不好意思了。”

司淙看她一脸内疚坚持，也就不再在言语上纠缠，大方除下外套递过去。

“妈，你陪董事长先聊聊。”

她拿着司淙的外套走进自己的房间，把衣服铺在床上，由外而内仔仔细细地检视，终于在内衬上捡出几根银色发丝，把头发装进一个白信封里，她从抽屉取出风筒把衣服慢慢吹干。

虽然安之在电话里只字不谈，但太过明显的异样还是让关旗陆起了挂心。

他提前从香港赶了回来，没有回公司而直接让司机把他送去滨江西路。

当车子下了内环高架，从海天大厦旁边的小路拐进去时，刚好看见司淙的座驾从院子里驶出来，往人民桥方向离开。

关旗陆怔住，即时让司机停车。

安之没有去德勤而进了飞程工作，她和司寇反常的亲昵，司寇对她异于旁人的关心，以及司寇曾经和他说过的“是我不想为你做嫁衣”，乃至她面对司淙时的细微表情，全部在该刹那涌入他飞速精密运转的思维，答案仿佛已呼之欲出。

他拨通关访茗的电话：“姑妈，姑父认不认识一个姓叶的或姓彭的人？”

“姓叶的？我没什么印象，姓彭的——他的前妻姓彭，怎么了？”

“是不是彭皆莉？”

“不是，叫彭皆梅，不过她好像有个妹妹叫彭皆莉，你问这些干什么？”

“没什么，只是随口问问。”

关旗陆微怔，司淙的前妻就是安之母亲的姐姐？！

但如果仅仅只是这样，司寇为什么要不着痕迹地抹空安之的记录？

司寇的做法明显只有一种解释，就是不想被人知道安之的身份。

而飞程集团里有权力看到安之档案同时又和司寇相关的只有一个人，就是司淙。

如果安之只是他们隔了一层关系的疏房亲戚，司寇为什么要那么神秘地对司淙隐瞒她的来历？这不合常理——只除非——只除非安之其实是她母亲姐姐的女儿？也即是说——她极可能是司淙的女儿？！

当这点成立，就一切都能得到合理的解释。

关旗陆的脸色瞬间冰变，寒声吩咐司机：“回公司。”

他的车子刚离去，安之就从院门里神色匆匆地走了出来。

拦车再回到医院，她挂了个号去找赵冲，诊室里有三两个病人。

把病人都打发后赵冲对她笑道：“还有什么问题吗？”

安之从外套口袋拿出两个信封，在桌子底下递过去：“赵医生，请你帮个忙。”

赵冲捏了捏其中一个信封的厚度，迅速收了下来：“你说吧。”

该刹那安之心里异常感激王昌盛，如果不是他曾经让她见识过这种手法，她不知道自己是否做得出来。

关旗陆回到公司，拿了FD的合约去见司淙，敲开董事长室的胡桃木大门时，看到司寇刚好从里面出来。

司寇一见他脱口就道，“莉姨怎么样了？我现在去看看她。”

关旗陆定睛看他：“什么？”

“昨天安之说医生怀疑她的妈妈患有鼻咽癌啊，幸亏检查出来没事……”司寇打住了话，关旗陆惊愕的神色明显一副毫不知情的样子，他尴尬地笑笑，“那个，安之没和你说吗？可能她是不想你担心。”挥挥手匆匆离去。

关旗陆几乎想撕了手中文件。

汇报完工作后他没有返回四十八楼，而是打电话叫了万沙华到A座四楼餐馆一起午膳，要了壶清酒一杯一杯薄酌。

未曾见过他如此反常，万沙华十分惊讶：“你怎么了？”

关旗陆轻轻笑了笑，笑容里透出一股寒气。

“我一直以为，在这个圈子里混了那么久，什么样的人我没见识过？”什么肮脏的手段他没见识过？不曾想竟然被一个他以为生嫩的丫头摆了一道。

直到此时此刻，关旗陆才醒悟，原来自己对安之从无防备心。

否则，他早该察觉她的异常。

他坐在王座上如棋子般使尽天下人，却独独疏于防范身边最亲近、藏匿得最隐蔽的那一位，他以为她对他毫无伤害性，司淙低估了他，而他则低估了叶安之。

这太过令人心碎的错误使他在赢了司淙之后，却在她手上遭受到最致命的一击。

他那样珍视爱惜呵护和不忍伤害她，但，她回报他什么呢？是把他作为男人的尊严和他的情绪，如此深藏不露地玩弄在股掌之上。

难怪她会认下签名，因为只有她自己知道，她手里握着一张最有恃无恐的底牌。

他当初经历过的那段痛苦得刻骨铭心的自我挣扎，如今想来多么荒谬可笑。

“到底怎么了？”万沙华既关心又好奇。

关旗陆将双肘支在膝上，脸埋在掌心，捂在黑暗中的唇沿浮出一抹惨笑。

“沙华，她欺骗我，她在一件最不该隐瞒我的事情上欺骗了我，她让我觉得自己是个彻头彻尾的傻瓜，是全世界无人能比的白痴！”在一段感情中，当你对对方的信任已经彻底毁灭，又还怎么再有以后？

不仅仅只是她的感情里容不下沙子，现在他知道了，原来自己也是。

他不大度，一点也不，他容不下这种每天都在持续着的欺骗。

万沙华没想到问题这么严重，走到关旗陆身边坐下，轻声安慰：“会不会只是误会？你有没有找她问清楚？”

关旗陆张开手抬起头，表情除了略显冷淡，已恢复如常。

这克制力令万沙华暗暗心惊，她才要起身，忽然被关旗陆扶住颈后，“你额头沾了东西。”以指尖帮她拭去一点尘埃。

关访茗和钟如想从门口走进来时便看见万沙华紧挨着关旗陆侧坐，她的面容朝向他，一手轻扶他上臂，另一手搁在他的膝头，关旗陆的眉额在她黑发上方露出一点点来，一只手扶在她的后颈上，看上去两人似是在公共场合当众亲吻。

钟如想当场脸沉眸暗，神色阴寒。

不料见到如此一幕，关访茗隐去面上的不豫，笑着打招呼：“旗陆。”

万沙华回首，起身朝两人含礼问候。

关访茗看也不看她，只对关旗陆道：“你吃完了没？过来陪姑妈坐坐。”问话如同吩咐，却没有留意到关旗陆今日神色不对，似平静无波的脸上完全没有了惯常的温和。

跟在关访茗身后的钟如想朝关旗陆笑笑，目中流露出幽怨，最近想见他一面实在太难。

无心敷衍的关旗陆起身，淡淡道：“我吃完了，不过公司还有事情，就不陪你了。”招来领班吩咐，“把这两位女士的账单挂我名下，姑妈，我先失陪。”朝钟如想微一颔首，领了万沙华出门而去。

关访茗被堵得愕立，在钟如想面前拉不下面子来，气极道：“这是什么态度！”

钟如想定定望着两人背影，玉齿紧咬，脸色阴沉如铁。

知道母亲的检查报告只是虚惊一场后，安之提紧的心才刚刚放下来，转眼却又因自己的身世而起了忧虑，满怀心事的她待在家里，整个下午有些不知所为，到得想起关旗陆该回来了已是晚饭后。

她拨通他电话，响了许久才被接起。

“师兄。”

“嗯？”那边淡应。

安之心想，他什么时候回来的，怎么没给她电话呢？不知为什么，她敏感地觉得他不太想说话的样子，关心问道：“工作很累吗？”

“没有。”

他的冷淡让安之有些没来由地心怯，“那你……还过来吗？”

关旗陆反问：“你妈妈不是没事了？”

安之一愣，急了：“我不是故意不告诉你的，我只是不想你担心！”

他顿了顿，轻笑道：“你真的没有——故意不告诉我什么事？”

“我……没有啊……”安之不由得心虚，她一直不和关旗陆提起司淙，是因为她早错过了告诉他这件事的最佳时机，但到了现在，司淙是不是她的亲生父亲已变得真假未卜，她已经是无从说起。

“半小时后你下楼。”关旗陆挂掉电话。

安之心里忐忑，早早到楼下等候。

站在江边，倚着栏杆，对面白天鹅高墙上的巨幅霓虹闪着Merry Christmas的字样，再过几天就是圣诞了，届时沙面会热闹非常。前不久莫梨欢又问她到底去不去香港，一会还是问问关旗陆的意思，如果他能抽出时间，和莫梨欢曹自彬四人同游也不错。

关旗陆到达时，定定看了三分钟她的背影。她趴伏在栏杆上，仿佛心事重重，连他已经到了都不知晓，换作以前，早往路面顾盼一百遍。

他从车里出来，行近她身边：“看什么？”

安之指指江对面的白天鹅：“那幅霓虹灯，漂亮不？”

关旗陆望向对面的霓虹。

“我以前很喜欢看浪漫爱情故事，然后每次看到这幅霓虹灯时都想，如果有人把上面的灯珠装点成‘安之，我爱你’，我马上嫁给他。”

眸光变了又变，他从后面圈住她，双手撑她身体两侧的栏杆上，胸膛贴着她的背部，俯首在她耳边柔柔地轻笑一声，说：“安之，我把那句话送给你，就当作……我们圣诞的分手礼物，好不好？”

安之心口一震：“你开什么玩笑。”急想转身。

但关旗陆用身体和手臂锁住了她，把她定定圈在自己与栏杆之间，他的声音从她耳边飘起，而她完全看不到他的表情。

“你知道这个世界上最深不可测的东西是什么吗？”

“什……么？”一丝细微的无法控制的恐惧从她的心脏最里头钻出来。

“是人的心。”他顿了顿，“每个人的内心都有一个极其隐秘的纯黑暗角落，只要你自己不说出去，那么保存在那个角落里的一些邪恶想法，终身也不为人知。”

“师兄，你到底想说什么？”

“能成为朋友或者夫妻的，是因为我们在对方面前都表现出自己最美好的一面，而将黑暗面藏得深之又深，如此一来，我们生活中的面目，也就成了对方眼里的真面目。”

“我不明白，什么意思？”

关旗陆说得慢而寒凉。

“那些中途翻脸再也做不成朋友或夫妻的，就是因为其中一方内心的黑暗暴露了在另一方的面前，他或她所表现出来的卑污劣性，可能潜藏在我们每一个人的心头乃至基因里，但是只要没有暴露在人前，我们就会死死认定自身差不至此，而一旦有人暴露了，则双方的心理都会接受不了，所以，最后也就只好分道扬镳。”

安之屈在心口的双手紧紧握成了两只小拳头，指甲嵌入掌心，嗓线轻颤：“那么……你认为是我暴露了？”

“知道我为什么会和你在一起？”

在这一刻之前，她会以为是因为他喜欢她，但现在，她如拨浪鼓一样摇头。

“是因为我自信可以做到，把我心里最黑暗的那一部分，已付诸的行动或形成的念头隐瞒你一生一世，那么在你眼里，我也就是你所爱着的那么美好。”

安之呆了呆，低低道：“你已经做了什么？还是……打算做什么？”

关旗陆吻吻她的后颈，温柔得致命。

“小师妹，你不会想知道的。”他轻喃，从她的颈子一路细碎地吻至她小小的耳垂，“我已经以为我们会这样过一生了，可是，为什么你没有把你的心魔管好藏好，嗯？”灵舌卷起她耳垂边沿一点点薄肤，于齿间噬啮。

安之痛得呜咽，在他怀内颤抖：“不要，痛……”

“你没有故意不告诉我，你有个家产以十亿为单位计算的亲生父亲，是不是？”关旗陆毫无温度地细笑，“小师妹，告诉我，你不是故意隐瞒我的。”

安之紧紧咬着下唇，哑声道：“我并不确定他是不是我爸爸！”

“在你认为他是的时候，在你和司寇像兄妹一样相亲相爱的时候，你没有故意看着我在对你的感情里沉沦覆陷，死死挣扎，是不是？我问过你，要不要和钟如想争一争，你没条件和她争也就罢了，但你明知你有条件——你没有故意想测试我到底爱的是前程还是你，你一点都没有这般邪恶的心思，是不是？你真的不是故意抱持着一种纯真而清高的姿态像天使似的飞身在半空，俯视众生般看我粉墨登场，在你眼底像小丑一样来来回回地走着过场，是不是？安之，为什么？为什么在你只要说一句话，只要动一动手里的仙女棒就可以给你我一个美好的未来时，你偏偏宁肯舍弃我们的感情，也非要用那根毫无意义的道德仪来测试我？”

他讽刺至极的语气和毫不留情的话，像带刺的玫瑰茎一鞭鞭抽打着她的心口，泪水在脸上横流，她哭叫着挣扎起来。

“是！你说的一点都没错！我通通都承认好了吗？！我就是想看看你到底要国开行的千金还是要我这个平凡的师妹！我就是很恶劣地想知道，如果你选的不是我，当你知道我是董事长的女儿时会是什么样的表情！不如你来告诉我，我又做错了什么？！如果对你来说真正重要的是锦绣前程而感情完全可以不屑一顾，那么你又值得我爱你什么？！还有你自己也说人心是最黑暗的，难道你就很纯净清高了？难道不是只不过我暴露了在你面前而你没有？你要分手是吗？！好啊，我同意！是我错了！我对不起你！我们现在就分手，行了吗？！”

关旗陆松开她，退后，不带半丝怜惜的寒眸直射她回过身的泪脸，对她的无理取闹和推卸责任的言辞似失望至极，唇边噙着一抹冷笑。

“原来你到现在都还没觉得自己做错，这么说，错的就只能是我了？我应该去选国开行的千金，然后在知道你的身份之后再回来拜服在你的公主裙下，那样我才没错，是吗？”

安之转身就走，一边抹泪一边往家里跑。

关旗陆站在原地，定定望着江对面高墙上闪烁的霓虹。

飞程控股和FD的合资在媒体上刊出大篇报道，一时震撼业界，关旗陆的名字再度成为业内焦点，尽管他依然没有接受媒体采访，但是关于他成功整合飞程和成立合资公司后飞程董事长许诺了他多少报酬的传闻，还是流传了开来。

安之和关旗陆没再联系，两人谁也没有再联络谁。

关旗陆的脾气发得并非没有道理，在他而言，为了这段感情，他真正放弃的并非单纯的前程，而是他一直以来所秉持的人生规划和态度，他需要改变自己，恪守许多方面的约束约制去迁就她，令自己成为她心目中完美的伴侣，而从此再不能按男人的喜好随心所欲。

别说他，就算是女人，要她为一个男人牺牲到这种程度，也未必多见。

有所得必有所失，在得与失之间他最终作了取舍，便也就决定从此和她这样走下去。

然而安之始终刻意的隐瞒，不但令他深深失望，带给他更多的还是伤害，她的行为传递出一种对他很不信任甚至是看低他人格的信息，因为，即使他负尽了全天下所有人，至少，至少也还未曾负过她。

至于安之，自校园里关旗陆无声无息消失过一次之后，她的心底始终留有淡淡伤痕。

所以有意无意或多或少地，她内心深处确实也是想知道，眼前的关旗陆值不值她所爱，她认还是不认司淙做父亲根本无关紧要，因为即使关旗陆知道内情后也不至于会逼她去认，他曾说过不干涉她的人生。

由始至终，重要的就是她隐瞒他的事实。

这次吵架吵得这么凶，以关旗陆那样爆发的脾气，如无她一声真正的道歉，他很难再轻易回头。而以安之天生的骄傲，在被他如此无情地奚落之后，心头梗着口气，也断不肯轻易低头。

经历过彭皆莉由死而生那种心路的煎熬，在再次分手后她似一夜之间变得成熟，她把一切深深埋在心底，每日陪伴母亲晨运饮茶，然后一起去买菜做饭，闲暇时上网查自助游的攻略，以至叶母虽然狐疑地觉得她有些不太对路，但具体又说不出来。

去拿报告那天是二十四号，平安夜，从赵冲手里接过时安之没有当场拆开。

拿着文件，也不坐车，沿着江边一个人慢慢步行向沙面。

在情人路无人的石凳坐下，午后冬日的阳光透过枝头落在地面，她拆开袋子，把报告一点点地抽出，直至看到最后一行字，静默了会儿，她把报告轻轻一撕为二，两下、四下、八下，每一片纸张尽皆撕成粉碎，然后全部扔进江水里。

她追寻了那么久，只是想知道一个答案，如今，也已经知道了。

回家之后，陪母亲绕毛线球时安之说：“妈。”

叶母看看她：“怎么了？”

“为什么你会说司淙不是我爸爸？”

这突如其来的问题令叶母脸色大变：“你胡说什么？”

“那天我在门外全听到了。”

叶母冷哼一声：“我辛辛苦苦把你养这么大，他连招呼也不打就跑到我家里来，这算怎么了？顶着个亲生父亲的名头就指望把我女儿带走？你说我乐意吗？”

安之微笑抱紧叶母：“妈，我说过的，就算活到八十岁也是你女儿。”

心想，原来她母亲的应变和圆滑并不比关旗陆曾宏略逊，如果她没有在飞程浸一浸，只怕这辈子都会被母亲好言相哄过去。

叶母拍拍她的手，轻叹：“那时梅姐把你抱过来时才这么一点点大，好像还没几年辰光，就已经出落得可以嫁人了，唉……”

借口下去走走，安之出门后乘车往飞程，敲开司淙办公室的门。

司淙看见她愣了一下，随即招呼她坐下。

安之笑笑道：“董事长，不好意思打搅你，方不方便聊几句？”

司淙按下内线，吩咐秘书端来开水，又交代别接电话进来，对安之道：“想聊什么？”

安之侧头想了想：“当初，你和我的……姨妈是怎么回事？”

司淙仔细端详她五官，也不知是不是心理作用，以前不知道时不觉得，现在知道之后，越看便越觉得她像彭皆梅。

他苦笑了下。

“有一天我和访茗在外面吃饭时被皆梅撞见，回去后她跟我闹了一场，把家里能砸的东西全都砸了，然后跑出去到第二天中午才回来。那时司寇还小，很黏她，一听说她要走连饭也不肯吃，我让她看在司寇的份上先留一留，她嘴里没答应，不过倒是没闹了，只是不肯再理睬我。就这样过了一个多月，她忽然坚持要离婚，没办法我只好答应了她，我给她房子和钱她都不要，只收拾了一些随身衣物就走了。后来我听说她回了中山，不过一直没有再联系，过了好几年，我才偶然从她以前同事的嘴里知道，她已经去世……”

司淙伤感地抹了把脸。

安之沉思，然后问：“她跑出去的那天晚上去哪儿了？”

“她没说，不过我估计是阿莉那吧，她们姐妹俩的感情一向很好。”

安之点点头，忽然道：“师兄整合飞程以及和FD合资，你给他开了什么好条件？”

司淙一愣，瞬即哈哈大笑：“小姑娘你说话一向这么直接吗？”

安之也微微笑了笑：“我就算在你面前要太极也没有用不是吗？”索性直接点，反正就算司淙不回答她也没半点损失。

司淙开始觉得面前这丫头有点对自己的脾胃了：“怎么，旗陆没有告诉你？”

安之嘟了嘟嘴：“我跟他吵架呢。”

司淙并不知她和关旗陆是真正闹翻，还以为一对小情侣拌拌嘴角，笑道：“我只能说条件非常好，具体的你还是回去问他。”

“为什么会那么好？”安之追问。

“因为这小子手段高超，他故意误导他的姑妈，结果他的姑妈回来误导我，让我误以为，如果要他按我的设想去发展飞程，会令他作出很大的牺牲。”

没想到关旗陆连他也蒙了过去，最后竟然来一招财色兼收，而他那百分之十的份额既然已经开了金口，自然不能反悔，只除非是关旗陆拿不下国开行的贷款。

“牺牲？”安之皱眉，然后轻啊一声，“是指感情上的牺牲吗？”

司淙笑：“他也就是和我过一过招而已。”那小子哪舍得真正牺牲这丫头。

原来如此，安之心想。

关旗陆第一次把她带去四楼餐馆，原来是有意无意地用她演一场戏给关访茗看。

司淙开出的非常好的条件，自然是为了买断他一手营造出来的爱情，令他去与譬如国开行千金之类的搞好关系——要他为飞程作出那样大的牺牲——司淙又怎能不把价格开得高一点好一点让他满意一点？

至此安之终于全然明白。

她站起身来。

“董事长——”低了低首，再看了看司淙，安之轻笑道，“我已经不是飞程的员工，如果以后还有机会见面，要是你不介意，我还是叫你一声姨父吧。”

司淙朗笑：“行，过年记得来找姨父讨红包。”

心事已了，安之唇角含笑，告别离去。

司淙看着桌上她喝过水的白瓷杯子，定了定睛，拨电话把特助叫来。

他指指杯子：“你找个医生，鉴定一下。”

第十三章

灯火阑珊

难得回来一趟，出了飞程，安之往天欣广场A座闲逛，那些名店及楼层的装饰和从前无异，但一段时间不来，熟悉中已有种时光流逝的陌生感。

不过短短半年，在此间她的经历仿佛已比一辈子还多。

晃荡到二楼钻饰店，眼角不意收入玻璃橱窗内的身影，她停步，然后迅速后退。

关旗陆和万沙华坐在店里头，一只装着灿闪灿闪钻戒的黑色丝绒盒子摆在他们面前，他面露温和笑容，执着万沙华的手一只只往她的无名指上试戴着戒指。

安之是在转身往回走时，才注意到靠在栏杆边上的美貌女子。

一眼掠过的瞬间心里只觉得可惜，过于阴沉的神情破坏了美女十分清丽的五官，而要到走过之后，再回首望向美女的背影，她才后知后觉地反应过来。

那女子一动不动地看着的，是坐在玻璃橱窗后面的两人。

安之轻轻笑了笑，搭乘自动扶梯下楼。

关旗陆和万沙华买好戒指从店里出来。

万沙华看着闪熠的无名指，非常满意：“这份圣诞礼物不错。”她挽起关旗陆的手臂，仰脸在他耳边道，“要是再有一场婚礼就更好了。”

关旗陆忍不住笑，眸光不经意间一定。

安之的身影出现在空旷的一楼中堂，而似乎是感应到他的目光，原本一直望着门口走去的她忽然抬起头来，在见到他和万沙华的瞬间她有些想笑，当日她和聂珠在楼上看他，如今，看她的人在楼上。

一朵笑容浮上她的唇边，而那浅浅笑意不知为何令关旗陆觉得自己对她再掌握不住。

她朝楼上挥了挥手，洒脱的身影很快便消失于两人的视线。

躲在某根罗马柱后的钟如想看罢，总觉得一楼的女孩子仿佛曾在哪里见过。

关旗陆变得有些心神不定，再无心和万沙华说笑。

万沙华时不时看他一眼，快回到四十八楼时，她像是醒悟过来，骇然瞪着他，失声说道：“旗陆，你不会是……爱惨了她吧？！”

心下轻微地怔了怔，他蹙眉看着万沙华，似不明白她在说什么。

“天啊！以你为人处世的性格，让你对一个人没有笑容很难，让你对一个人生气那简直是难于登天，如果今天欺骗你的人是我——首先你绝对不可能让我骗得着，其次就算我骗了你一千一百次，你估计也不会动一动眉头，但是——旗陆，你不觉得你对她已经太过在乎吗？你已经变得不同于从前的你。”

“闭嘴。”他几乎是反射性地拒绝和万沙华讨论下去。

安之搭乘公车回到人民桥，下车后沿着江边往家里走回去。

走着走着，发现前面那个从出租车尾取出行李箱的男人背影仿佛有点熟悉。

她愣住，试探地叫道：“爸……爸？”

那男人回过头来，被晒成古铜色的脸上有着深刻纹路的五官染着岁月风霜，看见安之，他咧开唇角，亲情毕露：“之之。”

安之尖叫着扑上去，冲进叶荣中的怀抱，抱着他乱蹦乱跳。

“爸！爸！你可回来了！”她抢过他的行李，“我帮你拖。”另一只手紧紧挽着他手臂，兴奋地连声说道：“妈的检查结果出来了，没事，完全没问题！”

“没事就好。”叶荣中抚着她脑后黑发，长舒口气。

“要是她知道你回来了不知该有多开心！哈哈哈，一会儿我们给她一个大惊喜……”

她忽然停下了说话。

如果是从前，安之一定不会察觉到叶荣中轻微的异常。

但这半年来在飞程的经历已经把她训练得十分敏锐，她清楚看到，叶荣中脸上的笑容有一瞬间僵了僵。

安之的脚步慢下来。

从她懂事以来，父亲每年间只回来一两次。

叶荣中看她越走越慢：“怎么了？是不是行李很重？还是让爸爸拿。”

安之漫不经心地道：“爸爸，当初姨妈和姨父闹离婚的时候，跑来我们家住了一晚上是吧？”她问得极有技巧，不用猜疑式的“是不是”，而直接用肯定式的“是吧”，“那时妈还在上三班倒对不？”

叶荣中愕然地转过头，面带惊疑地看着她，隐隐有丝不安。

“你妈和你说的？”

“不是，我见过姨父。”该刹那安之忽然不想再探究下去。

或者司寇才是对的，即使她把所有环节都理清了又如何？知道是或否对她的人生而言其实毫无意义，她还是她，她的父母也还是她的父母，这一点今生今世也不会改变。

复挽紧叶荣中手臂，她嘿嘿笑着岔开话题。

眸光掠过微波不息的江面，不自觉停在对面的高楼墙上。

从不知道，原来我爱你也可以当作分手礼物，还是圣诞的分手礼物。

她把行李交还给叶荣中："爸爸，我要打个电话。"取出手机，慢步落在父亲身后，她拨通莫梨欢的电话："欢欢，你不是说想去香港过圣诞吗？"

"神经病！"莫梨欢唾骂，"你疯了不成？都几点了，现在才说去！"

"我爸回来了，所以我不想留在家里做电灯泡。"还是留点空间给父母独处的好，"你不是说我不过圣诞吗？我现在想过了，你个花痴是不是不陪我？"

莫梨欢狐疑道："你怎么了？"

"我现在就回去收拾东西，你妈应该在家吧？我会帮你把证件带上，你快去跟领导请假，四十分钟后我在你公司楼下等你。"

"喂！喂——"

安之不容分说挂了电话，走上前，复挽住叶荣中的手臂，两人一起步上楼梯。

回到家门口，她故意揿铃叫母亲出来开门。

当门扇被从里打开，彭皆莉看着站在门外的父女俩，整个人呆住。

因是平安夜，司寇在大酒店订了房间，约同关旗陆在内一家四口聚餐。

临下班司淙还抽不出身，关旗陆接了关访茗先行过去。

酒店大堂内有小孩子在玩闹追逐，差点冲撞到两人，有一个收势不住跌倒在关访茗跟前，她弯身把小孩扶起，那小孩子奶声奶气地道："谢谢奶奶。"又快乐地跑了开去。

关访茗被一声奶奶叫蒙了，许久才反应过来。

她看着关旗陆，似仍震惊得难以接受："我已经……是奶奶了？"

关旗陆搂着她肩头，温和带笑："他绝对叫错人了。"

关访茗抚抚额头，自嘲地扯扯嘴角："想想也是，都已经一大把年纪了，不是奶奶是什么？"总比被叫作老不死强，瞥一眼关旗陆，她叹口气，"你的事我也不想管了，随便哪个都好，早点给我生个孙子吧，也让我做一回名副其实的奶奶。"

关旗陆随口道："既然喜欢小孩，姑妈当初怎么没要一个？"

关访茗有些无奈，微涩地摇了摇头，良久才道："你爸爸和爷爷他们都以为是我怕辛苦不想要孩子，其实……是你姑丈不能生育。"

关旗陆脸色当场微变，有些不能置信："不是有司寇吗？"

"司寇是他第一任妻子留下来的，他和第二任妻子在一起的期间发生过一次车祸，才导致了他不能生育。"

关旗陆按下心口骤涌的寒气，沉声问："那姑丈的第二任妻子有没有孩子？"

"他们离婚的时候没有。"

房门被服务生推开，司淙和司寇走了进来。

"姑侄俩在聊什么呢？"司淙坐下，拿热毛巾擦手，对关旗陆道，"你的那个小姑娘相当有趣，对了，你怎么没带她过来？"

关旗陆一怔："你见过她？"

"今天下午她来找我。"司淙略为愕然，"你不知道？"

关旗陆想起安之脸上的那种笑容，心底隐隐的不安逐渐扩大。

如果，如果安之不是司淙的女儿，那么她的身世……

关访茗问："你们在说谁？什么小姑娘？"

司寇笑："就是叶安之，他的小师妹。"

关旗陆再坐不住，推椅起身："我出去打个电话。"

然而，安之关了手机。

天欣广场的四十八楼，万沙华在公司里逗留到七点仍未离去。

在这种节日夜晚，无人相伴会倍觉寂寥，与其独自上街去感受别人的快乐气氛，彰显自己的孤零无助，还不如留在无人打扰的办公室里蹉跎时光。

日子过得是冷是暖，也只有自己知道罢了。

看看时间已该去吃饭，万沙华收拾东西，对同样逗留在公司里的聂珠道：“还不走？”

“再过一会儿。”聂珠笑笑，待万沙华走远，她拿起手机，“钟小姐吗？”

电梯下到一楼，万沙华出了旋转门，走到路边等出租车。

一道人影从背后慢慢向她靠近。

“你为什么学不乖？”钟如想沉声道。

万沙华霍然回首，一看是她，想了想她的说话，冷笑出声：“果然是你。”

钟如想傲气不屑地撇撇嘴角：“没想到人还挺聪明。”

作为一个女人，尤其是曾经喜欢过关旗陆至今还隐隐忧伤的女人，万沙华在第一次和钟如想打照面时就已经敏感地看出她也喜欢着关旗陆。

令万沙华费解的是，她根本不认识钟如想，却为何在电梯口撞见的最初那面，钟如想的目光从她脸上掠过时，眼内会飘起一丝妒意来。

后来她和关旗陆在一起出入时，偶尔又见过钟如想几次。

由此终于确信，自己肯定没有看错钟如想眼底的妒色。

再联想到在原来公司离奇遭遇的无妄之灾，便直觉怀疑，害她在原公司待不下去的人，极可能就是面前的这个女子。

“我和旗陆说就是你害的我，他还不太相信。”万沙华举起左手，展示指间戒指，嘲笑道，“怎么样，看到我们亲亲热热的样子有没有觉得心痛得要死？说起来这滋味当初我也经历过呢，现在换你来试试也不错。”

钟如想气得五官都变了：“万沙华，太嚣张对你没好处。”

万沙华一怔，这台词听起来怎么那么熟？

随即哈哈大笑，当初她也曾经这样和叶安之说过。

她满是怜悯看着钟如想。

“喜欢旗陆的女人里你也算是愚蠢的了。”竟然连吃飞醋也没找准对象，转念又想，或者不是钟如想太蠢，而是关旗陆把叶安之保护得太好？心下不禁有点悲凉。

神思有一瞬出窍的万沙华并没有留意到，钟如想根本受不得她的冷嘲热讽，打小娇纵和唯我独尊的她何曾受过这种言语上的折辱，当看见万沙华身后有车灯闪近的一刹，钟如想目露杀机，几乎是毫不犹豫地伸手就把万沙华推了出去！

万沙华在生死关头的瞬间反应过来，本能地扭身一闪，恐慌的惊叫和尖锐的刹车声同时混响，她的身体挨着车身被前进的冲力带倒，整个人仆在地上，蓝色轿车被刹停在路边，车主急奔过来扶起她：“小姐！你怎么样？有没有撞到哪里？”

钟如想惊回神，终于意识到自己做了什么，花容失色地钻进车子疾驶而去。

万沙华忍着痛撩起坠落在面前的长发：“我可能扭到脚了。”

“我送你去看医生。”

双方同时抬起头来，愣住，然后异口同声。

“沙华？”

“嘉名？”

旋转门后，一道暗影悄悄收起半只手掌那么大的摄影机，拿出手机发了一条短信。

安之的手机始终不通。

原本可有可无的联系，因为持续找不到人，令关旗陆心内逐渐变得焦躁。烦闷和不安积累到了一定程度，致使散席后，他终于还是驱车去了滨江西路。

把车子停在路边，他沿着人来人往的江堤徐徐漫步，双手插在裤子口袋里，夜空下独自一人在陌生而热闹的人潮中穿梭而过。

一直以为自己早已足够成熟超脱，任何时候都能理智周全地处理面临的问题，从来没想过，有一天自己也会做出这种——只有深陷在爱恋中智商负二百五的男女才会做的漫无目的的举动。

行罢江堤，再走上人民桥，慢慢地找遍沿江路休闲广场里的每一个角落，明白内心深处其实隐隐约约地渴望着一场邂逅，她喜欢在这一带出没。

墨流暗阔的江面何止千万瓢水，人声扰攘的江边何止百十道丽影芳容。

奈何，都不是他想遇见的那一个。

最后转入沙面，平安夜的沙面岛几乎每一盏路灯或每一棵树下，都聚满了手拿荧光棒或头戴红帽的年轻人，四处有人手持各种圣诞玩具和玫瑰沿路兜售，教堂更是人满为患，需要进行人为管制，每十分钟放一批人进去。

所有食肆酒吧座无虚席，桌桌爆满，露丝和玫瑰园甚至把桌子都加搭到了公共绿地，而原本平日渺无人烟的情人路，也几乎没有多少空隙，许多人席地而坐，欢声笑语，更有人把一颗颗燃着的花式蜡烛在地上摆出大大的心字造型。

关旗陆从情人路、网球场、兰桂坊往露丝吧、玫瑰园、公共绿地一路找到白天鹅，甚至还耐心轮候着挤进过教堂，在诵唱声中待了十多分钟。

世间繁华，凡生欢笑，为何唯独他感觉那般寂寞。

从八点到十二点，人民桥沿江两岸的每一寸地皮都被他翻了过来。

但，就是不见叶安之。

他几乎把自己的手机打到了没电，她始终关机。

夜深人潮渐散退，终于，他重回滨江西路，通过门卫阿伯再度审视的目光，被放行后上到七楼。来开门的是彭皆莉，看见深夜里站在门外神色寥落的陌生男子，惊讶不已：“安之和朋友去香港了，今天晚上不会回来。”

关旗陆如遭雷击。

他原以为——他以为她就在这幢楼里，所以他在楼下那样漫不经心地虚度时光，他以为——只要他一上来，就可以见到思念中她微微带笑的面容。

他以为她会在这里——始终都会在这里等他到来。

他失魂落魄，有些慌忙无措地离去。

怔怔地拾级而下，思绪似已飘离到九天之外，一步步走到一楼，出了大门。

手机里不断收到祝贺圣诞快乐的短信，他抬首望向江对面，白天鹅宾馆外墙上的霓灯正一闪一烁地打着这句短语：Merry Christmas.

他再度走上人民桥，良久不动，独自静站在华光璀璨的桥中央。

江水倒映着两岸华灯，一波一碎，如同小朵小朵的烟火，在无止境地开开谢谢。

抬首处，炫丽亮闪的Merry Christmas再入视线，他行下桥岸。

两个小时后，白天鹅的外墙换了布景，在无人江面和旷阔夜空中，一幕接天逐地的华霓独秀，璀璨闪耀着五个大字：安之，我爱你。

从白天鹅出来，沿着旧路重回滨江西路，夜色深沉，人民桥上早静悄无人，只偶尔疾速驶过的车辆会呼啸着划破一桥的明亮，在消失无踪后犹留下淡淡的遥远余音。

沿桥走过去，拾级而下，江滨、树木、花圃、石凳、宽阔的人行道。

他的车子就停放在前方不远处的路边。

那刻有种奇异的感觉，每次约会完后她总喜欢这样从桥上走回来，原来如此。

原来，路的尽头，是灯火阑珊的归处。

他没有去取车，而是停步在她家楼外的江边，半伏在雕栏上。

那夜，就在这里，他把她勒抱在怀里，一同看向江对面。

她的说话言犹在耳："如果有人把那面霓虹换成'安之，我爱你'，我会毫不犹豫嫁给他。"

无论是多年以前，还是多年以后的现在，无论他是曾经抗拒，还是曾经接受，人生如梦，还如眼前这长流不息的江水，无论他在自己行舟的路上曾经漂向过哪一条弯弯曲曲的支流，原来，内心深处真正想要的，从最初到现在，未曾有分毫改变。

那种感觉，就像这方苍穹下的路灯，原来是为了指引。

爱情是一盏灯火，我是一只笨飞蛾。

不，不是她的希望成真，而是他，是他终于找回了，那种爱得欲生欲死的疯狂感觉，当年离开她后，那种曼妙无边、酸涩不堪、疼痛难忍的滋味他曾经一度遗忘，但现在，通通翻涌重回，他胸腔内的记忆已经完全苏醒。

他愿意此生为她只为她做一只笨飞蛾，哪怕粉身碎骨，哪怕成灰成烬。

只要从今往后，让他每分每秒都能够见到她、找到她、碰触到她。

楼院紧掩的门被无声打开，一道身影从里走了出来。

她站在大门外，看着江对面的霓虹墙，良久，眸光才转向俯栏而立的那抹背影。

轻微的脚步声渐行渐近，被惊扰到的倚栏人换了一个姿势，几秒后，他的背脊倏然挺直，从肩膀到长腿全身线条僵如石化，他极其缓慢地回过首来。

安之在离他两米之外停了下来。"非常好的条件是多好？"她问。

关旗陆只觉全世界的烟火都在该刹那绽放，令他头晕目眩。

"百分之十的飞程股份。"他沙声应答。

她点了点头："确实很好，如果银通控股上市，你会成为最年轻富有的企业家。"

"比不上这一刻好。"他喃声道。

定睛凝视她，他舍不得将眸光移开一分一秒："我以为……你去了香港。”

“本来是要去的，我和欢欢都已经到东站了。”然而正打算买票时莫梨欢接到单位的电话，有突发状况要她马上回去处理，两人只得无功而返，回来后她不想打扰父母，便整晚躲在莫梨欢的闺房。

她行近栏杆，站在他身边，静静望着江对面。

“你有没有利用过我？”

“有。”

“多吗？”

“一次。”关访茗说如果他有喜欢的女孩就带给她看，他把她带去了。

“你有没有想过去追钟如想？”

“有。”

“后来追了吗？”

“没。”

“你有没有想过脚踏两只船？”

“有。”

“哦？”

“我想瞒着你，只要你不知道，我就一直踏下去，万一你知道了，我也就顺理成章地放弃飞程。”无须再为选择事业还是爱情而觉得两难。

“你那样做了？”

“没。”

她终于侧过头来：“你又怎么能够肯定，你放弃飞程我就会重新接受你？”

“我当时以为你会很好哄。”

安之指指江对面的巨幅霓虹，唇边终于轻现笑意：“分手礼物？”

关旗陆深切绵长地呼出一口气，把她拥入怀内，温柔带笑：“不，我想那是暗示你我要向你求婚的意思。”覆上她的唇，轻声说道，“小师妹，我爱你，也许……早在你爱上我之前。”

他深深吻住她。

不一定要在峰顶山巅，也不一定要有美丽夕阳，才会有爱情。

即使是在平凡的山脚下，在平地或江边，在夜空中闪烁的霓虹下，只要是你和我一起，那盏燃点在我们心间纯净的灯火，就会恒久不熄。

某日，司淙收到DNA化验报告，看完后他把报告锁进了保险箱。

某日，国开行行长收到一沓照片，飞程顺利获得十亿贷款，钟如想返美深造。

半年后，叶荣中调职上岸，不再出海跑船。

一年后，飞程控股在纽约证交所上市，再度被媒体聚焦的关旗陆身家飙涨，成为最年轻富有的企业家。

三年后，司淙因冠心病突发去世，律师宣读遗嘱，他名下资产的百分之五十赠予姨甥女叶安之，另百分之五十由其妻关访茗和其子司寇平分。

波桥未尽行人尽

记得有一年，写《温暖的弦》再版序言时，是在秋天。

外头林木轻碧，浅黄和深红在枝头层叠，满庭落拓秋色。

如今写《水北》的番外，时光已然行转到不知道何年。窗外换成了寒潮退去后的初春，腊梅开了又谢，山茶悄然含苞，窗角熙阳照耀，枝头有雀鸟啼叫。庭院里那些仍然光颓的林木，静然枯枝似带着春睡不醒的困顿和微恹，等待不知哪一夜的春风春雨到来。

再催新一轮生天。

人世间，生命的本质是悲凉，爱情的本质是悲怆。

生活的本质是平淡，岁月的本质是磨蚀。

而能解救所有这些的，是言情小说。

《水北》的番外，开始时跟往常一样，跟他人的书一样，也是要填写情节的。

写着写着，总觉得有什么地方不对劲，已经完整的故事，偏要横生枝节。这些枝节还不能像苦楝树，让人读着满心酸涩，难受至极，还必须得像圣诞树，要缀满甜甜的糖果。

故事在结束时的那种袅袅余味，要仔细琢磨和回想才能领会的那种未言尽的味道，会被这些额外的甜度三两下抹掉，再不复存心中，让人连对故事的印象都会大打折扣。

想通了这点，我把写了一半的情节删了。

那写什么好呢?

水北里的背景城市广州，是我曾经生活了好几年的地方，人民桥、沙面、滨江西路，熟悉得不能再熟悉。书中的人物、架构、脉络、故事内容等等，全是虚构的。

然而其中一些角色和一些细节，却有原型，被我改头换面挪来用了。

不如，就写写那时候的人，那时候的事。

那些年还在的记忆。

半个月前在另一家公司，她如约十一点上门，对方说老总外出吃午饭了，让她等一下，这一等就是四个小时，直到下午三点，才来人说老总已经回来，拿份表格让她填写。这种招聘表多数是例行公事，但她还是逐项填得工整认真。

最后看到一条问题："你对未来五年有什么规划?"

她毫不犹豫写上：嫁个好丈夫，解甲归田，回家相夫教子。

负责接待的小助理拿了没细看就带她去见老总。当她坐在那位先生的对面，他一边拿过办公用的文件，一边满不在乎地隔一两分钟随口抛出一道问题，姿态流露出轻慢，过了好一会儿，才拿起桌上她的资料翻了翻。

这不经意的一看，脸便有些绿，终于抬眼看她。

安之心底爆笑。

每次回看这段，都忍不住笑，这是我的真实经历。

那是我工作了一年后，当时因为一些原因考虑换工作，按对方公司约定的时间提前到，结果一直等到下午，老总才回来。前台拿表格让我填，印象中有三四页，正反面都要填，内容细到就差没问我祖宗十八代都什么时候仙逝的。

无缘无故不把我的时间当时间，耗时过久，我已经对这家公司没好印象了。只是想着有始有终，既然来了，既然都等这么久了，不面试完再走，那就真的是白等了。

谁知道还要费时填这些华而无用的资料，填着填着我烦了。

直接就在五年规划里写下：解甲归田，相夫教子。

到现在我都还记得，那个老总在办公桌后抬头看我时的脸色。

他真的是脸都绿了。

我死死憋着，保持嘴角微微地笑，一脸端庄。

脑补一下他当时的脑回路，大致应该是这样的："你五年规划是回家煮饭！煮饭！！那你他妈来我这儿面什么试啊？！你这不是耍人吗？你好歹也随便套路一下，给双方一点面子吧？！你他妈到底是不是来找工作的啊？！竟然连敷衍都不敷衍！"

本小姐喜欢，怎样，有意见啊？

哈哈哈哈哈哈。

关旗陆"唔"了一声，神色不动的面容上眼睑一低，目光中似掠过什么，一会儿后，才拿起桌上安之的简历递给许冠清："你带叶小姐去见一见曾总。"

……

曾宏瞥她一眼，抽过许冠清手中的简历，随便翻了翻后还回给她，说道："既然关总已经面试过了，那就按关总的意思去做，这件事不用问我了。”

安之在飞程集团面试的一些细节，也是我的真实经历。

那时我刚刚毕业。

副总在网上看到我的资料，约我面试，他在公司里刚上任，要招一个自己的助理。结果我去面试的那天，副总在出差回来的路上，还没回来，只有正总在公司。许冠清〃是正总的秘书，因为副总的秘书还没招到，她也先兼着副总秘书的职务。

许冠清〃——就用人名加双撇号来代表原型，以区别书中人物，以下皆同。

书中情节是对真实事件进行了许多再加工和再创作，两者不是一回事。

当时我是诸事不晓，她是对新到任副总的性格还不了解，看我在会议室等久了，副总一直没回来，就好心去跟正总说了。正总面试了我，他人很随和儒雅，文质彬彬。

就在正总对我问话的期间，副总回来了。

正总就是正总，比我们俩小姑娘成熟多了，他问完我问题后，特地交代许冠清〃带我去见副总，然而当进了副总办公室，他一听许冠清〃说正总已经见过我了。

“既然关总已经面试过了，那就按关总的意思去做，这件事不用问我了。”

这句台词是他当时的原话，直接就把我打发走了。

经历了一些波折后，还是接到了许冠清〃的电话，通知我入职。我进的是正总新设的市场部，副总让许冠清〃给他另招助理。也就是说，副总明确不要我，而正总最后作了决定，把我招进公司，安排在他辖下。公司一直跟集团在同幢大楼里办公，用集团的市场部。在我入职前，这个市场部是没有的，在我入职后，也就我一个人，工作直接对正总汇报。

正总不是为了我而新设这个部门，而是他本来就有计划想独立开展市场工作。我只是恰好撞上了，在这期间来面试。

后来，我有问过正总："为什么你当时会招我？"

他回答我说："哪有什么为什么，就是看你顺眼咯。"

这是一个我想都没想过的答案。

那之后我明白了，人与人之间的机缘，有时不过就是看眼缘。

"我是业务部的古励，聂珠不在吗？"

"她去吃午饭了还没回来。"

"我刚刚传了一份客户订单回公司给曾总过目，你看看传真到了没有？"

安之站起来看向传真机，接板上果然吐有几张纸，"传真收到了，不过曾总还没回来。"

……

书中安之把这份客户订单，直接传真给了软件厂商。

曾有妹纸在我晋江专栏文下留言，大意是，怎么可能会犯这么低级的错误。

很不幸，那个把客户订单传给了厂商的白痴，就是我本人。

这是我工作中受到的第一个教训，终生难忘。

那时副总的助理聂珠已经招了进来，本来这不是我的工作，好巧不巧那天的午饭时间，就我一个人在办公室。我菜鸟一只，经验不足考虑不周，就这样犯了错。

此时办公室外传来曾宏的厉声斥责："聂珠你怎么做事的！这么重要的事情为什么是叶安之处理？你不知道她没有经验吗？！"

"我去吃午饭了，刚刚才回来，不知道这件事。"聂珠小声抗辩。

"吃什么饭！你以后每天中午给我留在公司吃饭！"

紧接着"砰"的一声，传来办公室门扇被摔上的巨响，外头一片死寂，人人噤声。

以上场景，是当时副总和销售回到公司，知道我发了传真后，真实发生的。

聂珠〃被我连累，那一周中午都乖乖在公司里用餐，不敢离开。

事隔多年，再回想起来，自己都觉得好笑。

后来的后来，我成了正总的助理，许冠清〃负责他的日常行程、财务报销、集团联系等，我负责他所有和公司工作相关的协助协调事宜，同时身兼市场部的全部工作。

印象中，那段时间，每天都差不多八九点才能下班。

工作繁重得整个人就像陀螺，不停不停地转，几乎没有个人生活。

有时晚归，会累得打车直奔沙面，在露丝吧叫点东西，听着音乐慢慢吃。

约摸十一点时，再步行过人民桥，一路走回滨江西。

沿着江边走进沙面，到达露丝吧她推门进去，穿过铺着格子布的室内案桌，推开另一扇门，绿簇成篱的花园里露天摆有一张张点着彩色蜡烛的桌子，这里是安之和莫梨欢、曹自彬读书时期的据点。

安之和莫梨欢的父亲一同在远洋公司任职，两家住楼上楼下，从小认识，而曹自彬是莫梨欢青梅竹马的男友，早在高中时代就与安之熟悉。

莫梨欢的原型，真名里就有个“欢”字，我一直叫她欢欢。

我们是在同福西路的租书店里认识的。

当年很流行租书，我爱看漫画和言情。有一天去还书，边挑书边和老板娘聊天的时候，她进来了，也是来还书，让老板娘给她推荐没看过的，老板娘从书架上抽出一本——

《风舞》。

对，就是我写的那本《风舞》，第一版，小开本、紫色封面的口袋书。

老板娘跟她说，很多人租这本，刚刚还回来。

我在旁边弱弱搭了一句：“那个……是我写的。”

她们俩双双侧头，老板娘拿眼瞥我，一脸“神经病”的表情。

我被她斜视的眼神看得差点吐出来一口鲜血，在我拍着我的小平胸，义正词严的强烈声明下：“那真的是我写的，我没骗你们啊，真的啊真的啊真的啊……”老板娘将信将疑，终于很勉强地接受了我“怎么看都不像是作者”的作者这个事实。

一直到几年后我搬走，老板娘心里自始至终，都没有真正相信过我。

我和她太熟，她打心底认为不可能。

欢欢和我都借好书往回走的时候，两个人才发现是同路的，都住滨江西。

我住在海天大厦，和爸爸交情亲如兄弟的一个叔叔家里。在很高的楼层，客厅和所有房间都能看见毫无遮挡的开阔江景，人民桥、白天鹅、沙面、三江交汇，全部尽收眼底。

偶尔我会盘腿坐在窗前，看斜阳在远方落入波心。

房间里会放着音乐，不是单一播放《With an Orchid》，就是反复循环《If I Could Tell You》。

《爱情是一盏灯火，我是一只笨飞蛾》这首诗，就是那时写的。

欢欢住在隔条马路后面的远洋公司宿舍楼。

那几年，我爬她家七楼的楼梯，爬得生不如死。

信步闲庭，走到御花园时，两人不期然侧首对视，双双说了句话。

关旗陆说："累了吧？"

同一瞬间安之说："好累哦。"

话声落时两人齐齐怔住。

如此心意相通，似在特定一刹相互感知了对方灵魂的神秘所思，迭口齐声说了出来。

这个小默契段落，发生在我和小白身上。那时两个人刚谈恋爱没多久，外出归来，他牵着我的手上楼梯，往上走着走着，忽然异口同声说话，在同个瞬间，一问一答。

为确认活动安排是否已准备到位，她就各事项逐一与人联络。

首先拨到印刷公司："王老板，我们公司的资料中午前可以送来了吧？"

那边"嗯啊"了一声："应该没问题的，我打电话回厂里问问。"

应该没问题？安之心里拉响警铃，她端正声调。

“王老板，这批资料本来前天就应该印好的，你一直给我拖，因为你许诺我今天一定会送来，我相信你才没说什么。今天已经是最后一天，我们明天一早就要用了，你现在还只是和我说‘应该没问题’？”

“叶小姐你放心，肯定没问题，我现在就打电话回去问问好了没。”

“这批资料对我们很重要，拜托你务必要在今天弄好，不然我没法交待。”

对方应诺连连。

这也是真事，公司和某软件厂商做联合市场活动，需要印制一批我们公司的宣传资料，我负责整个流程。因为赶得很急，那段时间我都是上午在公司，下午在设计公司。

从内容、设计到排版，盯着设计师都弄完，出片交给印刷厂。

因为印量不多，依稀记得才几千份，印厂就一直加插大单，拖着没印。

每次打印厂老板电话，都是“已经在印了，明天就送去给你”，然后每一个明天，都见不到他送东西来。到了活动的前两天，还没交付，他还拿这话敷衍我，说他在外面，忙完就给我送。挂了电话我直接打车杀到印厂，找到负责印制的师傅，一问还是没下印。

我打电话给印厂老板，直接发飙，他拖得我太过分，没敢说啥。

我就在场看着下印，印品出来有色差，师傅还又调了一次色。

直到全部印好，放置晾干时，我才离开。

第二天老板送货到公司，把东西搬上来，见到我，明显觉得意外。之前是他们业务来签的单子，我虽然和他打过很多次电话，一直没有见过面，他大概是完全没想到……

电话里跟他炸毛的我，长得这么一副弱不禁风的样子，哈哈哈。

也不知道为什么，那之后他就对我特别客气。

“针对这种现状，我打算把几家公司合并起来，你们俩怎么看？”司淙问。

司寇点头：“最好的解决途径确实是进行资源整合，实行统一的人事管理，可以在原有的业务和技术基础上按行业划分为金融、电力、通信、政府和企业等几大事业部。”

关旗陆想了想：“按我的设想，还可以把整合后的公司从集团里分拆出来，与国外资本重组成立飞程控股的有限公司，策划在海外上市。”

这些是真事，集团下属子公司只保留两家，我们是幸存者，其他几家都被撤，几乎是全部裁员。看着一个个沉默地收拾东西走人，真有种兔死狐悲的感觉。

再后来，集团分拆业务，以主营业务融资成功，在海外上市了。

安之明显迟疑了一下才应声“是”。

曾宏瞥她一眼：“有什么问题吗？”

见他下问，安之大着胆子道：“这次活动聂珠也忙了一天。”大家都是助理，为何奖励独独没有她的份呢？

……

话音未落便见曾宏眼光已冷，她这才警觉自己做错了。

他冷冷道：“既然你认为聂珠辛苦，不如把你的那份让给她，你别要了，怎么样？”

安之只觉脑里“轰”的一下出现短暂空白，脸颊火辣辣地发烫，犹如被人当场扇了两大耳光，羞悔得她只想立刻寻个地洞钻下去，嘴里却不得不勉声应答："是，曾总怎么说我怎么做。"

"那就这样定了，你别要了，让许冠清和聂珠去买，出去吧。"

故事的原型是，我负责一次大的市场活动，因为人手不足，聂珠〃和另外一名业务助理全程都有帮忙，活动的其中一站是深圳，属于出差，平常工作忙，几个女孩子都想去。

副总发话，让许冠清〃、另外那个助理和我一起去，聂珠〃不要去。

许冠清〃的工作内容和我们几个的不相关，原本不应该有她的份，但我明白副总之所以派遣她，是因为她很聪明和机灵，口才好反应快，在人际关系方面的能力特别强。

聂珠〃一听叫她别去，脸上是很明显的失落的神色。

副总从我进公司就不喜欢我，但我当时没忍住，想帮聂珠〃说情。

我就是觉得，多去一个人没什么问题。

没想到当场被副总数落一顿，直接就叫我不要去了，让给聂珠〃去。

我从小到大，没经历过这种训斥，被他教训得蒙圈。

等正总回到公司，听说副总吩咐我留下，当场就皱眉，整场活动是我从头到尾负责的，只有我最了解、最清楚，我不在场的话……呵呵。

最后的结果是正总出面，包括聂珠〃在内，我们几个女孩子全去了。

她逐张翻查，大多没发现问题，只有一位叫杨诞的工程师，报销项目写着请客户单位的某科长晚饭，后面贴着的却是百来元的麦当劳发票。

安之几乎失笑，请人家科长吃饭，怎么可能是去麦当劳？

公司里的报销单据最后全要正总签名，递交给他之前，许冠清〃会全部检查一遍。我和她的办公桌是挨着的，有天她就拿了张这样的单子叫我看，直接把我看乐了。

去拜访客户，请对方吃麦当劳，怎么想得出来？

偶尔正总出差或出国，不在的时间比较长，许冠清〃还会代他签名，财务部也知道，因为技术部门有不少同事是长期派驻在客户那边做服务的，每周的差旅费用都要先预支，垫付不起，所以财务也睁一只眼闭一只眼，基本都给过了。

周末，安之起床时觉得左边牙龈隐隐作痛，也不知是休息不好，还是秋高上火……

那次牙痛我记忆太深太深了，痛得我死去活来，受不了打电话给师兄和欢欢——此师兄非安之的彼师兄。

说来话长。

我读初二的时候，因为羽毛球赛事，认识了读高二的师姐，之后认识和她同班的师兄，再之后经由交际手腕一流的师兄，认识了他们班半个班的人……想想都有点奇葩。

师兄和我长得有点像，然后他就成了兄长一般的存在。

我出入师姐、师兄家，和他们的父母都很熟。

就是那种非青梅竹马、真从小长大，识于微时的朋友，虽然那时我比较小。

我读高二时，师兄念大学，交了女朋友，我见过。

毕业时两人分手了，师兄进了银行的证券部，费尽心思，追到了师嫂。在车尾箱摆满九百九十九朵玫瑰的那种追法，俗是俗到了家，胜在有效。

他们结婚时，我属于师嫂那边的人，去师嫂家——其实没帮上任何忙，就是看着化妆师给她化好妆，穿好婚纱，然后和她一起从娘家出门，回到师兄的婚房子里。

现在想想，都不明白当时是闹哪样。

金融风暴时我已经在广州工作，师兄他们所在的证券营业部出了问题，他就离职了，也到广州来，住在另一位师兄家。那个师兄和他是初中同学，后来搬到广州了，好巧不巧，那个师兄也住在滨江路上，只不过是在另一头，海印桥那边……毫无悬念，我和这个师兄的父母和妹妹很快也熟了，周末常常去他们家蹭饭。

师兄的各方面能力都很强，我帮他做了份很好的简历。他很快就找到了满意的工作。

自然而然地，新老两位师兄、我和欢欢，几个人就混作堆了。

那次我牙痛到要爆炸，打电话给他们，师兄半夜赶过来，和欢欢一起，陪我去医院看急诊。下楼见到他们的人，心里好像得到了莫大安慰，我直接就哭得稀里哗啦，把师兄和欢欢给笑惨了。

师兄工作稳定后，买了房，把师嫂也接了过来。

师嫂做饭很好吃很好吃，我换地方蹭饭了。

说到师嫂，她到了广州之后，机缘巧合，化身女强人，成就了一段传奇。

后来我定居上海，她的公司也开到了上海，那段时间经常过来。有一年春天，我们去杭州游西湖，恰逢下雨，两个人全套装备，打着伞，穿着一次性雨衣，鞋子上套着鞋套。

那些迎面路过的没有雨具的人，看到我们都是景仰的眼神。

过了几个红灯，到达目的地，关旗陆把安之放下在路边，去找地方停车。

泊好回来，见她看着对面一个很大的彩票销售站，他捏捏她的后颈："想买吗？"

“我做梦都想中五百万呢。”她朝他俏皮眨眼，“不过从来没买过。”

他失笑：“没买过还做梦？”

咳咳，买彩票什么的桥段也是真的……是我前男友，买给我。

他和他的创业小伙伴来广州出差，一起晚饭。

饭毕去乘船珠江夜游，路经彩票销售点，他问你买彩票吗？我说不买。你有？他说偶尔会买，又说我给你买几张。说着就走了进去。他同事笑着说，跟那什么戏里演的一样，要不你也给她买一大把彩票当礼物吧。

他拿出钱包，柜台里的阿姨问买哪种，他说就36选7吧，这个最简单。阿姨又问买多少，他打开钱包，手指捏在一沓大钞上。我反应过来，直接伸手过去，从他钱包里飞快抽出一张十元，递给阿姨，说这个够了。

他看向我，我冲他笑，他也笑了笑，默许了。

买好出来，他开玩笑说，你要是中奖了，分我百分之八十。

我说我要中奖了你能找得着我才怪。

关旗陆招来计程车：“你先回去好好休息，改天我们再联系。”将呆若木鸡的她扶进车后座，关上车门，从钱包里抽出一张百元递给前座的司机，“麻烦将这位小姐送到帝景苑。”

这段的原型事件发生的时间更早，是我高三毕业那年。

我和坐我前桌的男生是哥们儿，他的高考志愿不是他爸他妈填的，他就自己写了个第一志愿，剩下的都是我给他填的。好巧不巧，他考失手了，没上到第一志愿。

档案掉到第二志愿，进了我给他选的学校。

他爸因为这个，当时可感激我了，如果他第二志愿是空的，那就要重读了。

暑假末，大家都开始收拾行李，准备各奔东西，他叫我帮他买毛巾。

我买好送过去，他做饭给我和她妹妹吃。

吃完他送我下楼，帮我叫了计程车，我坐进后座，他给我关上车门，走到前座给司机钱，然后回来跟我说，车费已经付了，让我不要再付。

司机送我到家，我开门下车，那瞬间司机似乎迟疑了下。

第二天两个人通电话，他问司机找钱给我没有。

我说找什么钱。

他说他当时没零钱，给了司机一百块。

那一刻我十分无比非常绝对之风中凌乱，在那个年头，一百块是什么概念？！购买力不亚于现在的一千块好吗？！

这辈子我都记得那个不要脸的坏司机坑了我九十块钱。

那一夜，滨江西路尽头，长流不息的江边，一对明明说好分手的恋人在忘情拥吻，西斜月色将两人久久不愿分开的身影拉在地面，看上去缠绵入骨。

现实没这么浪漫，我唯一一次深夜站在江边，是欢欢失恋。

她喜欢的人，答应了和她在一起，却一直对她不冷不热，若即若离。

后来她才知道，他另外有喜欢的人。

她夜里十一点多打电话给我，哽咽不能成语，我飞奔下楼。

那夜的江边烟息人静，五光十色的霓虹全灭，路灯的微光坠落在漆黑的方寸水面上，泛起一点惨白魅影，而后被暗流夜噬。

她哭得肝肠寸断，泣不成声：“……以、以后、我怎么办啊？”

我看着她应不了声。全部的真心换来一场残酷的欺骗，没有以后，只有一种以后。

“以后，他谈他的恋爱，你谈你的。”

我说。

*** *** *** ***

书中还有不少余下的细节，也都是由经历叠加虚构，演化而来。

要全写出来的话，那是另一本书了。

在广州工作的那几年，所锻炼出的处理问题的经验，对我的人生影响深远。

后来，正总和副总一起跳槽去了别的公司。许冠清〃没有跟正总离开，留在原公司，换岗位做了销售。聂珠〃跟着副总去了新公司，升任部门经理兼副总的助理。

再后来，我离开了广州，他们所有人，也陆续分道扬镳。

当年遇见的人里，我只和聂珠〃现在还有联系。

在此时此刻的人民桥上，不知道会不会是，夜幕下灯光和星光天各一方，就像云朵和飞鸟，窗帘和落叶，相逢与相别。

命运会分付各自的归途，余生不须问，那些从前的记忆，还会不会想起。